国家民委专项"中国古典史诗与中华民族共同体意识研究创新团队项目"
（项目编号：10014607）

西北民族大学中国语言文学学科建设经费资助项目
（项目编号：81101301）

西北民族大学2022年度中央高校基本科研业务费项目
"中华民族共同体视野中的《格萨尔》文化记忆及其意义阐释"
（项目编号：31920220092）

中国当代史诗学
关键词研究

李楠◎著

中国社会科学出版社

图书在版编目(CIP)数据

中国当代史诗学关键词研究 / 李楠著 . —北京:中国社会科学出版社,
2022.9

ISBN 978-7-5227-0451-7

Ⅰ.①中… Ⅱ.①李… Ⅲ.①史诗—诗学—关键词—研究—中国—
当代 Ⅳ.①I207.2

中国版本图书馆 CIP 数据核字(2022)第 117865 号

出 版 人	赵剑英	
责任编辑	慈明亮	
责任校对	周 昊	
责任印制	戴 宽	

出 版	中国社会科学出版社	
社 址	北京鼓楼西大街甲 158 号	
邮 编	100720	
网 址	http://www.csspw.cn	
发 行 部	010-84083685	
门 市 部	010-84029450	
经 销	新华书店及其他书店	

印 刷	北京君升印刷有限公司	
装 订	廊坊市广阳区广增装订厂	
版 次	2022 年 9 月第 1 版	
印 次	2022 年 9 月第 1 次印刷	

开 本	710×1000 1/16	
印 张	13	
插 页	2	
字 数	221 千字	
定 价	69.00 元	

中文摘要

关键词是学科理论知识形态的基石，是深化学科理论话语的基本环节和阶梯。本书突破国内史诗研究常见的个案研究法，在进行大量文献分析的基础上，运用跨学科研究方法，综合口头程式理论、表演理论、民族志诗学及文化记忆等理论，从纷繁复杂的中国当代史诗学研究中，酌取最具代表性的六个关键词及其问题域——史诗、口头诗学、演述、文本、歌手、文化记忆进行研究。"史诗"决定史诗学的研究对象与边界，口头诗学是当代史诗研究的轴心范式，演述是当代史诗研究的核心，文本是当代史诗研究的书面维度，歌手是史诗的传承者，文化记忆代表了史诗的文化维度。六个关键词，既有独立的问题域，又互相渗透、彼此参照，串联起当代史诗研究的各个方面，以此爬梳材料，使用当代意识和当代话语进行科学阐释和理论反思，提炼中国史诗研究的术语系统和概念工具，提出有价值的论断，对丰富和推进中国及国际史诗学理论研究具有启发意义。

第一章对"史诗"概念进行理论回溯和界定，确定本书的研究边界。该章从学术史的角度，回溯了西方学界对史诗界定的变迁，以及国内学者史诗观念的转换历程，在事关学术关捩点的思考上，提出有价值的论见。20世纪之前，国际史诗学界秉承古典诗学的史诗观念和研究范式，视荷马史诗为典范。20世纪以来，口头诗学兴起，西方学界打破将史诗定位于英雄史诗的传统，兼顾到世界各地史诗传统的多样性。国内学界主要从三个角度界定"史诗"：史诗作为文学体裁，作为文学批评术语，以及作为口传形态的叙事传统和动态民俗生活事象。本章对"史诗"概念进行历时地考察，结合中国活态史诗传承情况，在认同史诗是一种口头传统和民俗生活事象的基础上指出，应该扬弃不适合中国的西方经典史诗观念，并从形式、史诗演述的内容以及功能三方面划定了史诗的边界，辨析了史诗的类型，同时承认，史诗不是一个静止的和高度自洽的现象。

第二章主要研究口头诗学理论及其在中国的"理论旅行"，重在探究口头诗学及其核心理论——口头程式理论在中国语境下的接受、重构以及对中国史诗研究的启示。该章把口头程式理论、民族志诗学与表演理论纳入广义的口头诗学进行阐释，指出口头诗学已成为史诗研究的轴心范式，尤其21世纪以来，口头诗学理论的本土化研究以及学界结合该理论进行的活态史诗研究实践得到深度推进，从而促使国内史诗研究开启了从书面文本研究到口头范式的转换。本书的研究在口头诗学视域下进行。

第三章主要阐释当代史诗研究的核心：演述。史诗演述综合了史诗歌手、口头文本、叙事语境与史诗听众四个要素，构成史诗的"世界"。该章对国内学界关于史诗"叙事语境——演述场域"的研究视界及史诗"五个在场"理论模型进行反思，对史诗演述场域的重要组成部分——仪式进行阐释，分析仪式与史诗演述的结合与分离以及史诗文本中的仪式，认为仪式与史诗的关系是文化与诗学的双重变奏。在此基础上，结合接受美学提出，"世界——作家——作品——读者"在史诗演述中呈现为演述中创编、史诗文本生成以及受众聆听与接受共时发生的"全息图景"。史诗演述在特定场域中通过表演的方式发生，歌手对史诗传统进行二度发现和创造，与听众进行面对面地交流与互动，而原初意义上凝固的史诗文本被激活和重新生成，史诗传统传承的恒固性与演述的张力达成"冲突的和解"。

第四章关注的焦点是：当史诗以文本方式呈现时，它的存在样态、特殊性质以及史诗作为体裁的先决条件。该章与学界相关论点进行商榷，辨析"演述就是文本"观念以及"以表演为中心的"史诗文本观，认为将演述纳入文本界域不符合学理逻辑。广义的文本观消弭了演述与文本之间的界限，而史诗文本具有独立的阐释框架，应使用传统语言学和文学研究中的文本定义，对史诗文本的研究要立足于文本本身。在文本独立的基础上，论述了史诗作为一种体裁成立的四个条件：史诗连接着古老的口头传统；史诗生成于"演述中的创编"；史诗的文本定型是一个过程，而不是一个事件；史诗容纳了多种体裁。本章启示学界，在以演述为中心的史诗研究范式下，不可忽视史诗文本的独立价值。

第五章主要对史诗歌手进行研究，对史诗歌手的称谓、类型与特征，史诗歌手在史诗编定和传播过程中的作用，史诗歌手的才能及相关阐释、时代语境与史诗歌手身份的重构等问题进行研究，进一步科学地阐释了史诗歌手的特质、贡献与价值。

第六章主要阐释了史诗与文化记忆之间的天然共振关系。我国的大多数史诗仍以活态演述方式传承，以史诗演述和独立文本形态构成史诗文化记忆的两种形式。史诗文化记忆，在强化族群记忆、维护族群文化认同进而建立中华民族认同方面具有独特功能。同时，史诗文化记忆涉及文化连续性问题，即传统的确立和维系，则从"非遗"角度考察。

本书通过对上述关键词的研究，试图阐释中国当代史诗学体系建设的一些基本问题：史诗的起源与界定、史诗的轴心研究方法与范式、史诗的样式与形态、史诗的传承与保护、史诗的内涵和功能、史诗学学术史，等等。本书的研究能够推进史诗学的理论研究，对史诗的基础研究、史诗的田野调查、史诗的资料学建设等工作有直接影响，尤其对三大英雄史诗各自的学科体系构建具有一定的理论和实践意义。

关键词：史诗；口头诗学；演述；文本；歌手；文化记忆

目　录

绪　论

第一节　研究缘起与意义

史诗是一种口头传统和动态民俗生活事象，是民间文化的宝库。一部史诗就是认识一个民族的百科全书，它承载着民族的精神和灵魂，是"一个民族精神标本的展览馆"①。中国史诗研究的独特优势在于，史诗蕴藏丰富、形态多样、传承悠久，除了饮誉世界的中国三大英雄史诗《格萨（斯）尔》《江格尔》《玛纳斯》，学界还发现并记录了数以千计的史诗或史诗片段。藏族、蒙古族、土族、哈萨克族、柯尔克孜族、维吾尔族、赫哲族、满族等北方民族，以及彝族、纳西族、哈尼族、苗族、瑶族、壮族、傣族等南方民族，都有源远流长的史诗传统，其中很多仍以活形态的口头演述方式在本土社会的文化空间中传承和传播。这些活态史诗可以为史诗学理论研究提供活生生的对象。

在史诗整理与研究方面，20 世纪 50 年代起，中国开始大规模地搜集和整理史诗，到 80 年代，史诗研究粗具规模。20 世纪 90 年代，"中国史诗研究"丛书陆续出版，比较全面和系统地论述了中国史诗的总体情况、重要的史诗文本和歌手，系统总结了许多重要的史诗理论问题，集中体现出当时我国史诗研究的整体水平，为之后的研究奠定了基础。② 2000 年，

---

① ［德］黑格尔：《美学》第 3 卷下册，朱光潜译，商务印书馆 2017 年版，第 108 页。

② 该丛书由内蒙古大学出版社于 1999 年出版，包括仁钦道尔吉《江格尔论》，郎樱《玛纳斯论》，降边嘉措《〈格萨尔〉论》，刘亚虎《南方史诗论》，斯钦巴图《〈江格尔〉与蒙古族宗教文化》。2019 年，"中国少数民族史诗研究著作翻译文库"（五卷本英文版）由辽宁师范大学出版社出版。该套译著包括上述书中的前四种以及郭淑云《〈乌布西奔妈妈〉研究》，是我国史诗研究著作以系列形式走向世界的第一套丛书。

朝戈金出版著作《口传史诗诗学：冉皮勒〈江格尔〉程式句法研究》，该著作借鉴国际史诗学晚近的理论成果，围绕史诗歌手冉皮勒进行个案研究，总结了口头诗学的基本理论问题。① 由此，中国史诗研究开始进入学术转型和范式转换。所谓转型，是从搜集和占有各种实时文本资料转向对文学事实的科学清理，即"由主观框架下的整体普查、占有资料而向客观历史中的史诗传统的还原与探究"②。同时，中国民间文艺学从书面范式向口头范式转换，史诗研究界开始从偏重研究作为文学文本的史诗转向把史诗作为一种口传形态的叙事传统、动态民俗生活事象、言语行为和口头表达文化进行研究。③ 20 世纪末至今，随着相关的史诗研究逐步展开，中国史诗学术在借鉴国际史诗学术的同时，积极进行自我建构，史诗学在我国日益成为一门独立的人文社会学科，在学术旨趣、研究范式、概念及范畴等方面形成了自身的特点。对中国当代史诗学关键词进行研究，具有重要的学术价值、学科意义和现实意义。

　　本书选题的学术价值在于可以推进中国当代史诗学理论研究。我国有得天独厚、分布广泛、形态多样的各族各类史诗传统，其中许多是"活形态"史诗，是"最好的田野场"④，能够为揭示史诗形成的规律、推进史诗理论研究，提供珍贵的第一手资料。20 世纪 80 年代以来，我国史诗的搜集、整理和出版工作快速发展，在深度和广度上得到很大提升。然而，史诗理论建设相对薄弱，史诗学的一些基本理论问题还未达成共识，未形成系统的史诗理论框架。可以说，史诗学理论的研究和建构已凸显为中国史诗学的一个迫切问题。因此，本书不因循学界常见的具体史诗传统研究或从历时的角度梳理史诗学学术史，而是着眼于全局，对中国史诗学理论研究中重要的关键词及其问题域进行研究。这种研究从关键词的角度是纵向的，但更是横向理论抽绎，是从局部进入整体性的研究，可以推进中国当代史诗学理论研究。

---

① 朝戈金：《口传史诗诗学：冉皮勒〈江格尔〉程式句法研究》，广西人民出版社 2000 年版。

② 钟敬文：《〈口传史诗诗学：冉皮勒《江格尔》程式句法研究〉序》，朝戈金《口传史诗诗学：冉皮勒〈江格尔〉程式句法研究》，广西人民出版社 2000 年版，第 5 页。

③ 朝戈金：《朝向 21 世纪的中国史诗学》，《国际博物馆》（全球中文版）2010 年第 1 期。

④ 朝戈金、姚慧：《面向人类口头表达文化的跨学科思维与实践——朝戈金研究员专访》，《社会科学家》2018 年第 1 期。

　　本书选题的学科意义在于可以激活史诗学与文艺学的纵深化研究。本书着眼于在当前新的国际学术格局中，对中国史诗学研究的现状进行重新审视，在中国本土丰富多样的史诗文本和多样化活态史诗传统的基础上，运用当代意识和本土话语对国际史诗学理论进行科学诠释，梳理和提炼具有本土性和民族特色的中国史诗学理论概念、范畴，探讨其发展前景，力求在现有史诗学理论研究成果的基础上进行学术创新和突破，以促成新的中国史诗学理论的生成。这可以为进一步完善和促进有中国特色的马克思主义史诗学理论体系提供有价值的思考，对于推动我国史诗研究与世界史诗学平等对话，促进我国史诗研究不断深入，提升我国史诗研究的话语权起到积极的作用。从学科角度而言，本书的研究对于拓展文艺学研究的边界，激活史诗学与文艺学的纵深化研究，促进中国民间文艺学的建设，促进作为学科的史诗学的建设与发展，强化史诗学理论研究的自觉，从而"进一步丰富和发展国际史诗理论，进而建构史诗学的中国学派"①，起到积极作用。

　　本书选题的现实意义在于进一步铸牢中华民族共同体意识、坚定中华文化自信。中华文化是各民族文化的集大成。中国当代史诗学理论研究，能够进一步推动中国史诗实践研究，能使广大读者认识并信服，由我国各族人民以集体智慧结晶的史诗，确实是反映中华民族古代社会生活的"百科全书"，从而进一步增强我国各族人民的中华民族认同感，增强中华民族的凝聚力；对于丰富各族人民的生活、弘扬民族文化、厚植家国情怀、坚定中华文化自信具有一定的学术价值和现实意义；对于推动多民族文化发展，维护文化多样性，抢救和保护人类宝贵文化遗产也具有学术借鉴意义。

第二节　研究对象

　　本书的研究对象是"中国当代史诗学关键词"。需要说明的问题有两个。第一，"史诗"概念的界定问题。史诗有其确定的属性和界域。

---

　　① 明江：《史诗与口头传统的当代困境与机遇——访中国社科院民族文学研究所所长朝戈金》，《文艺报》2012 年 3 月 2 日第 5 版。

本书第一章对"史诗"进行界定，认为史诗是生成和发展于特定民族幼年时期的一种口头叙事传统和动态民俗生活事象，以程式化的韵文形式叙述特定民族有关人类起源、天地形成、民族迁徙、民族战争等诸多重要阶段的重大历史事件或者歌颂在民族形成过程中为氏族、部落、部族及整个民族而英勇斗争的英雄及其光辉业绩，风格崇高、篇幅宏大，呈现出主题的民族性、体裁的宏伟性以及画面的全景性特点，在传统社会或接受史诗的群体中具有认同表达源泉的功能。第二，"史诗学"的命题能不能成立？答案是肯定的。中国学界对史诗的认识始于20世纪初期中国学者对域外史诗的介绍。国内以史诗为研究对象的史诗学于20世纪50年代开始展开。1991年4月17日，藏学家王沂暖先生在人民大会堂举行的《格萨尔学集成》首发式上提出："《格萨尔》就其质量来说，可以与《红楼梦》红学相比拟，与敦煌学相比拟，可以称之为《格萨尔》学。"① 当时，具有中国特色的《格萨尔》学的科学体系已经初步形成。② 如今，不仅《格萨尔》学的研究工作如火如荼地进行着，《玛纳斯》《江格尔》以及诸多南方史诗的研究队伍也已形成并逐渐壮大，研究呈现逐步细化和深化的发展态势，研究成果也蔚为壮观。从研究对象、研究队伍及研究成果来看，说中国史诗学的研究格局已经形成是实事求是的。经历各种不同的学术实践，史诗学业已成为中国民间文学学科中相对独立的分支。

　　中国当代史诗学主要由中国少数民族史诗研究、域外史诗研究组成，而中国少数民族史诗研究是其主体，因此本书主要立足于国际史诗学研究、具体少数民族史诗传统研究、综合性及专题研究等研究现状，对中国当代史诗学关键词进行研究。所谓"中国史诗学关键词研究"，主要对史诗学理论进行研究，将中国当代史诗学的重要概念、范畴、范式、问题域，以关键词的形式呈现。所选的关键词是"史诗""口头诗学""歌手""演述""文本""文化记忆"。研究的时间范围限定在当代，即1949年以后中国的史诗学研究，着重于20世纪80年代以后，尤其是21世纪以来的中国史诗学研究。

　　本书通过关键词对中国当代史诗学进行研究，大而言之，要在理论层

---

① 王沂暖：《我的两点看法》，《格萨尔研究论集》，中国藏学出版社2017年版，第221页。

② 赵秉理：《为建立具有中国特色的〈格萨（斯）尔〉学的科学体系而奋斗》，《格萨尔学集成》（第四卷），甘肃民族出版社1994年版，第1—13页。

面对这些关键词及其所涉及的问题域进行梳理、阐释和理论抽绎，涉及史诗学学术话语、学科建设、学术规范及学科走向等；小而言之，是要探讨关于中国当代史诗学的理论问题、观点、范畴、概念、术语乃至理论体系等。本书通过研究，试图回答当代史诗学体系建设的一些基本问题：史诗的起源与界定、史诗的轴心研究方法与范式、史诗的样式与形态、史诗的传承与保护、史诗的内涵和功能、史诗学学术史，等等。因此，对具体史诗的基础研究、史诗的调查与搜集整理、科学版本的校勘和出版、特定歌手或歌手群体的长期追踪和精细描摹及相关制度保障、对机构工作模型和学者个人工作模型的设计和总结、在音声文整理收藏和数字化处理方面建立符合新的技术规范和学术理念的资料库和数据库工作、史诗资料学建设方面等基础研究则不纳入本文研究的范围。

第三节　中国史诗研究述评

一　当代国际史诗学研究

中国少数民族史诗的发现、史诗学作为一门学科的萌芽与建立，以及世纪之交中国史诗学的范式转换与西方史诗学术密切相关。国外史诗理论对中国史诗理论的冲击和渗透，国内史诗研究界对国外史诗理论的翻译、吸纳、转化和本土化建构是中国史诗研究生成理论自觉的重要动力。诚然，中国史诗学的形成和发展受到各种各样的因素综合影响，国外史诗理论的影响仅仅是一个方面。但是，若无对国外史诗及其理论的译介和借鉴，则中国史诗学的发生与发展将无从谈起。从国际史诗学的立场审视，这一表述无疑是正确的。

1983 年和 1984 年，中国社会科学院少数民族文学研究所编译了两册《民族文学译丛》，分别以《格萨尔》《江格尔》研究论文为主，收录了国际史诗学界研究中国少数民族史诗的重要论文及部分对中国少数民族史诗有重要参考价值的论著的部分内容，在一定程度上反映了当时国外学术界研究中国少数民族史诗的成就。① 20 世纪 90 年代以前，著名的史诗研

---

① 中国社会科学院少数民族文学研究所：《民族文学译丛》第一集，1983 年；中国社会科学院少数民族文学研究所：《民族文学译丛》第二集，1984 年。

究著作有保罗·麦钱特的《史诗论》、E. M. 梅列金斯基的《英雄史诗的起源》、谢·尤·涅克留多夫的《蒙古人民的英雄史诗》、石泰安的《西藏史诗和说唱艺人》、策·达木丁苏伦的《〈格萨尔传〉的历史根源》等。《史诗论》试图用广义的方法，通过对"可称为史诗的""一系列史诗作品"进行逐个考察、分析和比较，试图呈现史诗从古典史诗、口头史诗、英雄史诗到近代、现代史诗的发展线索。麦钱特对史诗的界定是广义的，他把小说、史诗剧、现代史诗诗歌都纳入现代史诗的范畴，得出的结论是："史诗是一种仍在不断发展、不断壮大的艺术形式。"① 这一结论对当今史诗研究仍有指导意义。俄罗斯著名理论家 E. M. 梅列金斯基的《英雄史诗的起源》，考察了世界英雄史诗的现象及相关理论，旨在探究英雄史诗产生的本源，提出"国家建立"是古典英雄史诗和经典英雄史诗的分水岭，主张从源头分析史诗的成因，提出神话概念共同存在于古代神话和童话中的观点。② 谢·尤·涅克留多夫的《蒙古人民的英雄史诗》，全面阐述了 20 世纪 80 年代初以前有关蒙古史诗搜集和研究的历史，讨论了蒙古民族史诗作品的三种形态：口头史诗、书面史诗和中世纪叙事文学，包括从古老的口头文学早期范本到近代长篇小说创立之前的历史英雄演义的各种叙事文学现象。③ 石泰安先生是法国著名藏学家，他的《西藏史诗和说唱艺人》以扎实的资料工作和文献考证总结了国外的《格萨尔》研究，该著作主要观点是：认为《格萨尔》史诗最晚形成于 14 世纪；史诗中的岭·格萨尔的名字最早来自恺撒大帝；说唱艺人兼有"代表了神祇的通灵人"和表演艺人双重角色；史诗起源于民间节日并受到宗教界的影响，等等。④ 蒙古国学者策·达木丁苏伦的《〈格萨尔传〉的历史根源》研究了史诗《格萨尔》的起源、归属和主题特征等问题。⑤ 在国外史诗理论与方法的影响下，主题、类型、母题的结构特征和文化历史意蕴等研究，与

---

① ［美］保罗·麦钱特：《史诗论》，金惠敏、张颖译，北岳文艺出版社 1989 年版。

② ［俄］E. M. 梅列金斯基：《英雄史诗的起源》，王亚民、张淑明、刘玉琴译，商务印书馆 2007 年版。

③ ［苏］谢·尤·涅克留多夫：《蒙古人民的英雄史诗》，徐昌汉、高文风、张积智译，内蒙古大学出版社 1991 年版。

④ ［法］石泰安：《西藏史诗和说唱艺人》，耿昇译，中国藏学出版社 2012 年版。

⑤ ［蒙古］策·达木丁苏伦：《〈格萨尔传〉的历史根源》，北京俄语学院译，青海省民间文学研究会 1960 年版。

马克思主义文艺观并峙，成为 20 世纪 80 年代至 90 年代中期中国史诗研究的重要批评话语和研究范式。

　　20 世纪 90 年代中期以后，对国内史诗学有重要影响的国际史诗学专著主要有阿尔伯特·贝茨·洛德（Albert Bates Lord）的《故事的歌手》、格雷戈里·纳吉（Gregory Nagy）的《荷马诸问题》、约翰·迈尔斯·弗里（John Miles Foley）的《口头诗学：帕里—洛德理论》、理查德·鲍曼（Richard Bauman）的《作为表演的口头艺术》以及卡尔·赖希尔的代表作《突厥语民族口头史诗：传统、形式和诗歌结构》等。口头诗学集大成者洛德在南斯拉夫史诗和"口头文学"领域著述颇丰，① 其中，出版于1960 年的《故事的歌手》充分代表了其学术思想，也是口头诗学的奠基之作。该著作凝结了洛德在古希腊文学和南斯拉夫口头史诗方面长达 25年的研究和发现，充分揭示和证明了口头诗歌是一种创作和表演相互结合的过程，没有必须因循的定型文本，并对口头诗歌的叙事单元、结构、问题模式等基本概念进行了界定，强调了口头史诗的文化传统和程式特点。② 格雷戈里·纳吉的《荷马诸问题》，对《伊利亚特》《奥德赛》怎么样、何时、在哪里以及为什么最终被以书面文本形态保存下来，并且流传了两千多年的缘由等进行了分析。③ 口头诗学研究专家约翰·迈尔斯·弗里的《口头诗学：帕里—洛德理论》是关于口头程式理论的简明历史，在口头传统的诸多形式及其对文人和文学作品的世界发生怎样影响的研究中追溯口头程式理论的演进及其发展方向。④ 该著作为史诗的田野作业提供了借鉴，对我国民俗文化学的学科建设和史诗的整理与研究颇有启发。另外，2008 年，杨利慧、安德明择定美国表演理论的主要代表人物之一鲍曼的著作《作为表演的口头艺术》（*Verbal Art as Performance*）及相关学术论文，编辑并翻译为《作为表演的口头艺术》出版发行。该著作系统介绍了"表演"的本质、特征、理论基础、阐释框架及其实践意义，为

---

　　① Morgan E. Grey, Mary Louise Lord, John Miles Foley, "A Bibliography of Publications by Albert Bates Lord", *Oral Tradition*, Vol. 25, No. 2, October 2010, pp. 497-504.

　　② ［美］阿尔伯特·贝茨·洛德：《故事的歌手》，尹虎彬译，中华书局 2004 年版。

　　③ ［匈］格雷戈里·纳吉：《荷马诸问题》，巴莫曲布嫫译，广西师范大学出版社 2008年版。

　　④ ［美］约翰·迈尔斯·弗里：《口头诗学：帕里—洛德理论》，朝戈金译，社会科学文献出版社 2000 年版。

民俗学和语言人类学界有关口头艺术的研究提供了新的范式，也为国内史诗学研究提供了借鉴。① 德国学者卡尔·赖希尔（Karl Reichl）的《突厥语民族口头史诗：传统、形式和诗歌结构》，对突厥语民族史诗的文类、类型、程式、歌手的创作以及史诗的流播等问题进行了深入阐述。② 上述著作的译介在一定程度上对于中国史诗学从书面范式向口头范式的转型起到了助推作用。

学术论文方面，芬兰史诗学者劳里·航柯（Lauri Olavi Honko）在《史诗与身份认同：国家、地区、社区与个人》中，阐释了"传统、文化与认同"三者的不同及联系，辨析了口头史诗与某地区人们的认同、社区认同、个人身份认同乃至国家认同之间的关系，提出的重要观点之一是："史诗是表达认同的故事，象征着身份认同。史诗对于那些将之作为'我们的故事'的集体而言，承载着超出其文本的意义。"③ 该文开史诗与认同研究之先河。约翰·迈尔斯·弗里的《从口头表演、书写文本到网络版》一文以南斯拉夫口头史诗为例，指出特定口头表演形成的文本有着无法避免的缺陷——歌手的声音和动作、表演的语境和背景故事等难以用文字呈现，而网络版集音频、文本与翻译等于一体，其超链接形式恰恰可以弥补书写文本的不足。④ 他的文章《通过口头传统"阅读"荷马》，考察了"荷马问题"的历史及荷马其人，启发读者要在荷马史诗所得以起源和传承的口头传统中理解其意义。⑤ 卡尔·赖希尔的文章《口头史诗之现状：消亡、存续和变迁》从三个方面对 21 世纪初口头史诗的图景进行了概括，指出史诗演述在当今时代依然有价值，各国学者和各类机构的

---

① ［美］理查德·鲍曼：《作为表演的口头艺术》，杨利慧、安德明译，广西师范大学出版社 2008 年版。

② ［德］卡尔·赖希尔：《突厥语民族口头史诗：传统、形式和诗歌结构》，阿地里·居玛吐尔地译，中国社会科学出版社 2011 年版。

③ Lauri Honko, "Epic and Identity: National, Regional, Communal, Individual", *Oral Tradition*, Vol. 11, No. 1, 1996, pp. 18-36.

④ John Miles Foley, "From Oral Performance to Paper-Text to Cyber-Edition", *Oral Tradition*, Vol. 20, No. 2, 2005, pp. 233-263.

⑤ John Miles Foley, "'Reading' Homer through Oral Tradition", *College Literature*, Vol. 34, No. 2, 2007, pp. 1-28.

交流与合作互助是保护史诗的有效途径。① 美国学者戴维·埃尔默
（David F. Elmer）在《米尔曼·帕里口头文学特藏的数字化：成就、挑战
及愿景》中重点讨论了口头史诗传统的数字化建档实践问题，② 对于我国
口头史诗的数字化建设有参考价值。另外，2000 年，《民族文学研究》设
"北美口头传统研究专号"，译介了约翰·迈尔斯·弗里遴选的七篇论文，
涉及民族志诗学、口头程式理论、演述理论、口传的思维和特点等晚近史
诗研究的重要理论和话题。③

二　中国少数民族史诗传统研究

（一）《格萨尔》研究。史料记载，《格萨尔》研究始于中国。早在
明崇祯三年（1630），有人根据一个青海说书人的叙述，把部分《格萨
尔》内容译为蒙文版《英雄格斯尔可汗》，于 1716 年在北京出版。此后，
国外学者才有机会接触到《格萨尔》史诗。19 世纪末，外国人开始注意
到藏文版《格萨尔》。④ 国内《格萨尔》史诗学的资料学建设始于 20 世纪
30—40 年代，人们对《格萨尔》的认识随着搜集整理工作逐渐深入。
1944 年至 1947 年，任乃强先后发表《关于〈藏三国〉的初步介绍》⑤
《关于"藏三国"》⑥《关于格萨到中国的事》⑦ 等文章，对《格萨尔》
的文类、艺术特色、传承与部本结构等进行阐释，并解释了《格萨尔》
与《三国演义》、格萨尔与关羽混同的原因。1944 年，韩儒林的文章《关
羽在西藏》通过翔实的文献材料，总结了西方学界研究《格萨尔》的功

① ［德］卡尔·赖希尔：《口头史诗之现状：消亡、存续和变迁》，陈婷婷译，《贵州民族
大学学报》（哲学社会科学版）2015 年第 5 期。

② ［美］戴维·埃尔默：《米尔曼·帕里口头文学特藏的数字化：成就、挑战及愿景》，李
斯颖、巴莫曲布嫫译，《民族文学研究》2018 年第 2 期。

③ 七篇文章分别为：《口头传承研究方法纵谈》《基于口传的思维和表述特点》《典律之解
构》《美洲本土传统（北方）》《民族志诗学》《对表演的设定》《美国民间布道中的口头演说》。

④ 王恒涛、尕玛多吉：《藏学专家降边嘉措："格萨尔"研究最早始于明代》，《光明日报》
2014 年 1 月 30 日第 7 版。

⑤ 任乃强：《关于〈藏三国〉的初步介绍》，赵秉理编《格萨尔学集成》第 2 卷，甘肃民
族出版社 1996 年版，第 667 页。

⑥ 任乃强：《关于"藏三国"》，赵秉理编《格萨尔学集成》第 2 卷，甘肃民族出版社
1996 年版，第 673—674 页。

⑦ 任乃强：《关于格萨到中国的事》，赵秉理编《格萨尔学集成》第 2 卷，甘肃民族出版
社 1996 年版，第 674—675 页。

绩和动因，记载了《格萨尔》的传承及相关的民俗、信仰等情况，有一定的史料价值。[①] 1958 年，中宣部召开"少数民族文学史编写座谈会"，标志着少数民族民间文学的搜集、整理及研究开始上升为一种"国家文化行为"。[②] 同时，现代意义上的《格萨尔》搜集整理和研究工作正式展开。徐国琼 1959 年 12 月发表的《藏族史诗〈格萨尔王传〉》，是 1949 年以后中国学者首次公开发表关于史诗《格萨尔》的学术论文。该文高度肯定了史诗《格萨尔王传》的特色，即内容上饱含人民性和伟大的乐观主义精神，创作手法上现实主义与浪漫主义相结合，使内容与形式达到完美统一；论证了史诗《格萨尔王传》源于民间集体创作，是民间文学；通过详细的考证，认为"最初的格萨尔故事，产生于 11 世纪末是完全有可能的"；列举出已搜集到的《格萨尔王传》的部数；认为史诗《格萨尔王传》融汇于藏族人民文化生活的各方面，等等。该文论述问题颇为全面，较直观地反映了当时人们对《格萨尔王传》的总体认识。[③] 1962 年，黄静涛的《格萨尔·霍岭大战》上部的"序言"是《格萨尔》被列入中国社会主义新文化的一个标志，论述了"格萨尔"与历史真实的关系、搜集整理史诗《格萨尔》的意义以及史诗的产生年代等问题。[④]

新时期以来，格萨尔学进入发展期。1979 年 8 月，中国社科院少数民族文学研究所和中国民间文艺研究会联合向中央宣传部递交《关于抢救藏族史诗〈格萨尔〉的报告》。[⑤] 随后，《格萨尔》搜集整理工作被列入国家重点科研项目，抢救史诗工作进入高潮时期。1984 年，全国《格萨（斯）尔》工作领导小组成立。同年，吴均的《岭·格萨尔论》提出，应以实事求是的态度区分历史人物和小说家塑造的人物，格萨尔是真实的历史人物，岭·格萨尔则是民间艺人塑造的理想人物，开启了史诗研究的"历史学派"。[⑥] 王沂暖主要探讨了史诗《格萨尔》的行数、部数和分

① 韩儒林：《关羽在西藏》，《韩儒林文集》，江苏古籍出版社 1985 年版，第 664—672 页。

② 毛巧晖：《中国民间文艺家协会与少数民族民间文学的发展》，《民间文化论坛》2021 年第 3 期。

③ 徐国琼：《藏族史诗〈格萨尔王传〉》，《文学评论》1959 年第 6 期。

④ 青海省民间文学研究会：《格萨尔·霍岭大战》（上部），上海文艺出版社 1962 年版。

⑤ 贾芝：《中国史诗〈格萨尔〉发掘名世的回顾》，《西北民族研究》2012 年第 4 期。

⑥ 吴均：《岭·格萨尔论》，《民族文学研究》1984 年第 1 期。

类,① 认定《格萨尔》存在分章本、分部本两种版本,② 认为蒙古族《岭·格斯尔》源自藏族的《格萨尔》,并通过计算提出《格萨尔》是"世界上最长的史诗"③。另外,他的《谈谈藏族长篇史诗〈格萨尔王传〉》从史诗《格萨尔》的流传与翻译研究概况、故事梗概与核心思想、体裁与组织形式、版本及部数、格萨尔是否为历史人物、《格萨尔王传》产生的时间和作者、藏文《格萨尔王传》与蒙文《格斯尔王传》的关系七方面展开研究,涉及问题反映出当时学界《格萨尔》研究的重点领域和话题。④ 王沂暖先生研究《格萨尔》的学术文章后结集为《格萨尔研究论集》。⑤ 张晓明 1986 年发表《关于〈格萨尔〉研究的思考》,回溯《格萨尔》研究的历史过程,分析《格萨尔》研究的新视角和新态势,指出20 世纪 60 年代以来广泛流行的对史诗产生的历史年代的踏勘,以及对史诗进行文学描述和解释的思维模式存在明显的局限性,亟须进行研究课题的转换,他"强烈地意识到《格萨尔》研究应该由文学课题进入文化课题。"⑥ 反观 20 世纪 90 年代至今的《格萨尔》研究实践,可以发现其论述之精到、前瞻之准确。该文学术视野广阔,关于《格萨尔》研究的思考对于当下的研究实践仍有启发意义。色·策·布和朝鲁在《〈格斯尔传〉与萨满文化》一文中,阐释了史诗《格斯尔传》与萨满文化的联系,认为萨满教世界观贯穿于《格斯尔传》的始终。⑦

　　20 世纪 90 年代以来,《格萨尔》研究呈现繁荣态势。重要的研究专著有:格萨尔学专家王兴先 1991 年出版的《〈格萨尔〉论要》是国内全面系统地研究史诗《格萨尔》的先行著作。该著主要论述了史诗《格萨尔》的思想内涵、宗教文化、史诗中的岭国英雄、王室和部落、民俗文

① 王沂暖:《藏族史诗〈格萨尔〉的部数与行数》,《中国藏学》1990 年第 2 期。

② 王沂暖:《关于藏文〈格萨尔王传〉的分章本》,《西北民族研究》1988 年第 1 期。

③ 王沂暖:《〈格萨尔〉是世界最长的伟大英雄史诗》,《西南民族学院学报》(哲学社会科学版),1984 年第 3 期。

④ 王沂暖:《谈谈藏族长篇史诗〈格萨尔王传〉》,《中国少数民族文学论集》第一集,中国民间文艺出版社 1983 年版,第 1—11 页。

⑤ 王沂暖:《格萨尔研究论集》,中国藏学出版社 2017 年版。

⑥ 张晓明:《关于〈格萨尔〉研究的思考》,《西藏民族学院学报》(社会科学版)1986 年第 4 期。

⑦ 色·策·布和朝鲁:《〈格斯尔传〉与萨满文化》,仁钦道尔吉、郎樱编《阿尔泰语系民族叙事文学与萨满文化》,内蒙古大学出版社 1990 年版,第 70—80 页。

化、体裁组织、横向流传以及格萨尔学的学科建设等问题，辨析了藏族与蒙古族、土族、裕固族《格萨尔》源与流、同源分流的关系。① 扎西东珠、王兴先合著的《〈格萨尔〉学史稿》是国内外第一部格萨尔学史，采用了编年史与专题史相结合的编纂方法。该著作论述领域涉及史诗《格萨尔》的搜集、整理与抢救，译介与编纂、出版，多学科研究，《格萨（斯）尔》优秀艺人及其说唱部本、章节目录，格萨尔学的重要学者及其成果诸方面，对"建设有中国特色的格萨尔学学科"问题进行系统阐释，具有重要的学术价值。② 藏族学者兼作家降边嘉措的《〈格萨尔〉与藏族文化》，从多学科视角探究藏族文化的发展历史与结构形态，论述史诗《格萨尔》产生和发展的历史过程及其在藏族文化史上的地位和影响，挖掘史诗《格萨尔》的丰富内涵。③ 他的《〈格萨尔〉论》，在回顾和总结学界研究成果的基础上，对《格萨尔》的流传演变、历史文化背景、藏族文化的结构形态、古代藏民的图腾崇拜、巫术文化、古代藏族的部落社会、佛苯之争与《格萨尔》的发展、藏文文献中的《格萨尔》、格萨尔名字考及说唱艺人等进行系统而深入地阐释，是史诗《格萨尔》研究的代表性成果。④ 降边嘉措的论文集《中国〈格萨尔〉事业的奋斗历程》辑录了其自 20 世纪 50 年代至 21 世纪初的 37 篇学术论文，呈现出中国格萨尔学的发展历程及重要成就，具有强烈的现实针对性。⑤ 杨恩洪的《民间诗神——格萨尔艺人研究》，通过田野调查占据丰富鲜活的一手资料，立体地、多侧面地论析了《格萨尔》史诗说唱艺术的历史轨迹，全面评价了史诗歌手在《格萨尔》形成和传播中的重要作用和突出贡献，进一步深化了史诗歌手研究。她从传承方式上把《格萨尔》艺人分为神授艺人、闻知艺人、掘藏艺人、吟诵艺人和圆光艺人五类，迄今仍是学界普遍认同的《格萨尔》史诗歌手分类方式。⑥ 赵秉理主编的《格萨尔学集成》（1—5 卷），汇集了国内外《格萨尔》研究概况、工作动态、学术论文，

① 王兴先：《〈格萨尔〉论要》，甘肃民族出版社 2002 年版。

② 扎西东珠、王兴先：《〈格萨尔〉学史稿》，甘肃民族出版社 2003 年版。

③ 降边嘉措：《〈格萨尔〉与藏族文化》，内蒙古大学出版社 1994 年版。

④ 降边嘉措：《〈格萨尔〉论》，内蒙古大学出版社 1999 年版。

⑤ 降边嘉措：《中国〈格萨尔〉事业的奋斗历程》，社会科学文献出版社 2012 年版。

⑥ 杨恩洪：《民间诗神：格萨尔艺人研究》，中国社会科学出版社 2017 年版。

主要研究论著类编，研究学者小传等，是史诗《格萨尔》的研究资料宝库。① 诺布旺丹的《艺人、文本和语境——文化批评视野下的格萨尔史诗传统》，在大量田野调查资料的基础上，从文化批评视野出发，通过对《格萨尔》文本、艺人和语境三者结构性关联和互动的阐释，揭示了活态史诗《格萨尔》的演进历程。该著作突破了学界常见的从现象入手、静态分析的研究方法，具有一定的理论深度。② 丹珍草的《格萨尔史诗当代传承实践及其文化表征》对《格萨尔》史诗的当代传承类型、传承实践及其文化表征进行寻绎与分析，试图呈现史诗《格萨尔》新的传承样式与民族历史传统文化的内在精神关联，为《格萨尔》的传承和创新发展提供了新的认知方式和角度。③

　　史诗《格萨尔》的文化研究方面，出现了诸多专著。却日勒扎布的《蒙古格斯尔研究》，论证了《格斯尔》源自藏族《格萨尔》，阐述了《格斯尔》的独特性，考证了格斯（萨）尔与历史人物的关系。④ 角巴东主等著的《〈格萨尔〉新探》，全面探讨了《格萨尔》的历史文化、宗教信仰、民俗习惯等，是国内第一本研究《格萨尔》史诗的藏文专著。⑤ 角巴东主的《格萨尔传疑难新论》，在田野调查基础上，阐释了《格萨尔》与宗教的关系、蒙藏《格萨尔》的关系、《格萨尔》的历史价值、各种版本的异同点等问题。⑥ 何峰的《〈格萨尔〉与藏族部落》着力论证了《格萨尔》与古代藏族部落社会的渊源关系。⑦ 平措的《〈格萨尔〉宗教文化研究》主要论析了苯教文化和藏传佛教文化在史诗《格萨尔》的体现、说唱艺人现象的宗教文化色彩、宗教文化在《格萨尔》艺术及风物遗迹中的体现。⑧ 丹曲的《〈格萨尔〉中的山水寄魂观念与古代藏族的自然观》在大量口碑文献和藏文文献基础上，以史诗《格萨尔》所折射的

---

① 赵秉理主编：《格萨尔学集成》（第1—5卷），甘肃民族出版社1990（1—3卷）、1994（第4卷）、1998（第5卷）年版。

② 诺布旺丹：《艺人、文本和语境——文化批评视野下的格萨尔史诗传统》，青海人民出版社2013年版。

③ 丹珍草：《格萨尔史诗当代传承实践及其文化表征》，中国社会科学出版社2019年版。

④ 却日勒扎布：《蒙古格斯尔研究》（蒙古文），内蒙古教育出版社1992年版。

⑤ 角巴东主、恰嘎·旦正：《〈格萨尔〉新探》（藏文），青海民族出版社1994年版。

⑥ 角巴东主：《格萨尔传疑难新论》（藏文），中国藏学出版社2000年版。

⑦ 何峰：《〈格萨尔〉与藏族部落》，青海民族出版社1995年版。

⑧ 平措：《〈格萨尔〉的宗教文化研究》，西藏人民出版社2009年版。

"灵魂寄存观"与"圣山圣湖"之间的内在联系为研究对象,将文本分析、理论思考和文化解读贯通于"人与自然"的文化生态研究中,拓展和深化了史诗《格萨尔》研究,有助于人们更全面地认识和把握史诗这一民间叙事传统。① 他的论文集《藏族史诗〈格萨尔〉论稿》涉及古代藏族的自然观研究、部落及山神崇拜习俗研究、史诗文化研究、史诗版本研究等,其间贯穿着作者对藏传佛教文化的深刻理解和知识积淀。他认为,《格萨尔》史诗中融入大量佛教内容,在很大程度上影响了史诗的圆形结构。② 加央平措的《关帝信仰与格萨尔崇拜:以藏传佛教为视域的文化现象解析》从宗教学、文化学、人类学等多维视角,洞察关帝信仰转化为格萨尔崇拜的传播历程及其意义,揭示了本土文化与异质文化的互动、互融的内在联系和规律。③ 另有徐国宝的博士学位论文:《〈格萨尔〉与中华文化的多维向心结构》,从马克思主义的实践学说和文化人类学的角度,考察了史诗《格萨尔》与藏文化乃至整个中华文化的关系,探索了中华文化多维向心结构的基本内涵及形成原因。④ 徐斌的博士学位论文《格萨尔史诗图像及其文化研究》从史诗图像的视角阐释《格萨尔》史诗内容和史诗功能的文化内涵,并对《格萨尔》史诗图像自身的发展进行了研究。⑤ 诺布旺丹的文章《〈格萨尔〉史诗的集体记忆及其现代性阐释》认为,在《格萨尔》史诗产生的早期阶段,尚无专司史诗演述活动的职业化艺人。作为一种集体记忆,《格萨尔》史诗的建构和传承由全体部落成员共同完成。职业或半职业化的《格萨尔》艺人的出现,当是后来藏族地区社会文化生态变迁的产物。集体记忆时代的《格萨尔》史诗,不仅呈现出从历史化向传说化和神话化过渡的文类特征,也具有集体记忆

---

① 丹曲:《〈格萨尔〉中的山水寄魂观念与古代藏族的自然观》,中国社会科学出版社 2014 年版。

② 丹曲:《藏族史诗〈格萨尔〉论稿》,中国社会科学出版社 2016 年版。

③ 加央平措:《关帝信仰与格萨尔崇拜:以藏传佛教为视域的文化现象解析》,社会科学文献出版社 2016 年版。

④ 徐国宝:《〈格萨尔〉与中华文化的多维向心结构》,博士学位论文,中国社会科学院研究生院,2000 年。

⑤ 徐斌:《格萨尔史诗图像及其文化研究》,博士学位论文,中国社会科学院研究生院,2003 年。

所承载的时空要素及其与群体传承的关联性等结构形态。①

文学研究一直是《格萨尔》史诗的重要研究方法。吴伟的著作《〈格萨尔〉人物研究》，首次整理出完整的《格萨尔》史诗人物体系，从结构、性格、原型三方面阐述，对史诗中关键人物进行专论，有创新意义。② 王军涛的著作《裕固族〈格萨尔〉故事类型研究》在深入田野实地调查的基础上，运用故事类型理论对流传在裕固族中的《格萨尔》进行阐释。③ 赵海燕的博士学位论文《〈格萨尔〉身体叙事研究》从历史、文化、权力、表演等维度探究史诗《格萨尔》文本及其演述中身体叙事的特征，揭示出身体叙事作为《格萨尔》内外叙事策略的多重价值。④ 丹珍草的文章《〈格萨尔〉文本的多样性流变》认为，格萨尔史诗的文本流变，可以概括为三种类型：口述记录的文字写本；介于口述记录本与作家文本之间的具有过渡性特色的神圣性与世俗性相互交织的文本；改写与重塑的作家文本。⑤ 伦珠旺姆的文章《英雄格萨尔人物原型及交融流变》，提出格萨尔既非纯粹虚构的文学人物，也非特定的历史人物，而是以"玛桑仲"为原始素材，以"岭仓祖先"为原型，综合中华民族历史上的诸位王公、英雄等英勇能干之人的事迹，交融汇聚起来的"箭垛式的人物"，体现出中华民族交往交流交融历史的独有特征。⑥ 随着口头诗学理论的译介，出现了以口头诗学为切入点研究史诗《格萨尔》的诸多成果。周爱明的博士学位论文《〈格萨尔〉口头诗学——包仲认同表达与藏族民众民俗文化研究》从活态民俗生活形式的角度，考察了《格萨尔》说唱艺人的学习过程与职业讲述，重点阐释了史诗艺人"认同表达"的民俗文化内涵。⑦ 诺布旺丹的著作《藏族神话与史诗》，从思想史的角度论述

---

① 诺布旺丹：《〈格萨尔〉史诗的集体记忆及其现代性阐释》，《西北民族研究》2017 年第 3 期。

② 吴伟：《〈格萨尔〉人物研究》，海豚出版社 2012 年版。

③ 王军涛：《裕固族〈格萨尔〉故事类型研究》，西藏人民出版社 2018 年版。

④ 赵海燕：《〈格萨尔〉身体叙事研究》，博士学位论文，西北大学，2019 年。

⑤ 丹珍草：《〈格萨尔〉文本的多样性流变》，《民间文化论坛》2016 年第 4 期。

⑥ 伦珠旺姆、陈江英：《英雄格萨尔人物原型及交融流变》，《中外文化与文论》2021 年第 3 期。

⑦ 周爱明：《〈格萨尔〉口头诗学——包仲认同表达与藏族民众民俗文化研究》，博士学位论文，中国社会科学院研究生院，2003 年。

了史诗《格萨尔》从原始神话（或民间故事）演变发展的历史轨迹。① 曹娅丽的著作《〈格萨尔〉遗产的戏剧人类学研究——以青海果洛地区藏族格萨尔戏剧演述形态为例》在田野调查和前人资料的基础上，运用表演理论和仪式理论对《格萨尔》戏剧遗产进行了较系统地描述和分析。② 她的著作《史诗、戏剧与表演——〈格萨尔〉口头叙事表演的民族志研究》着重于考察和记述口头叙事表演语境中的格萨尔史诗表演与戏剧演述，对于研究藏族地区的宗教史、社会史、文化史、民俗史等具有重要的理论意义和文化价值。③

史诗歌手研究是《格萨尔》研究的重要内容。杨恩洪是《格萨尔》史诗歌手研究的重要学者，除了专著《民间诗神——格萨尔艺人研究》，她的文章《〈格萨尔〉说唱形式与苯教》④《〈格萨尔〉说唱艺人的社会地位及贡献》⑤《史诗〈格萨尔〉说唱艺人的抢救与保护》⑥《再叙史诗〈格萨尔王传〉千年传承之谜》⑦ 从多个角度对格萨尔史诗说唱艺人进行研究。央吉卓玛的著作《〈格萨尔王传〉史诗歌手研究：基于青海玉树地区史诗歌手的田野调查》立足于田野调查，对《格萨尔王传》史诗歌手的概况、史诗展演的基本形态以及史诗歌手的传统文化内质与功能进行研究，将格萨尔史诗歌手分为神授史诗歌手、掘藏史诗歌手、圆光史诗歌手、习得史诗歌手、依物史诗歌手五类，首次将《格萨尔王传》史诗歌手的演述分为单口演述、对口演述、群口演述三种类型。⑧ 角巴东主和恰嘎多吉才让合著的《神奇的格萨尔艺人》主要阐释了《格萨尔》史诗歌手的类型及其特征。⑨ 角巴东主的著作《藏区格萨尔说唱艺人普查与研

① 诺布旺丹：《藏族的神话与史诗》（藏文），民族出版社 2012 年版。

② 曹娅丽：《〈格萨尔〉遗产的戏剧人类学研究——以青海果洛地区藏族格萨尔戏剧演述形态为例》，民族出版社 2013 年版。

③ 曹娅丽：《史诗、戏剧与表演——〈格萨尔〉口头叙事表演的民族志研究》，上海大学出版社 2015 年版。

④ 杨恩洪：《〈格萨尔〉说唱形式与苯教》，《西藏研究》1991 年第 3 期。

⑤ 杨恩洪：《〈格萨尔〉说唱艺人的社会地位及贡献》，《西北民族研究》1992 年第 2 期。

⑥ 杨恩洪：《史诗〈格萨尔〉说唱艺人的抢救与保护》，《西北民族研究》2005 年第 2 期。

⑦ 杨恩洪：《再叙史诗〈格萨尔王传〉千年传承之谜》，《中国地名》2014 年第 1 期。

⑧ 央吉卓玛：《〈格萨尔王传〉史诗歌手研究：基于青海玉树地区史诗歌手的田野调查》，中国社会科学出版社 2015 年版。

⑨ 角巴东主、恰嘎多吉才让：《神奇的格萨尔艺人》（藏文），民族出版社 2001 年版。

究》根据对《格萨尔》史诗歌手寻访普查的情况，对《格萨尔》史诗歌手进行分类，以具有代表性的史诗歌手为例阐释了《格萨尔》史诗歌手的形成与演述特点。①

《格萨尔》翻译与传播研究方面的主要成果有：扎西东珠等的著作《格萨尔文学翻译论》从翻译论举要、史诗《格萨尔》的译介与传播历史、《格萨尔》文学翻译实践论等三方面对史诗《格萨尔》的翻译问题进行系统性研究，对于构建科学的《格萨尔》文学翻译体系具有重要意义。② 于静、王景迁的著作《〈格萨尔〉史诗当代传播研究》对当代语境下《格萨尔》史诗说唱的变异以及各种不同的传播形态如再文本化、藏戏、电视改编、网络传播、英文翻译等进行研究，开《格萨尔》当代传播研究先河。③ 于静、吴玥的著作《〈格萨尔〉史诗的传播学研究》运用传播学理论阐释《格萨尔》史诗，对史诗《格萨尔》歌手的传播行为、史诗内容的传播学特征、传播变异等问题进行研究。④ 王治国的著作《集体记忆的千年传唱：〈格萨尔〉翻译与传播研究》深入探究史诗《格萨尔》近两百年的译介和传播谱系，对活态史诗和口头文学翻译研究有借鉴意义。⑤ 姚慧的《史诗音乐范式研究：以格萨尔史诗族际传播为中心》以口头传统为方法，创造性地提出史诗音乐范式概念体系，探索音乐对史诗演述及其族际传播等问题的独特意义，拓展了史诗《格萨（斯）尔》的研究视野。⑥

王国明的《土族〈格萨尔〉语言研究》资料翔实，是第一部从语言学角度研究《格萨尔》的专著，有开创意义。⑦ 他的著作《土族〈格萨尔〉研究》论述土族《格萨尔》的产生与流传、艺术特色、宗教信仰、民俗、语言形式等内容，较全面地展现了土族《格萨尔》的面貌。⑧ 李连荣的著作《格萨尔学刍论》，探讨《格萨尔》史诗的体裁、分章本、形成

①　角巴东主：《藏族格萨尔说唱艺人普查与研究》（藏文），西藏人民出版社 2013 年版。

②　扎西东珠等：《〈格萨尔〉文学翻译论》，人民出版社 2012 年版。

③　于静、王景迁：《〈格萨尔〉史诗当代传播研究》，人民出版社 2015 年版。

④　于静、吴玥：《〈格萨尔〉史诗的传播学研究》，济南出版社 2018 年版。

⑤　王治国：《集体记忆的千年传唱：〈格萨尔〉翻译与传播研究》，民族出版社 2018 年版。

⑥　姚慧：《史诗音乐范式研究：以格萨尔史诗族际传播为中心》，中国社会科学出版社 2021 年版。

⑦　王国明：《土族〈格萨尔〉语言研究》，甘肃民族出版社 2004 年版。

⑧　王国明：《土族〈格萨尔〉研究》，上海古籍出版社 2021 年版。

与发展、搜集与研究等问题，总结了西藏《格萨尔》史诗的搜集与研究工作，具有重要的资料价值。① 曼秀·仁青道吉的著作《〈格萨尔〉地名研究》，按 35 部传统《格萨尔》早期版本的分类设置章节，将其中所有地名按部本绘制地名图解，共涉及 2036 个地名，考证出 246 个历史地名，绘制了传统《格萨尔》早期版本地名简图，对研究史诗《格萨尔》和藏族历史地名的演变具有较高参考价值。② 他的著作《〈格萨尔〉版本研究》（上下册，藏文），分"传统《格萨尔》早期版本全传"与"现代《格萨尔》艺人说唱部本"两个部分。第一部分在近 500 部《格萨尔》各类版本中，通过"六道工序"和"六大特征"（唱词、情节、氏族部落的内容结构，以及曲调、古字词、措辞的语言特色），逐步梳理出一整套"传统《格萨尔》早期版本"的善本；依据整体故事情节的发展和人物生卒安排等内容，排列出传统《格萨尔》早期版本里"非同类题材"各个"善本"之间的次序，从而揭示一整套"传统《格萨尔》早期版本"的源流及其完整体系。③

　　从宏观上思考《格萨尔》史诗研究及其学术史的文章主要有：王兴先发表于 1993 年的文章《关于建立"格萨尔学"科学体系的初步构想》从史诗学一般理论阐释、多学科融通、学术史探讨、运用和借鉴多种研究方法、学科队伍建设等五方面提出建构中国格萨尔学科学体系的构想，对当下的研究仍具启发意义。④ 诺布旺丹的《〈格萨尔〉学术史的理论与实践反思》对《格萨尔》学术史进行反思，对当前史诗研究的路径进行总结，认为随着《格萨尔》学术史从民间学术到国家学术、再到国际性学术的发展，格萨尔研究的学术理念正在发生变化，即研究对象从史诗本体渐次转向史诗语境、学术范式从本质主义转向建构主义；学术实践方式也随之发生变化，即：走出书斋，走出理论的藩篱，走向田野，重返本土，从关注艺人、关注文本开始转向对本土语境的关注和保护。⑤ 李连荣的博

① 李连荣：《格萨尔学刍论》，中国藏学出版社 2008 年版。
② 曼秀·仁青道吉：《〈格萨尔〉地名研究》（藏文），中国藏学出版社 2011 年版。
③ 曼秀·仁青道吉：《〈格萨尔〉版本研究》（上下册，藏文），中国藏学出版社 2021 年版。
④ 王兴先：《关于建立"格萨尔学"科学体系的初步构想》，《西北民族学院学报》（哲学社会科学版）1993 年第 2 期。
⑤ 诺布旺丹：《〈格萨尔〉学术史的理论与实践反思》，《民间文化论坛》2016 年第 4 期。

士学位论文《中国〈格萨尔〉史诗学的形成与发展（1959——1996）》将中国学者自 20 世纪 30 年代初至 90 年代中期的《格萨尔》研究分为三个时期，探索了中国《格萨尔》史诗学形成与发展过程中的重要理论问题。① 增宝当周的《21 世纪以来〈格萨尔〉史诗研究的回顾与展望》从史诗《格萨尔》的文学研究与口头诗学研究、文化阐释与艺人研究、传承与传播研究、区域文化与遗迹遗物研究、艺术研究等方面对 21 世纪以来的《格萨尔》研究进行了梳理。② 意娜的《论当代〈格萨尔〉研究的局限与超越》通过分析国家社科基金项目和教育部人文社会科学课题《格萨尔》相关项目及中国知网《格萨尔》相关论文，指出中国《格萨尔》研究仍因循固有的思路，围绕《格萨尔》进行资料积累的工作，存在研究脉络相对固化、主题单一、话语体系和研究路径陈旧等问题，认为中国《格萨尔》研究亟须创新研究路径，推动更新问题意识和研究范式转换。③ 韩伟的《历史真理与理性差序：〈格萨尔〉学术史写作问题》提出，《格萨尔》学术史的写作应扬弃“历史真理”的相对性和人类理性差序的具体性，从而构建起真正“真实的”“客观的”史实、史观和史论。④ 此外，《西藏研究》于 2019 年刊出降边嘉措、杨恩洪、诺布旺丹、李连荣、次仁平措等《格萨尔》研究领域重要学者的系列访谈，通过诸学者的成长经历及学术活动历程较全面地呈现了中国《格萨尔》学发展中的重要事件及主要研究领域，具有重要的资料价值。⑤

（二）蒙古族史诗研究。学术论文方面，仁钦道尔吉的《蒙古英雄史

---

① 李连荣：《中国〈格萨尔〉史诗学的形成与发展（1959—1996）》，博士学位论文，中国社会科学院研究生院，2000 年。

② 增宝当周：《21 世纪以来〈格萨尔〉史诗研究的回顾与展望》，《西藏大学学报》（社会科学版）2021 年第 3 期。

③ 意娜：《论当代〈格萨尔〉研究的局限与超越》，《西北民族研究》2017 年第 3 期。

④ 韩伟：《历史真理与理性差序：〈格萨尔〉学术史写作问题》，《人文杂志》2022 年第 7 期。

⑤ 次央、德吉央宗：《史诗〈格萨尔〉专家系列访谈（一）：降边嘉措与他的〈格萨尔〉事业》，《西藏研究》2019 年第 1 期；次央、巴桑次仁：《史诗〈格萨尔〉专家系列访谈（二）杨恩洪：做史诗历史的见证者、记录者》，《西藏研究》2019 年第 3 期；次央：《史诗〈格萨尔〉专家系列访谈（三）诺布旺丹：保护〈格萨尔〉完整的生态系统》，《西藏研究》2019 年第 4 期；次央：《史诗〈格萨尔〉专家系列访谈（四）李连荣：〈格萨尔〉研究 路漫漫其修远》，《西藏研究》2019 年第 5 期；次央：《史诗〈格萨尔〉专家系列访谈（五）次仁平措：抢救和整理仍然是〈格萨尔〉工作的重点》，《西藏研究》2019 年第 6 期。

诗情节结构的发展》提出"史诗母题系列"概念，认为蒙古英雄史诗主要有战争母题系列和婚姻母题系列，由此根据情节结构类型，将蒙古英雄史诗归纳为由单一史诗母题系列构成的单篇性史诗、由两种史诗母题系列组合成的串联复合型史诗以及由构成系列史诗的多个独立篇章形成的并列复合型史诗（如《格斯尔》《江格尔》）三类，为学界广泛接受。① 他的《论巴尔虎英雄史诗的起源、发展与演变》，分析了内蒙古呼伦贝尔盟巴尔虎地区英雄史诗的分类、起源、发展和演变的过程。② 斯钦巴图的《新时期蒙古史诗研究回顾与展望》总结了 20 世纪 80 年代初以来中国学者在蒙古英雄史诗研究方面的成果。③ 陈岗龙的《蒙古英雄史诗搜集整理的学术史观照》探讨了以往蒙古史诗文本记录整理中存在的问题，考察了蒙古英雄史诗的经典化过程，认为，蒙古英雄史诗的文本通过经典化，一方面获得国家和族群认同，成为蒙古民族文化身份表达的资源，同时日益失去了口头性和方言特征。④

　　20 世纪 90 年代，蒙古史诗研究著作主要有仁钦道尔吉的《中国少数民族英雄史诗〈江格尔〉》《江格尔论》，斯钦巴图的《江格尔与蒙古族宗教文化》，敖·扎嘎尔的《江格尔史诗研究》，格日乐的《十三章〈江格尔〉审美意识》，贾木查的《史诗〈江格尔〉探渊》，巴·布林贝赫的《蒙古英雄史诗诗学》等。《中国少数民族英雄史诗〈江格尔〉》，是国内第一部全面评介史诗《江格尔》的著作，对史诗《江格尔》的意蕴、艺术形象、故事情节、语言艺术以及传统史诗的继承与发展等进行了研究。⑤《江格尔论》梳理了史诗《江格尔》的演唱艺人、史诗的搜集及研究情况，并对《江格尔》的文化渊源、社会原型、起源、发展与变异、情节结构、人物形象以及艺术语言等方面进行分析，几乎涉及《江格尔》研究中所有的重大问题。⑥ 该著作引起了广泛反响，充分体现了当时蒙古史诗研究的学术水平，是 90 年代《江格尔》研究的代表性著作。斯钦巴

① 仁钦道尔吉：《蒙古英雄史诗情节结构的发展》，《民族文学研究》1989 年第 5 期。

② 仁钦道尔吉：《论巴尔虎英雄史诗的产生、发展和演变》，《文学遗产》1981 年第 1 期。

③ 斯钦巴图：《新时期蒙古史诗研究回顾与展望》，《内蒙古师范大学学报》（哲学社会科学版）2009 年第 1 期。

④ 陈岗龙：《蒙古英雄史诗搜集整理的学术史观照》，《西北民族研究》2011 年第 3 期。

⑤ 仁钦道尔吉：《中国少数民族史诗英雄〈江格尔〉》，浙江教育出版社 1995 年版。

⑥ 仁钦道尔吉：《江格尔论》，内蒙古大学出版社 1999 年版。

图的《江格尔与蒙古族宗教文化》勾勒出史诗《江格尔》的宗教——文学的总体发展脉络，阐释了《江格尔》在部落社会生活中的地位以及《江格尔》演唱活动中的宗教民俗等文化现象，分析了《江格尔》与本土原始宗教萨满教的关系以及外来的佛教对史诗的作用和影响。① 敖·扎嘎尔的《江格尔史诗研究》，梳理了《江格尔》搜集整理、出版及研究的历史，探讨史诗情节、内容、艺术特点等，提出了人物形象的阶段性发展问题。② 格日乐的《十三章〈江格尔〉审美意识》，从审美理想和审美意识、美的存在形态等方面阐释《江格尔》，是国内首次从美学角度较系统地研究《江格尔》史诗的著作。③ 贾木查的《史诗〈江格尔〉探渊》系统论述了史诗《江格尔》产生的时间、地点、历史背景及其同蒙古民族精神的关系等问题。④ 巴·布林贝赫的《蒙古英雄史诗诗学》研究了蒙古英雄史诗的宇宙结构、英雄形象体系、骏马形象、人与自然的关系、文化变迁中的史诗发展、意象韵律等，史蒙古英雄史诗诗学的体系化总结，对史诗研究具有一定的示范意义。⑤ 其他还有巴雅尔图的《蒙古族第一部长篇神话小说——北京版〈格斯尔〉研究》⑥、乌力吉的《蒙藏〈格斯萨尔〉的关系》⑦、却日勒扎布的《蒙古格斯尔研究》⑧、萨仁格日乐的《史诗"江格尔"与蒙古文化》⑨、王艳凤等的《蒙古族史诗与印度史诗比较研究》⑩ 等多部研究专著。

朝戈金的《口传史诗诗学：冉皮勒〈江格尔〉程式句法研究》于2000 年出版，是 21 世纪以来中国蒙古史诗研究的代表性成果。作者广泛

---

① 斯钦巴图：《〈江格尔〉与蒙古族宗教文化》，内蒙古大学出版社 1999 年版。

② 敖·扎嘎尔：《江格尔史诗研究》（蒙古文），内蒙古教育出版社 1993 年版。

③ 格日乐：《十三章〈江格尔〉审美意识》（蒙古文），内蒙古教育出版社 1994 年版。

④ 贾木查：《史诗〈江格尔〉探渊》，汪仲英译，新疆人民出版社 1996 年版。

⑤ 巴·布林贝赫：《蒙古英雄史诗诗学》，陈岗龙、阿勒德尔图、玉兰译，中国社会科学出版社 2018 年版。

⑥ 巴雅尔图：《蒙古族第一部长篇神话小说——北京版〈格斯尔〉研究》（蒙古文），内蒙古大学出版社 1989 年版。

⑦ 马·斯·乌力吉：《蒙藏〈格萨尔〉的关系》（蒙古文），民族出版社 1991 年版。

⑧ 却日勒扎布：《蒙古格斯尔研究》（蒙古文），内蒙古教育出版社 1992 年版。

⑨ 萨仁格日乐：《史诗"江格尔"与蒙古文化》（蒙古文），内蒙古人民出版社 1998 年版。

⑩ 王艳凤、阿婧斯、吴志旭：《蒙古族史诗与印度史诗比较研究》，中国社会科学出版社 2020 年版。

参照晚近的国际史诗学理论成果，在辨析相关史诗学基本理论的基础上，以江格尔奇冉皮勒演唱的《江格尔·铁臂萨布尔》录音整理文本为样例，对其词语程式、程式化传统句法以及程式的类型、系统与功能进行诗学分析，并延伸到关于蒙古史诗和中国史诗的整体研究，从而得出结论：程式是蒙古口传史诗的核心要素。该著作对于活态史诗"口承性"的把握，根据特定史诗传统而创用的分析模型以及对于"表演中创编"等理论的阐释，突破了已有的史诗研究格局和领域，具有重要的理论价值。① 2002年，尹虎彬出版了《古代经典与口头传统》，评介了帕里—洛德理论、表演理论和民族志诗学的理论和方法，对口头诗学的程式、主题、文本等概念及史诗的演进模式、故事模式等做了全面而深入的阐发。② 仁钦道尔吉的《蒙古英雄史诗源流》论述了我国各蒙古部族史诗的部族特征和地域特点，指出了史诗起源的多元性，探讨了蒙古史诗的情节结构、人物形象的发展规律，对蒙古族中小型英雄史诗共 113 种文本的共性与特性及其形成与发展过程进行研究。作者提出蒙古史诗由婚姻型史诗、征战型史诗、家庭斗争型史诗三类史诗题材组合构成，自成一说。③ 仁钦道尔吉的《蒙古英雄史诗发展史》在前期已对英雄史诗进行单篇型、串联复合型及并列复合型分类的基础上，从英雄史诗的三个发展阶段论述了蒙古英雄史诗的发展史。④ 乌日古木勒的《蒙古突厥史诗人生仪礼原型》从人生仪礼民俗文化现象的视角对蒙古——突厥史诗求子母题、英雄特异诞生母题、考验母题以及英雄再生母题进行研究，阐明了蒙古—突厥史诗的特征及其起源问题。⑤ 斯钦巴图的《蒙古史诗：从程式到隐喻》借鉴口头程式理论和认知语言学理论方法，从文本、意义和语境三个方面，探究了蒙古史诗文本的程式化构成机制、文本与语境的关联性和隐喻结构问题。⑥ 萨仁格日勒的《蒙古史诗生成论》勾勒出蒙古史诗赖以生成的文化时空轮廓，探讨了蒙古史诗生成的规律及史诗的存在方式，提出史诗文本、艺人、听众

---

① 朝戈金：《口传史诗诗学：冉皮勒〈江格尔〉程式句法研究》，广西人民出版社 2000年版。

② 尹虎彬：《古代经典与口头传统》，中国社会科学出版社 2002 年版。

③ 仁钦道尔吉：《蒙古英雄史诗源流》，内蒙古大学出版社 2001 年版。

④ 仁钦道尔吉：《蒙古英雄史诗发展史》，中国社会科学出版社 2013 年版。

⑤ 乌日古木勒：《蒙古突厥史诗人生仪礼原型》，民族出版社 2007 年版。

⑥ 斯钦巴图：《蒙古史诗：从程式到隐喻》，民族出版社 2006 年版。

和读者都是史诗生成过程的产物而非"史诗现象"的先决条件。① 陈岗龙的《蟒古思故事论》是国内首部较为系统地研究东蒙古英雄史诗——蟒古思故事的专著。作者结合自身田野调查实践，深入探讨了蟒古思故事的起源、神话主题以及佛教对于蟒古思故事的影响等问题。② 其他尚有乌·新巴雅尔的《蒙古格斯尔探究》③，九月的《蒙古英雄史诗中考验婚的文化解读》④，巴雅尔图的《〈格斯尔〉研究》⑤，丹碧的《卫拉特蒙古英雄史诗研究》⑥ 等研究蒙古史诗的著作。另外，郭淑云的专著《〈乌布西奔妈妈〉研究》从《乌布西奔妈妈》的史诗性及其特点，采录、整理与研究情况，《乌布西奔妈妈》与东海女人真的历史文化渊源，《乌布西奔妈妈》与部落社会，《乌布西奔妈妈》与萨满文化，《乌布西奔妈妈》与渔猎文化等九个方面对流传于满族先世东海女真人中的古老英雄史诗《乌布西奔妈妈》进行系统的解读，填补了我国满族及其先世的史诗作品研究的空白。⑦

（三）《玛纳斯》研究。国内对于史诗《玛纳斯》的搜集、评介与研究工作始于 20 世纪 60 年代。刘发俊、太白、刘前斌合写的《柯尔克孜民间英雄史诗〈玛纳斯〉》介绍了《玛纳斯》的基本内容，认为《玛纳斯》是具有深刻的人民性和思想性的民族史诗，表现在史诗反映了柯尔克孜族人民反对异民族统治的斗争，歌颂了民族的团结与友谊，歌颂了纯洁忠贞的爱情。⑧ 胡振华的《国内外"玛纳斯奇"简介》粗略介绍了国内外著名玛纳斯奇的情况。⑨ 刘发俊的《论史诗〈玛纳斯〉》论述了《玛纳斯》的内容和思想性、艺术性和民族特色以及调查采录的情况。⑩ 他的另一篇文章《史诗〈玛纳斯〉的社会功能》从史学价值、教育作用、

① 萨仁格日勒：《蒙古史诗生成论》，中央民族大学出版社 2001 年版。

② 陈岗龙：《蟒古思故事论》，北京师范大学出版社 2003 年版。

③ 乌·新巴雅尔：《蒙古格斯尔探究》（蒙古文），内蒙古教育出版社 2002 年版。

④ 九月：《蒙古英雄史诗中考验婚的文化解读》（蒙古文），内蒙古人民出版社 2005 年版。

⑤ 巴雅尔图：《〈格斯尔〉研究》，内蒙古教育出版社 2006 年版。

⑥ 丹碧：《卫拉特蒙古英雄史诗研究》（蒙古文），新疆人民出版社 2006 年版。

⑦ 郭淑云：《〈乌布西奔妈妈〉研究》，中国社会科学出版社 2013 年版。

⑧ 刘俊发、太白、刘前斌：《柯尔克孜族民间英雄史诗〈玛纳斯〉》，《文学评论》1962 年第 2 期。

⑨ 胡振华：《国内外"玛纳斯奇"简介》，《民族文学研究》1986 年第 3 期。

⑩ 刘发俊：《论史诗〈玛纳斯〉》，《民族文学研究》1986 年第 3 期。

审美和娱乐作用等多方面论述了《玛纳斯》的社会功能。① 张彦平的《论玛纳斯形象早期神话英雄特质》将《玛纳斯》置于柯尔克孜族民族整体文化的宏观背景中，考察玛纳斯形象的演变过程以及柯尔克孜先民从原逻辑思维向理性思维递嬗的历史。② 郎樱的《〈玛纳斯〉的叙事结构》用现代西方叙事学的研究方法，分析了《玛纳斯》的叙事时间、视角及叙事结构特点。③ 张宏超的《〈玛纳斯〉产生时代与玛纳斯形象》认为，《玛纳斯》"产生于部分柯尔克孜人迁入天山地区之后、伊斯兰文化之前，即公元十世纪到十六世纪之间"④。

　　20 世纪 90 年代之后，我国《玛纳斯》研究出现了迅猛发展的势头。郎樱是国内"玛纳斯学"的集大成者，有《中国少数民族英雄史诗〈玛纳斯〉》《〈玛纳斯〉论析》《玛纳斯论》等多部研究著作。《中国少数民族英雄史诗〈玛纳斯〉》，探讨了《玛纳斯》的形成、发展与传承，分析了《玛纳斯》的人物形象与艺术特点，并对《玛纳斯》与柯尔克孜民间文学的关系、与萨满文化及伊斯兰教的关系等进行了研究。⑤《〈玛纳斯〉论析》广泛涉猎了《玛纳斯》研究的各方面，如玛纳斯奇和听众，史诗人物论，史诗的美学特征和叙事结构，史诗与柯尔克孜民间文学、突厥史诗、萨满文化的关系等，论析的角度是将史诗作为一种文学体裁。⑥ 1999年，郎樱在《〈玛纳斯〉论析》的基础上，完成专著《玛纳斯论》，重点论述《玛纳斯》及我国史诗的口承性特点，并加强了《玛纳斯》的比较研究。⑦ 曼拜特·吐尔地的《〈玛纳斯〉的多种异文及其说唱艺术》介绍了国内外 70 多位玛纳斯奇的生平及其史诗变体，并通过文本分析对《玛纳斯》同柯尔克孜族原始文化的关系进行研究。⑧

　　21 世纪以来，阿地里·居玛吐尔地成为《玛纳斯》史诗研究领域的领军人物。他的《〈玛纳斯〉史诗歌手研究》突破以往只关注史诗记录文

---

① 刘发俊：《史诗〈玛纳斯〉的社会功能》，《民族文学研究》1989 年第 6 期。

② 张彦平：《论玛纳斯形象早期的神话英雄特质》，《民族文学研究》1989 年第 4 期。

③ 郎樱：《〈玛纳斯〉的叙事结构》，《民族文学研究》1989 年第 5 期。

④ 张宏超：《〈玛纳斯〉产生的时代与玛纳斯形象》，《民族文学研究》1986 年第 3 期。

⑤ 郎樱：《中国少数民族英雄史诗玛纳斯》，浙江教育出版社 1995 年版。

⑥ 郎樱：《〈玛纳斯〉论析》，内蒙古大学出版社 1991 年版。

⑦ 郎樱：《玛纳斯论》，内蒙古大学出版社 1999 年版。

⑧ 曼拜特·吐尔地：《〈玛纳斯〉的多种异文及其说唱艺术》（柯尔克孜文），新疆人民出版社 1997 年版。

本，通过记录文本解读史诗的学术规则，将口头史诗植入活形态表演语境中，转而关注歌手"表演中的创作"，多侧面、立体式地对史诗《玛纳斯》的演唱传播规律进行了学理探讨和总结。① 他与托汗·依萨克合著的《〈玛纳斯〉演唱大师——居素普·玛玛依评传》是国内首部研究史诗歌手居素普·玛玛依的专著，全面论述了居素普·玛玛依的成长历程、学习和演唱《玛纳斯》的经历等，有重要的资料价值和学术价值。② 《口头传统与英雄史诗》主要收录了阿地里·居玛吐尔地 20 世纪以来关于史诗《玛纳斯》的研究成果，分为学术史、文本及史诗创编、史诗比较研究、田野调查等四编，从中可以观察到作者对口头诗学的吸纳和创用以及中国《玛纳斯》史诗研究由书面范式向口头范式的转型。③

（四）南方史诗研究。随着技术和学术理念的进步，中国南方史诗作为中国史诗乃至世界史诗的一员，搜集工作不断完善，研究工作也取得较大进展。学术论文方面，《南方史诗传统与中国史诗学建设——钟敬文先生访谈录（节选）》探讨了南方史诗与北方史诗的差异性比较问题，提出"迁徙史诗"这一类型及其亚类"洪水史诗"的概念，强调了史诗理论建设的重要性和迫切性。④ 廖明君、巴莫曲布嫫的文章《田野研究的"五个在场"——巴莫曲布嫫访谈录》通过反观史诗《勒俄特依》的文本制作实践，将民间文学文本整理及写定过程中的种种问题概括为文本制作中的"格式化"，进而从田野研究的具体案例中抽象出具有示范意义的"五个在场"史诗田野工作模型，包括史诗传统在场、表演事件在场、演述人在场、受众在场，以及研究者在场；并要求这五个关键要素"同时在场"，以期确立"叙事语境—演述场域"这一实现田野主体间性的互动研究视界，在研究对象与研究者之间搭建起了一种可资操作的工作模型。⑤ 吴晓东的《南方史诗搜集研究不断完善》梳理了自清末至今南方史

---

① 阿地里·居玛吐尔地：《〈玛纳斯〉史诗歌手研究》，民族出版社 2006 年版。

② 阿地里·朱玛吐尔地、托汗·依莎克：《〈玛纳斯〉演唱大师——居素普·玛玛依评传》，内蒙古大学出版社 2002 年版。

③ 阿地里·居玛吐尔地：《口头传统与英雄史诗》，中央民族大学出版社 2009 年版。

④ 钟敬文、巴莫曲布嫫：《南方史诗传统与中国史诗学建设——钟敬文先生访谈录（节选）》，《民族艺术》2002 年第 4 期。

⑤ 廖明君、巴莫曲布嫫：《田野研究的"五个在场"——巴莫曲布嫫访谈录》，《民族艺术》2004 年第 3 期。

诗的搜集整理过程，包括从早期的南方少数民族史诗搜集到新中国成立以后由民族识别工作开始的史诗整理，20世纪80年代开始对史诗文本的搜集与综合以及新时期多媒体搜集方式的介入等过程。① 他的《影像视域下的中国南方史诗与仪式》提出，随着影像设备的普及，人们以影像方式记录以前纸质版史诗的时候，很难拍摄出与前人整理的史诗完全吻合的影像，这与以前史诗的"整合"及史诗演唱的仪式语境有关。②《史诗范畴与南方史诗的非典型性》在梳理、辨析"史诗"概念的基础上，指出南方史诗在史诗类型方面的"非典型性"特征。③ 吉差小明的《南方史诗叙事类型探微》以类型学视角观照中国南方史诗群，发现其具有约定俗成的叙事类型，包括起源类叙事、始祖崇拜类叙事、灾难人类再生类叙事、民族迁徙类叙事等。依据史诗演述语境划分，有婚姻仪式叙事、宗教仪式叙事、丧葬仪式叙事和日常仪式叙事。④ 雅琥的《神奇瑰丽的南方英雄史诗》介绍了南方史诗的概貌及其在人物塑造、艺术表现方面的特色。⑤ 覃乃昌的《我国南方少数民族创世神话创世史诗丰富与汉族没有发现创世神话创世史诗的原因——盘古神话来源问题研究之八》认为我国南方古人类起源早，且未发生过整体性的迁移，因此创世神话丰富；汉族的多元一体族群结构使其族群记忆呈现多元化，难以找到记忆的原点，是汉民族未产生创世神话和创世史诗的主要原因。⑥ 吕雁的《中国南方民族创世史诗与神话的体系化》认为，南方少数民族的史诗是在神话基础上形成，以各族先民"创世"过程为线索贯穿而成史诗。南方民族的创世史诗对其神话体系的形成起到关键作用。⑦ 朝戈金的《〈亚鲁王〉："复合型史诗"的鲜活案例》在跟踪考察《亚鲁王》的发掘、整理和出版工作的基础上提出：《亚鲁王》兼具迁徙史诗和英雄史诗的叙事特征，呈现混融性

---

① 吴晓东：《南方史诗搜集研究不断完善》，《中国社会科学报》2015年11月6日第4版。

② 吴晓东：《影像视域下的中国南方史诗与仪式》，《广西民族师范学院学报》2017年第5期。

③ 吴晓东：《史诗范畴与南方史诗的非典型性》，《民间文化论坛》2014年第6期。

④ 吉差小明：《南方史诗叙事类型探微》，《哈尔滨师范大学社会科学学报》2016年第2期。

⑤ 雅琥：《神奇瑰丽的南方英雄史诗》，《民族文学研究》1996年第3期。

⑥ 覃乃昌：《我国南方少数民族创世神话创世史诗丰富与汉族没有发现创世神话创世史诗的原因——盘古神话来源问题研究之八》，《广西民族研究》2007年第4期。

⑦ 吕雁：《中国南方民族创世史诗与神话的体系化》，《民族艺术研究》2006年第1期。

叙事特点，同时集纳了神话、传说、故事等口头遗产的精粹；应在"过程"与"事件"之间来理解和探究《亚鲁王》演述传统与文本定型问题，并多向度考察其学术价值。① 潜明兹的《创世史诗的美学意义初探》分析了创世史诗的美学意义，认为创世史诗的形式美在民间文学发展过程中具有承前启后的作用，为进入阶级社会以后抒情长诗和复杂叙事长诗的产生开辟了道路。②

著作方面：刘亚虎的《南方史诗论》，论述了南方彝、苗、壮、傣等30多个民族的史诗的各种传播形态、源流、文本、类型、形象、艺术特点和文化根基等。③ 肖远平的著作《彝族"支嘎阿鲁"史诗研究》《苗族史诗〈亚鲁王〉形象与母题研究》对南方史诗群研究有开创之功。《彝族"支嘎阿鲁"史诗研究》综合运用多种方法，系统探讨了史诗"支嘎阿鲁"与彝族历史文化的深层渊源，分析了彝族毕摩文化对史诗的影响，对史诗的母题进行了深度解析。④ 《苗族史诗〈亚鲁王〉形象与母题研究》将田野调查与文献研究相结合，通过南北史诗母题比较，解析母题内蕴文化特质，从共时和历时两方面对史诗叙事进行文化阐释，并探究了史诗的传承及其发展趋势。该著作属于《亚鲁王》研究以及南方史诗研究的重要突破。⑤ 蔡熙的《〈亚鲁王〉的文学人类学研究》从田野作业和文化阐释两方面对《亚鲁王》进行文学人类学研究，对于史诗研究具有方法论的启发意义。⑥

三　综合性研究和专题研究

从学术史的角度对中国史诗学进行全面梳理论述的著作有冯文开的《中国史诗学史论（1840—2010）》《新时期中国少数民族史诗研究史论（1978—2012）》《中国少数民族史诗研究的反思与建构》。《中国史诗学

① 朝戈金：《〈亚鲁王〉："复合型史诗"的鲜活案例》，《中国社会科学报》2012 年 2 月 23 日第 5 版。

② 潜明兹：《创世史诗的美学意义初探》，《思想战线》1981 年第 2 期。

③ 刘亚虎：《南方史诗论》，内蒙古大学出版社 1999 年版。

④ 肖远平：《彝族"支嘎阿鲁"史诗研究》，人民出版社 2015 年版。

⑤ 肖远平、杨兰、刘洋：《苗族史诗〈亚鲁王〉形象与母题研究》，中国社会科学出版社 2017 年版。

⑥ 蔡熙：《〈亚鲁王〉的文学人类学研究》，云南大学出版社 2019 年版。

史论（1840—2010）》按时间线索选取从晚清到 21 世纪中国史诗研究领域见解独特且有一定影响力的学者为个案，分析他们的史诗观念、学术旨趣、问题意识和研究范式，对该阶段中国史诗研究进行了史论性的审视与考察，是第一部全面研究中国史诗学术史的著作。① 《新时期中国少数民族史诗研究史论（1978—2012）》对新时期中国少数民族史诗研究成果进行了梳理与评述，兼对西方史诗观念和研究范式的演进进行考察。② 《中国少数民族史诗研究的反思与建构》从对作为一种文类的史诗的认识、史诗搜集与文本观念、对史诗歌手的考察与研究、史诗研究方法的学术实践、史诗的口头诗学研究等方面检视中国少数民族史诗研究，资料翔实，涉及问题广泛而深入，对史诗学作为一门学科的建构与发展具有启发意义。③

　　朝戈金撰写多篇文章，与国际史诗学界进行深度交流与对话。《从荷马到冉皮勒：反思国际史诗学术的范式转换》选取了史诗学术史上不同年代、不同国家的 6 位史诗歌手，聚焦学界围绕他们而生的不同"问题"，描摹史诗学术演进中的若干标志性转折。④ 《国际史诗学若干热点问题评析》以国际史诗学前沿理论和世界各地史诗案例为基础，围绕中国鲜活丰富的史诗资源来回应和反思国际史诗学界的概念及理论方法，呈现出我国学者在史诗研究方面的方法论自觉。⑤ 《"回到声音"的口头诗学：以口传史诗的文本研究为起点》以口传史诗的文本研究为主线，从学术史的角度讨论口头诗学的形成、发展及其理论模型。⑥ 《"多长算是长"：论史诗的长度问题》结合口头诗学与田野研究材料，论证了史诗的长度问题，认为鉴别史诗的关键在于史诗内容诸要素，而不在于诗行的多少。⑦

---

① 冯文开：《中国史诗学史论（1840—2010）》，中国社会科学出版社 2016 年版。

② 冯文开：《新时期中国少数民族史诗研究史论（1978—2012）》，中国社会科学出版社 2017 年版。

③ 冯文开：《中国少数民族史诗研究的反思与建构》，社会科学文献出版社 2019 年版。

④ 朝戈金：《从荷马到冉皮勒：反思国际史诗学术的范式转换》，朝戈金《史诗学论集》，中国社会科学出版社 2016 年版，第 3—44 页。

⑤ 朝戈金：《国际史诗学若干热点问题评析》，《民族艺术》2013 年第 1 期。

⑥ 朝戈金：《"回到声音"的口头诗学：以口传史诗的文本研究为起点》，《西北民族研究》2014 年第 2 期。

⑦ 朝戈金：《"多长算是长"：论史诗的长度问题》，《中央民族大学学报》（哲学社会科学版）2015 年第 5 期。

尹虎彬撰写系列文章从总体上讨论史诗问题。《中国少数民族史诗研究三十年》梳理20世纪80年代至21世纪初中国史诗研究的背景及中国史诗的搜集、记录、翻译、整理和出版等情况，对国内重要的史诗研究成果，尤其是在国内史诗研究领域处于领先地位的中国社会科学院民族文学所的史诗研究进行了简要评述。[1]《史诗观念与史诗研究范式转移》提出从文本、文类与传统的实际出发，探讨中国史诗的独特规律与特点，认为活形态史诗是中国史诗学科建设的生长点。[2]《作为口头传统的中国史诗与面向21世纪的史诗研究》评述国内外史诗研究状况，将中国史诗研究的主要问题域归纳为口头诗学方法论研究，口传史诗文本类型和属性研究，史诗文本与语境研究，史诗的创作、表演、流传与史诗传统的演化模式以及史诗文本化过程，史诗类型学五个方面，指出了建立中国本土的史诗学体系需要突破的重要问题。[3]《作为体裁的史诗以及史诗传统存在的先决条件》提出，史诗传统得以延续的前提条件是创造性的叙述者与受众，史诗作为体裁具有超越性特点。[4] 巴莫曲布嫫的《中国史诗研究的学科化及其实践路径》立足于中国社会科学院民族文学研究所的学术实践，勾勒了中国史诗学学科21世纪以来的学科化实践及学术代际传承的基本路径，展现了新世纪中国史诗学学科的概貌。[5] 另外，她的《遗产化进程中的活形态史诗传统：表述的张力》以联合国教科文组织《保护非物质文化遗产公约》所创立的"四重国际合作机制"为背景，探讨了遗产化进程中的史诗传统及其在不同遗产领域中的表述问题。[6]

---

[1] 尹虎彬：《中国少数民族史诗研究三十年》，《中国社会科学院研究生院学报》2009年第3期。

[2] 尹虎彬：《史诗观念与史诗研究范式转移》，朝戈金主编《中国史诗学读本》，中国社会科学出版社2013年版，第349—362页。

[3] 尹虎彬：《作为口头传统的中国史诗与面向21世纪的史诗研究》，杨圣敏主编《民族学人类学的中国经验——人类学高级论坛2003卷》，黑龙江人民出版社2003年版，第193—209页。

[4] 尹虎彬：《作为体裁的史诗以及史诗传统存在的先决条件》，《民族文学研究》2018年第2期。

[5] 巴莫曲布嫫：《中国史诗研究的学科化及其实践路径》，《西北民族研究》2017年第4期。

[6] 巴莫曲布嫫：《遗产化进程中的活形态史诗传统：表述的张力》，《民族文学研究》2017年第6期。

四 评述

中国少数民族史诗的搜集、整理和研究工作起步于 20 世纪 50 年代，之后几经沉浮，大致厘清了各民族史诗的重要文本及其流布状况。20 世纪 90 年代之前，中国史诗学偏重于研究史诗产生年代、人物真实性以及主题思想、人物塑造、情节结构、语言艺术等。20 世纪 90 年代以后，尤其 21 世纪以来，在国际史诗学术的影响下，中国史诗学术理念发生变化：史诗研究的重点从史诗文本转向"史诗传统"，学术范式从本质主义转向建构主义，学术实践方式也随之发生变化，即，走出书斋，走出理论的藩篱，走向田野，重返本土，从关注艺人、关注文本开始转向对本土语境的关注和保护。国内学界对北方史诗的研究明显较南方史诗更为深入、全面，这与北方多英雄史诗，与《荷马史诗》类型相近有关。国内史诗学研究出现了一系列的理论创新：如对《格萨尔》史诗传承人的分类；对民间文学文本制作中的"格式化"问题的归纳及"五个在场"的基本学术预设和田野操作框架的提出；在史诗类别上，除英雄史诗之外，拓展出创世史诗和迁徙史诗，等等。

然而，当代中国史诗研究也存在着一些不足。

第一，史诗研究的问题域更新缓慢，存在重复研究现象，或以同一种方法重复研究各类史诗传统的情况，这种情况突出地表现在一些学者前后期的研究成果中。史诗作为口头传统具有大量共性特点，这使研究者可以在一定程度上彼此借鉴和参照对不同史诗进行研究时所关注的问题、研究的视角与方法，例如，有"荷马诸问题"，就有其他史诗"诸问题"。这种借鉴和参照有其合理性，但也造成了大量重复研究和过度研究的现象。

第二，中国史诗学界与国际史诗学的对话不足，存在"强制"套用和挪用外来理论研究中国史诗的现象。在当前的国际史诗学界，中国的声音还比较微弱。尤其 21 世纪以来，国内史诗研究界大量引入国际史诗学术话语，当国内学者纷纷将国际史诗学理论"拿来"研究中国活态史诗时，常见的现象是，我国活态史诗沦为证明国际史诗学理论普遍性和科学性的注脚，而在中西文化碰撞和融合中，对外来理论进行本土性建构的研究不够，理论升华和学术超越不够。

第三，史诗理论研究亟待加强。理论的科学性要求史诗学理论具有相对明确的知识探求领域，具有叙述的逻辑性和规范性，并以理论的方式达到对具体史诗传统和鲜活民俗事象的超越，从而具有更加广泛的阐释力。然而，纵观当代中国史诗研究，对史诗进行的文学研究、田野研究、文化研究居多，而多学科的、理论抽绎成果少；对具体少数民族史诗传统进行专门研究居多，而对史诗学进行全面的、综合性、理论性研究少；从学术史角度进行的梳理性研究居多，横向联系与宏通的思考欠缺；对国际史诗学理论译介和阐释相对多，而理论创新相对少。史诗的理论研究仍显得薄弱，史诗学本身的一些基本理论问题还未达成统一的共识，未形成一种系统的史诗理论框架。迄今为止，尚未形成真正有创新度、自成体系的理论。

第四，通过对中国当代史诗学进行梳理，可以观察到：中国史诗研究已经形成专门的研究者队伍，[①] 大部分研究者学有专长，专攻史诗学某一领域或某一具体史诗传统，然而，熟悉多项史诗传统，全面了解史诗学学科体系，能够进行融通思考和建树的学者数量不多。

综上所述，史诗理论的研究和建构已经成为中国当代史诗学的一个突出的、迫切的问题。因此，以本土活形态的史诗传统为立足点和学术的生长点，对中国史诗学关键词及其问题域进行全面和系统地研究，构建中国史诗学独立的学术话语和体系，便显得十分必要。这对我们从宏观上了解中国史诗学的性质与特点、建立中国史诗学术自觉、建构中国特色的史诗学理论，并进一步与国际史诗学界展开对话有积极意义。本书是对冯文开等学者史诗学研究工作的推进，属于学界首次从关键词的角度对史诗学理论展开研究，可与上述学者的研究成果形成对照与补充，读者可以进行"互文性"阅读。

第四节　研究思路及研究方法

本书聚焦中国当代史诗学理论研究，通过梳理中国当代史诗学现状，分析和提炼中国当代史诗学理论中极具学术张力、在史诗研究领域得到普

---

① 学者冯文开将中国史诗学者分三代：鸦片战争至民国时期认识和研究史诗的第一代学者，出生于 20 世纪 30 至 40 年代、活跃于 20 世纪 80 至 90 年代中期的史诗研究者，以及 20 世纪 50 年代以来出生的史诗学者。参见冯文开《中国史诗学史论（1840—2010）》，中国社会科学出版社 2016 年版，第 224—231 页。

遍认同的核心理论、概念和范畴，将之以关键词的形式呈现出来，进而提出当前史诗学理论研究中值得注意的问题和理论建构的积极建议。本书选取的史诗研究关键词分别是：史诗、口头诗学、演述、文本、歌手、文化记忆。这些关键词，有一些是源于国际史诗学研究成果，如口头诗学、文化记忆等，然而理论进入中国之后，在时间和空间的穿梭旅行中，通过中国学界的阐释被赋予了新的意义，成了中国史诗理论研究不可缺少的一部分。

本书首先对"史诗"这一核心概念进行学术史考察，梳理中西方学界达成共识的、具有普遍意义的对于"史诗"的阐释，进而对"史诗"提出新的界定维度。这一界定将决定本书研究的边界。接着，对当代史诗研究的轴心范式——口头诗学进行研究，口头诗学的核心命题、理论框架及概念工具将贯穿于后四章研究之中。在对"史诗"进行界定的基础上，从口头诗学视域观照史诗，则史诗研究需要重点关注的四个关键词是：演述、文本、歌手、文化记忆。"演述"是当代史诗研究的核心，"文本"是当代史诗研究的书面维度，"歌手"是史诗的传承者，文化记忆是史诗及史诗研究的文化维度。以上述关键词为核心，本书串联起中国史诗学理论研究的体系。上述研究的目的，当然不仅仅在于对上述问题域或概念进行梳理，而是要通过研究，提炼中国史诗研究的术语系统和概念工具，使用当代意识和当代话语进行科学阐释，建构具有中国本土特色和民族特色的史诗学理论体系，以期丰富和推进中国及国际史诗学理论研究。主要内容分为以下几章。

第一个核心关键词是"史诗"。第一章对"史诗"概念进行梳理和界定。史诗的调查、搜集、整理、出版和研究与整个东西方学界对于"史诗"概念的界定有直接的关联。人们对史诗界定的变迁反映了史诗观念和史诗研究范式的演进与转换，也决定着笔者进行史诗学理论研究的边界约束，这是本书的奠基部分。这一章实际上分两部分，一是考察西方学者对史诗界定的变迁，二是考察中国学者对史诗界定的变迁。

西方学者对史诗的界定，又以 20 世纪为界，分为之前和之后两部分。把史诗作为一种文类进行系统的阐述始于亚里士多德的《诗学》。《诗学》之后，对史诗进行论述的有贺拉斯、维柯、伏尔泰、莱辛、布瓦诺、赫尔德、歌德、席勒、施莱格尔兄弟、鲍姆嘉登、黑格尔、亚·尼·维谢洛夫斯基、帕里和洛德、劳里·航柯以及约翰·迈尔斯·弗里（John Miles

Foley）等。20 世纪以前，国际史诗学界秉承古典诗学的史诗观念和研究范式，荷马史诗是诗歌乃至文学创作接受批评的典范。20 世纪以来，口头诗学理论兴起，打破了以荷马史诗为典范的西方古典诗学传统，兼顾到世界各地史诗传统的多样性。史诗成为口头诗学领域一个受到特别重视的文类。

在中国，从晚清到现在，对史诗进行过论述的有梁启超、王国维、章太炎、鲁迅、胡适、闻一多、陆侃如、吴宓、郑振铎、陈寅恪、茅盾、季羡林、黄宝生、罗念生、王焕生、陈中梅、钟敬文、王沂暖、郎樱、降边嘉措、杨恩洪、仁钦道尔吉、陈岗龙、斯钦巴图、阿地里·居玛吐尔地、陶阳、梁庭望、刘亚虎、巴·布林贝赫、朝戈金、尹虎彬、巴莫曲布嫫、李连荣、冯文开等诸位学者。第一章拟将 20 世纪 50 年代以后中国学者对中国文学"史诗问题"的讨论与 20 世纪 50 年代以前中国学者对这一学术话题的讨论并置进行阐释，其中又以研究现当代学者的论见为主，以见其间的继承和发展。通过对"史诗"概念进行历时考察，结合中国丰富多样的活态史诗传统分析中国史诗的类型，本书可以发展史诗这一概念新的界定维度。

第二个关键词是口头诗学（Oral Poetics）。从 20 世纪 90 年代至今，口头诗学在中国及国际史诗研究领域具有广泛影响力，已成为中国当代史诗研究的轴心范式。狭义观之，口头诗学就是口头程式理论，而如果我们纵观国内外史诗研究会发现口头诗学的疆域绝不应局限于口头程式理论。因此，本书从广义角度将民族志诗学、表演理论以及口头程式理论都纳入口头诗学进行研究。

从钟敬文 2000 年提出构建"具有中国特色的史诗学理论"，到朝戈金、巴莫曲布嫫、尹虎彬等学者以各自的学术理念对口头诗学理论的研究与实践中，我们看到口头诗学作为一种研究视角、一种方法论系统，深刻地影响了中国活态史诗研究的推进，开启了一个重要研究范式——口头范式的转换。第二章首先对口头诗学的学术史进行梳理，主要研究口头诗学及其核心理论口头程式理论的中国本土化过程，重在阐释口头诗学及口头程式理论在中国语境下的接受、重构及其对中国史诗研究的启示。在"口头诗学"这一视域下，本书衍生出接下来的研究：对史诗的演述、史诗的文本、史诗歌手、史诗的内在价值即文化记忆等进行研究。

第三个关键词是"演述"。这里的"演述"或者"表演"译自表演理论（Performance Theory），有人称之为"美国表演学派"（American Performance-school）。表演理论强调"以表演为中心"的理念，要求通过表演自身来研究口头艺术。20世纪末迄今，在人们的史诗观念发生从"作为文本的史诗"到将史诗视为口头传统、动态民俗生活事象和口头表达文化形态的转变这一前提下，中国史诗研究界学术转向的重点就是转向史诗的田野和活态传承，史诗演述成为衡量史诗及史诗研究是否"在场的"重要论域。史诗的演述成为中国当代史诗研究的核心。史诗演述首先是在一定的时间和空间维度发生，这一时空从客观上呈现为史诗的"叙事语境"，而从研究者主观视界来看，可称之为史诗的"演述场域"。另外，就史诗产生的文化时空而言，口头史诗常在仪式实践中演述，表达特定的文化象征意义，因此，"仪式中的史诗"单列一节进行研究。表演理论强调："对一个受欢迎的、具有权威性的文本不添加任何内容来进行表演，是理想主义者的虚构；表演常常会展示新生性的维度——不会有两次表演是完全相同的。"① 史诗演述提供了一个场域，使得传统、实践与新生性联结起来。本章在上述基础上，从接受美学的视域对史诗演述进行理论的、动态的考察和研究，由此更清晰地观照演述与接受、传统与当下、文本的物质性和表演的新生性、传承的恒固性与演述的张力在史诗演述中的冲突与融合，对于我们从多维度理解史诗演述具有重要的意义。

第四个关键词是"文本"。目前，以演述为中心的史诗研究观念已成为史诗观念的主流，史诗文本没有固定权威本已成为学界共识。然而，不可否认的是，史诗文本的形成和存在样态固然依赖于特定的史诗演述活动，但当"史诗"以文本方式呈现时，它就不再是作为演述的史诗，而成为超越其所在时空的、作为文本乃至作为文学、作为一种体裁的史诗。也就是说，史诗口头叙事通过文字固定下来以后，叙事内容就与原有的语境分离，凸显出"文本性"。当我们从文本的角度观照史诗时，至少仍有以下一些基本的问题需要思考、澄清和持续深化研究：一是关于"文本"与"史诗文本"的界定问题；二是文本是否能够做到"以演述为中心"或者说是否存在"以演述为中心的文本"的问题；三是史诗传统的文本

---

① ［美］理查德·鲍曼：《作为表演的口头艺术》，杨利慧、安德明译，广西师范大学出版社2008年版，第67页。

化问题；四是当史诗成为文本，成为一种体裁时，什么是史诗作为体裁的先决条件的问题。第四章与学界一些共识性观点进行商榷，提出新的思路，对于史诗的文本研究有一定的创新价值。

第五章对史诗的传承者——歌手进行研究。作为一种口头传统，史诗的传承主要依靠史诗歌手。从口头诗学的视域观照，史诗是比书面文学更为古老的口头传统的产物，原初意义上的史诗歌手应专指在口头传统语境中的史诗传承者。本书的歌手研究既包括口头传统语境中的史诗传承者，也包括在现当代语境下逐渐半职业化和职业化的史诗传承者。本章拟对史诗歌手的称谓、类型与社会功能进行研究，对史诗歌手的才能及其相关阐释进行梳理，进而讨论在新的时代语境下歌手身份的重构问题，目的在于进一步科学地解释史诗歌手的特质、贡献与价值。

第六章的关键词是文化记忆——史诗的文化维度。文化记忆概念由德国学者扬·阿斯曼在20世纪90年代首次提出，它是一个民族经过长期历史积淀而不断传承和延续的，通过各种文化形式和符号展现出来的彰显民族特质的共同记忆，简而言之就是一个民族或国家的集体记忆力。我国的大多数史诗仍以活态演述方式传承，以史诗演述和独立文本形态构成史诗文化记忆的两种形式；在我国多民族多元文化语境中，史诗的活态演述及其文本流播，将加深个人对族群的记忆及个人身份认同的构建，进而建立中华民族记忆与国家认同，这体现了史诗作为文化记忆在强化族群记忆、维护族群文化认同方面具有的独特功能；文化记忆涵盖文化连续性问题，即传统的确立和维系、当下与过去的连接。这就涉及史诗作为非物质文化遗产的保护与传承问题。总之，史诗演述与文本形态构成史诗文化记忆的形式，族群记忆与国家认同成为史诗文化记忆的重要功能，而"非遗"视域下的史诗非常关注的方面——传统的形成与当下文学生活的关联则是史诗文化记忆得以传承的先决条件。以上三个方面构成了史诗与文化记忆之间的重要联结，使二者之间形成天然的共振。以文化记忆为关键词对史诗展开研究，对于推动史诗文化记忆的激活与当代重构，增强多民族共同的文化身份认同、增进文化自信、讲好中国故事无疑具有重要意义。

本书主要采用文献分析的基本方法，综合跨学科研究方法，融通民间文艺学、文化人类学等学科理论知识，参考国际史诗学研究的成果与方法，在深入分析文本材料并适当进行田野观察的基础上，提出理论思考；口头程式理论及其方法论是本书借鉴并应用的主要方法。口头程式理论强调口传史诗的文本与语境，强调对史诗的完整把握，其方法之严密及程序之周详为学界所公认。程式问题作为该理论的核心概念，抓住了口传叙事文学，特别是韵文文学的特异之处，开启了史诗研究诸多问题的解决思路；本书借鉴使用了表演理论。表演理论 20 世纪 60 年代末 70 年代初从美国兴起，主要代表人物是美国人类学家理查德·鲍曼。表演理论建构的一个框架是：口头艺术是一种表演，表演是一种言说的方式，是一种交流的模式。表演理论强调表演具有独特性和新生性，即每一次表演都是"这一次"表演。

中国当代史诗学主要由中国少数民族史诗研究、域外史诗研究组成，而中国少数民族史诗研究又是其主体。本书分析和提炼中国当代史诗学体系中极具学术张力、在史诗研究领域得到普遍认同的核心理论、概念和范畴，将之以关键词的形式呈现出来，并从纵向、横向进行系统、深入地研究，以突破以往研究中常见的以某一中国少数民族具体史诗传统、某一学者的研究或者史诗学学术史为对象的研究方法，从而在整体上展现中国史诗学研究的创新与特点，有助于全面地检视以往的史诗学研究路径、成绩与问题。

本书当然不仅着眼于对中国史诗学研究现状进行梳理和反思，更聚焦于通过研究，对当代中国史诗学理论话语进行重构与整合，建构具有中国本土特色和民族特色的史诗学理论体系，具有学术创新价值：如通过对"史诗"概念的考察，对"史诗"概念进行重新界定；通过对以演述为中心的中国活形态史诗传统的考察，对"演述场域—叙事语境"这一研究视界进行反思，并从史诗歌手演述和听众聆听两个维度，对史诗演述进行分析；通过对史诗歌手的考察，试图对史诗歌手的演述才能进行阐释；以文化记忆为关键词，勾连起文化记忆、文学生活、非物质文化遗产与史诗，等等。

第一章

史 诗①

对于中国学界来说，"史诗"是一个译自西方的概念。这一概念历经诸多嬗变，其内涵变迁与现实存在的史诗样态有重要的关联，反映了整个东西方学界史诗观念和史诗研究范式的演进与转换，也间接地对史诗的调查、搜集、整理、出版和研究产生着重大影响。

国内学界主要从三个角度对"史诗"概念进行界定：首先，从文学文本的角度看，史诗是一种文学体裁，它用韵文记叙关于天地形成、人类起源的传说以及民族迁徙、民族英雄的光辉业绩等重大事件，具有宏伟性和神圣性。其次，随着时代的发展，"史诗"从作为体裁的概念，发展成一个重要的文学批评术语，用于指称从修辞角度对于某种历史叙事风格的概括，是一种意义的借用和比喻，准确地说，指的是具有"史诗性"的小说。如卢卡契曾称托尔斯泰的小说为"真正的史诗"②。在 1949 年以后的中国文学界，文学批评家常用"史诗"一词来描述特定类型的长篇小说。如冯雪峰 1954 年评论长篇小说《保卫延安》"是够得上称它为所描写的这一次具有伟大历史意义的有名的英雄战争的一部史诗的"③。又如白烨评论陈忠实的长篇小说《白鹿原》具有"史诗风格"④。这里的"史诗"，意在赞赏小说的"史诗性"，即作品书写纷繁复杂社会与时代的历

---

① 本部分内容参考了韩伟教授的专著《〈格萨尔〉原型研究》初稿中部分内容，特此说明。

② ［匈］卢卡契：《托尔斯泰和现实主义的发展》，《卢卡契文学论文集》第 2 卷，中国社会科学出版社 1981 年版，第 335 页。

③ 冯雪峰：《论〈保卫延安〉》，杜鹏程《保卫延安》，人民文学出版社 1997 年版，第 2 页。

④ 白烨：《史志意蕴·史诗风格——评陈忠实的长篇小说〈白鹿原〉》，《当代作家评论》1993 年第 4 期。

史性以及作者超越自身对历史规律性的捕捉、挖掘与反思。最后，20 世纪 90 年代中后期，随着口头诗学的译介，中国史诗研究界开始从口头诗学视域观照史诗，将之视为一种口传形态的叙事传统和动态民俗生活事象。

综上可以发现，文学理论、民间文学和民族学等诸多学科都对史诗进行过专门讨论。本章追本溯源，最终聚焦作为特定口传叙事传统、动态民俗生活事象的史诗研究，为本书的研究设定边界，同时提出问题、引发思考。

第一节　20 世纪以前西方学者对史诗的论述

将史诗作为一种文类进行科学而系统地阐述始于西方诗学理论史上的第一部著作——亚里士多德的《诗学》。亚里士多德诗学的宗旨在于阐述作诗的技艺，他认为，史诗、悲剧、喜剧或者竖琴演奏的音乐等艺术总的来说都是摹仿，区别在于摹仿的媒介、对象和方式不同。[1] 出于天性，那些在摹仿、音调及节奏感等方面"生性特别敏锐的人""在即兴口占的基础上促成了诗的诞生"[2]。这里的"诗"是亚里士多德对于史诗与戏剧的统称。

亚里士多德将史诗与悲剧进行比较，认为：首先，从诗的真实与历史真实的关系而言，史诗和悲剧一样，不拘泥于历史真实，即诗人的职责在于描述根据"可然"或"必然"的原则可能发生的事。[3] 诗人创作的摹仿对象分为三类：过去或当今的事、传说或设想中的事、应该是这样或那样的事。[4] 荷马创作的诗歌属于第三类摹仿，即荷马史诗描述的情节和内容贴合情理，符合必然性或可然性，虽不是历史真实，却揭示了现实世界的普遍性，实现了诗的真实。

其次，从摹仿方式看，悲剧摹仿一个严肃、完整、有一定长度的行

①　[古希腊] 亚里士多德：《诗学》，陈中梅译注，商务印书馆 1996 年版，第 27 页。

②　[古希腊] 亚里士多德：《诗学》，陈中梅译注，商务印书馆 1996 年版，第 47 页。

③　[古希腊] 亚里士多德：《诗学》，陈中梅译注，商务印书馆 1996 年版，第 81 页。

④　[古希腊] 亚里士多德：《诗学》，陈中梅译注，商务印书馆 1996 年版，第 177 页。

动,摹仿方式是"借助人物的行动,而不是叙述"①。史诗在以格律文的形式摹仿严肃的人物方面与悲剧相同,即史诗诗人也应编制戏剧化的情节,着意于"一个完整划一、有起始、中段和结尾的行动"②。

最后,在长度与容量方面,悲剧受时间限制,史诗无须顾及时间的限制。③ 史诗容量大,各个部分都可以有适当的长度,④ 其长度"应以可以被从头至尾一览无遗为限","约等于一次看完的几部悲剧的长度的总和为宜"。因此,史诗在容量方面有优势,可以表现气势,从而"调节听众的情趣和接纳内容不同的穿插"。可见,亚里士多德认为史诗应有包容很多情节的结构,可容纳许多同时发生的事件,从而以容量和篇幅营造出宏大的气势。他将史诗分为简单史诗、复杂史诗、性格史诗和苦难史诗,⑤ 盛赞荷马是"严肃作品的最杰出的大师"⑥,认为在史诗诗人中,只有荷马意识到诗人应尽量少以自己的身份讲话,而是以史诗中的人物或其他角色表演,且"人物无一不具性格,所有人物都有性格"。他还特别强调"英雄格适用于史诗"⑦。

亚里士多德将史诗视为与悲剧并列的体裁,首次运用较为科学的观念和方法对史诗的真实、创作原则、成分、性质、长度以及类型等问题进行了分析,提出了一套较为规范和系统的史诗理论。他对于史诗"完整性"的归纳就是后来人们反复探讨的史诗"整一性"问题,他对于史诗篇幅较长、情节繁复、气势宏大等特点的概括切中肯綮。总之,亚里士多德关于史诗的讨论对国际史诗学界的史诗观念、研究范式以及理论建设产生了长久而深远的影响。

意大利哲学家维柯主要对荷马史诗的作者问题进行了讨论。关于荷马其人,维柯同意贺拉斯在《诗艺》里的观点,他依据荷马史诗里混淆着野蛮行为和文明行为,认定荷马的两部史诗是由不同时代的不同诗人创造

---

① [古希腊] 亚里士多德:《诗学》,陈中梅译注,商务印书馆1996年版,第63页。
② [古希腊] 亚里士多德:《诗学》,陈中梅译注,商务印书馆1996年版,第163页。
③ [古希腊] 亚里士多德:《诗学》,陈中梅译注,商务印书馆1996年版,第58页。
④ [古希腊] 亚里士多德:《诗学》,陈中梅译注,商务印书馆1996年版,第132页。
⑤ [古希腊] 亚里士多德:《诗学》,陈中梅译注,商务印书馆1996年版,第168页。
⑥ [古希腊] 亚里士多德:《诗学》,陈中梅译注,商务印书馆1996年版,第48页。
⑦ [古希腊] 亚里士多德:《诗学》,陈中梅译注,商务印书馆1996年版,第169页。

出来的,① 因而用大量篇幅来寻找"真正的荷马"。他首先发现用荷马史诗来说书的人都是些村俗汉,每个人凭记忆保存了荷马史诗中的某一部分,每人在集会或宴会上歌唱荷马史诗的不同段落,"荷马不曾用文字写下任何一篇诗"②。而且据传说,荷马是盲人,又贫穷,在希腊各地市场上流浪,歌唱自己的诗篇。盲目和贫穷,都是一般说书人或唱诗人的特征。说书人依靠歌唱荷马诗篇来糊口。他们就是这些诗篇的作者,是用诗编织历史故事的那一部分人。③ 因此,维柯倾向于认为"荷马"仅仅是人们对歌唱荷马史诗的说书人的一个称谓,"纯粹是一位仅存于理想中的诗人"④。从这一意义上,维柯肯定了荷马史诗是在一个漫长的历史时期中逐步形成的,它不是某个人的创作,而是全体希腊人民集体智慧的结晶。

关于荷马所处年代存在多种意见分歧,维柯主张:"荷马应该摆在英雄诗人的第三个时期,即英雄体制时代的末期。"⑤ 他认为荷马的创作源于诗性智慧,而非哲学的指引。一方面,荷马史诗具有传奇性,它所用的比喻和描绘不可能是一个冷静的,有修养和温和的哲学家的自然产品;另一方面,"荷马所写的英雄们在心情上轻浮得像儿童,在想象力强烈上像妇女,在烈火般的愤怒上像莽撞的青年,所以一个哲学家不可能自然轻易地把他们构思出来"⑥。维柯是较早对荷马身份质疑,并试图发现和寻找真正荷马的学者。他把史诗放到民俗生活中阐释,给18世纪的史诗理论注入了新的元素。

黑格尔在《美学》一书中对史诗进行了系统论述:首先,从诗作为艺术作品的一般性格来说,贯穿诗的内容应该是一个由有内在联系的个别特殊部分形成的统一的整体,即"有机的肢体结构"⑦。史诗的任务就是把事迹叙述得完整,按照本来的客观形状去描述客观事物。从语调来说,史诗意义深远,"涉及人生职责、生活智慧以及关于在精神界形成人类知识行为的牢固基础和联系绳索之类东西的看法"。史诗揭示的不是个体的

① [意] 维柯:《新科学》下册,朱光潜译,安徽教育出版社2006年版,第136页。
② [意] 维柯:《新科学》下册,朱光潜译,安徽教育出版社2006年版,第152—153页。
③ [意] 维柯:《新科学》下册,朱光潜译,安徽教育出版社2006年版,第158—162页。
④ [意] 维柯:《新科学》下册,朱光潜译,安徽教育出版社2006年版,第160—161页。
⑤ [意] 维柯:《新科学》下册,朱光潜译,安徽教育出版社2006年版,第138页。
⑥ [意] 维柯:《新科学》下册,朱光潜译,安徽教育出版社2006年版,第147页。
⑦ [德] 黑格尔:《美学》第3卷下册,朱光潜译,商务印书馆1981年版,第29—35页。

情感，其目的也不在于激起情感，而在使人认识到它对于人类就是职责和光荣等意义深远的东西。在史诗里，形成统一体和提供中心的是某一确定范围的现实生活，而非单纯的情调或戏剧的动作（情节）。史诗所要揭示的是"本身永恒普遍的东西"①。

在史诗的取材方面，黑格尔与亚里士多德一样，主张史诗客观地描述具有可然性和必然性的世界。黑格尔认为，诗的内容须把具体的精神意蕴体现于具有个性的形象，而不能停留在抽象的一般上。史诗以叙事为职责，描述的是"一种民族精神的全部世界观和客观存在，经过由它本身所对象化成的具体形象，即实际发生的事迹"②。但是，史诗事迹本身的性质决定了史诗世界不应局限于特殊事迹的一般情况，而要推广到包括全民族见识的整体，表现出民族各具个性的精神。③ 他以荷马史诗为例，盛赞荷马史诗在描述世界的宗教伦理的题材、展现优美的人物性格和一般生活、描绘最崇高和最猥琐的事物的艺术手法等方面都显得"是一部永远有现实意义的不朽著作"。因此，一部史诗要使其他民族和时代的人们感兴趣，它描绘的世界就要超越特定民族和事迹而具有人类的普遍性，即能"反映出一般人类的东西"④。什么题材最能反映出一般人类的东西？黑格尔认为最适宜史诗的题材是战争，在战争中整个民族被动员作为整体去保卫自己。但必须是在具有世界历史的辩护理由的前提下，不同民族间进行的战争才真正具有史诗性质。⑤ 黑格尔高度评价了史诗的重要意义，提出："史诗就是一个民族的'传奇故事'，'书'或'圣经'。"史诗表现了特定民族的"原始精神"，是一个民族所特有的意识基础，是"一种民族精神标本的展览馆"⑥。

关于史诗作者，黑格尔坚持荷马史诗是个人创作的观点，否认了荷马史诗起源于民间传唱，因为"精神只有作为个别人的实在的意识和自意识才能存在"，而"完整的作品只有从某一个人的精神中才能产生出来"。

①　［德］黑格尔：《美学》第3卷下册，朱光潜译，商务印书馆1981年版，第99—104页。

②　［德］黑格尔：《美学》第3卷下册，朱光潜译，商务印书馆1981年版，第107页。

③　［德］黑格尔：《美学》第3卷下册，朱光潜译，商务印书馆1981年版，第121页。

④　［德］黑格尔：《美学》第3卷下册，朱光潜译，商务印书馆1981年版，第22页。

⑤　［德］黑格尔：《美学》第3卷下册，朱光潜译，商务印书馆1981年版，第126—130页。

⑥　［德］黑格尔：《美学》第3卷下册，朱光潜译，商务印书馆1981年版，第108页。

因此，他从史诗事迹展现方式中所涉及的史诗作品的整一性和完满的熔铸过程的角度提出，史诗作为一部实在的作品，只能由某一个人生产出来，即一个诗人凭他的天才把一个时代和一个民族的精神集中掌握住，通过自己的观感和作品表现出来。因此，他否定了"实际上并无荷马其人"的观点，认为"荷马史诗没有必然的开头和结尾，所以可以无休止地歌唱下去"的观点是粗陋的，是不符合艺术性质的。① 他以希腊的纪事本末派诗人写过一些荷马史诗的续编为例，认为其人物未能形成史诗的中心，描述的事件之间无必然联系也未实现一个自觉的目的，因此，这些续编只是单纯的"事件"而非"事迹"，这样的系列是画蛇添足的散文，而不是史诗。相比较而言，史诗《伊利亚特》的主题是阿喀琉斯的狂怒，这一主题提供了全诗的整一性的中心点。② 他赞成歌德、席勒、谢林等的观点，认为诗人必须从所写对象退到后台，在对象里见不到他，从而凸显史诗的客观性。③

关于产生年代，即史诗产生的一般世界情况，黑格尔认为，史诗虽然是古老的，但其描述的并不是最古老的情况。因为在最早的起源时代，无论是一个民族还是诗人，都尚未摆脱外来文化和异族宗教崇拜等外来影响导致的精神方面的奴役。④ 只有到诗人凭自由的精神抛弃了外来桎梏，克服了意识领域的混乱，而抽象的信仰、制定得很完备的教条、固定的政治和道德的基本原则等尚未出现，即一方面一个民族已经走出混沌状态，有创造自己世界的精神力量，另一方面，宗教教条或政治道德条律还处于"流动的思想信仰"的阶段，相应的"一般世界状况"使史诗作者在创作上享有自由，且对自己所描述的世界了如指掌，才能产生真正的史诗。总之，是非感、正义感、道德风俗、心情和性格是史诗的世界情况的唯一根源和支柱，而且这些因素还没有由知解力固定下来成为散文现实的形式，

---

① ［德］黑格尔：《美学》第 3 卷下册，朱光潜译，商务印书馆 1981 年版，第 110—115 页。

② ［德］黑格尔：《美学》第 3 卷下册，朱光潜译，商务印书馆 1981 年版，第 162—163 页。

③ ［德］黑格尔：《美学》第 3 卷下册，朱光潜译，商务印书馆 1981 年版，第 113 页。

④ ［德］黑格尔：《美学》第 3 卷下册，朱光潜译，商务印书馆 1981 年版，第 112 页。

和人心或个人思想情感相对立。① 人类尚未脱离和自然的生动联系。如果一个民族经过许多世纪的发展和改变，较近的时代和远古出发点之间已完全割断联系，这种情况之下写出的史诗就没有持久的生命力，也就不能称之为真正的史诗。② 黑格尔以荷马和维吉尔两个人的作品为例，提出原始史诗和后世人工造作的史诗之间的矛盾对立。黑格尔还将世界艺术的演化进程归纳为象征型、古典型和浪漫型的更迭，并把它推广到史诗的演进。第一阶段是东方象征性史诗，如《罗摩衍那》《摩诃婆罗多》；第二阶段是希腊罗马的古典型史诗，如荷马史诗；第三阶段是浪漫型史诗，即基督教各民族的半史诗半传奇故事式的诗歌，如《熙德的诗》。③

民族史诗虽然是一个民族精神和文化的象征，乃至一个民族的荣耀，但并不是每一个伟大的民族都有史诗。比如，黑格尔认为："中国人却没有民族史诗，因为他们的观照方式基本上是散文性的，从有史以来最早的时期就已形成一种以散文形式安排得井井有条的历史实际情况，他们的宗教观点也不适宜于艺术表现，这对史诗的发展也是一个大障碍。"④ 这里的"中国人"显然应理解为中国的汉族，⑤ 博学的黑格尔似乎并未读到中国的《诗经》，也未了解到中国原始神话宏伟、瑰丽，史诗材料亦极丰富的史实。

从上述黑格尔关于史诗的一般性质、形式和内容特征以及史诗的发展与演变等问题的阐发和回答，可以发现，其中一以贯之的正是黑格尔美学体系的基石和出发点，即"美是理念的感性显现"。正是这一理念的思路使黑格尔高度重视史诗的整一性和民族性，并充分强调在个人与民族未分裂的时代，史诗作者个人的独立性和自由，从而坚持认为荷马史诗是一位天才作者的作品。他建构的美学体系不仅清晰地界定了史诗的艺术本质和特征，划定了其领域的界限，而且撇开经济基础的变革和社会形态的发

---

① ［德］黑格尔：《美学》第 3 卷下册，朱光潜译，商务印书馆 1981 年版，第 109—117 页。

② ［德］黑格尔：《美学》第 3 卷下册，朱光潜译，商务印书馆 1981 年版，第 122—123 页。

③ ［德］黑格尔：《美学》第 3 卷下册，朱光潜译，商务印书馆 1981 年版，第 168—187 页。

④ ［德］黑格尔：《美学》第 3 卷下册，朱光潜译，商务印书馆 1981 年版，第 170 页。

⑤ 蓝华增：《简论黑格尔的史诗观》，《云南民族学院学报》1985 年第 4 期。

展，从精神与思想的时代变化考察了史诗的演进过程，对史诗学界产生了深远的影响。

史诗是西方文学中最崇高的文学样式，许多西方学者都曾对史诗进行过论述和界定，论述的范围已经涉及史诗的情节、结构、种类、格律和性质等诸多维度。这其中，最具影响力的当推亚里士多德和黑格尔对史诗做出的论述。他们是西方古典诗学史诗观念的代表，都对荷马史诗极为推崇，荷马史诗成为他们论说史诗的尺度和典范。他们对于史诗是歌唱神和英雄业绩的长篇叙事诗的界定，对于史诗篇幅宏大、风格崇高、内容丰富而整一等特点的归纳，在 20 世纪后半叶以前一直是国际史诗学界呈现压倒性优势的主流话语。追根溯源地了解西方史诗概念的内涵和外延，是彻底弄清楚中国学术界关于"史诗"观念分歧的重要前提。

第二节　20 世纪以来西方学者对史诗的界定

保罗·麦钱特在《史诗论》里提到，"史诗"这一术语可以运用两种截然不同的方法进行界说。首先是狭义的方法，即选择一部分古典史诗加以研究；其次是广义的方法，即把可称为史诗的所有创作都加以考辨。他赞同广义的方法，通过对小说、史诗剧、现代史诗诗歌等作品进行逐个考察，提出"史诗是一部编年史，一本《部落书》，习俗和传统的生动记录。同时，它也是一部供一般娱乐的故事书"。他的结论是："史诗是一种仍在不断发展、不断壮大的艺术形式。"[①] 概而言之，麦钱特对史诗的认识是广义的。他梳理了欧洲史诗的起源与发展，将荷马史诗、维吉尔的《埃涅阿斯纪》、奥维德的《变形记》以及但丁的《神曲》等无不视为史诗，并认为小说、史诗剧和现代史诗诗歌是属于现代史诗的新形式。保罗·麦钱特的目的不在于定义史诗，而是广义地梳理了一部欧洲史诗发展简史，通过他的梳理，我们可以观察到他广义的史诗观。

苏联文艺理论家巴赫金在论述作为一种体裁的长篇小说时，引入史诗与小说进行对比，对史诗的特点进行了深入解析。他认为，作为一种特定

---

① ［美］保罗·麦钱特：《史诗论》，金惠敏、张颖译，北岳文艺出版社 1989 年版，第 2—3 页。

的体裁，长篇史诗具有三个特征：第一，从史诗作为一种体裁所具有的基本形式特征来看，长篇史诗描写的对象，是一个民族庄严的过去，是"绝对的过去"。①"这个过去不是通过时间递进而与现在连接起来的那种现实中的相对的过去；这是带有价值意义的由根基和高峰组成的过去。这个过去保持很大距离，是全然完成了的，并像个圆圈一样封闭起来。"②史诗中内在的作者意向，实际上是作为一个讲说者叙述他所无法企及的过去时代时的一种虔敬的意向。与处于形成中而还未定型的长篇小说这一体裁相比，"史诗在我们了解之前，不仅早已是现成的东西，而且已是极其衰老的体裁。"③第二，"长篇史诗渊源于民间传说（而不是个人的经历和以个人经历为基础的自由的虚构）"，因此非个人经历可企及，也不允许有个人的观点和评价存在。④绝对的过去作为长篇史诗的对象和无可怀疑的传说（史诗的唯一源泉），决定了长篇史诗的第三个基本特征，即"史诗的世界远离当代，即远离歌手（作者和听众）的时代，其间横亘着绝对的史诗距离"⑤。即无论作为现实的事件，还是作为一种价值，史诗都是现成的、完成了的、不会改变的。这就决定了史诗世界与正处于形成中的现时世界（诸如史诗的歌手和听众、任何个人经验、一切新的认知等）的距离。史诗的上述特点，与小说的未完成性、民间性和杂语性形成鲜明的区别。

　　马克思在论及文化的各种形态的不平衡发展时，曾以《伊利亚特》《奥德赛》为例指出："就某些艺术形式，例如史诗来说，甚至谁都承认：当艺术生产一旦作为艺术生产出现，它们就再不能以那种在世界史上划时代的、古典的形式创造出来；因此，在艺术本身的领域内，某些有重大意义的艺术形式只有在艺术发展的不发达阶段上才是可能的。"⑥马克思所说的"艺术生产一旦作为艺术生产出现"之后的时期，指的是个人从集

---

①　［苏］巴赫金：《小说理论》，白春仁、晓河译，河北教育出版社 1998 年版，第 515 页。

②　［苏］巴赫金：《小说理论》，白春仁、晓河译，河北教育出版社 1998 年版，第 521—523 页。

③　［苏］巴赫金：《小说理论》，白春仁、晓河译，河北教育出版社 1998 年版，第 505 页。

④　［苏］巴赫金：《小说理论》，白春仁、晓河译，河北教育出版社 1998 年版，第 515—519 页。

⑤　［苏］巴赫金：《小说理论》，白春仁、晓河译，河北教育出版社 1998 年版，第 515 页。

⑥　［德］马克思：《〈政治经济学批判〉导言》，《马克思恩格斯选集》第 2 卷，人民出版社1972 年版，第 113 页。

体中分离出来，单独从事创作的时代。当人类已经脱离集体的思维形式，独立的个人创作出现以后，史诗就不能被创造出来，即使有人想按照传统史诗的样式创造新内容的"史诗"，形成的艺术产品也不再是马克思所说的"在世界史上划时代的、古典的形式"的史诗了。正如恩格斯所言："……荷马的史诗以及全部神话——这就是希腊人由野蛮时代带入文明时代的主要遗产。"① 荷马史诗中对野蛮时代高级阶段全盛时期的描绘可以说明当时人们的生活水平、妇女的社会地位及普遍社会状况，由此证明史诗是原始社会生产力发展到野蛮时代高级阶段的产物。

俄国著名的文艺批评家别林斯基指出："史诗是在民族意识刚刚觉醒时，诗领域中的第一颗成熟的果实。史诗只能在一个民族的幼年期出现。"② 可见，作为一种艺术创作的形式，史诗只能出现在人类早期阶段。如前所述，特别强调文学作品与其所处时代的关系的马克思，也正是在这个意义上，认为荷马史诗这样的史诗作品具有"永恒的魅力"，是一种"规范和高不可及的范本"。别林斯基将史诗与小说进行对比，认为长篇小说可以呈现个人生活，即作为"个别的、特殊的个性而存在的人"，如人的心灵、灵魂、命运及这命运和民族生活的一切关系等，而史诗则只能有民族的代表人物，如半人半神、英雄和国王。③ 他还提出"史诗的叙事诗"概念，认为史诗的叙事诗是一种历史事件的理想化的表现，该历史事件由全民族参与，和民族的宗教、道德、政治生活融汇在一起，对民族命运产生重大影响。"当然，假如这事件所涉及的不只是一个民族，而且是全人类，——那么，这篇叙事诗就更接近史诗的典范。"④ 别林斯基认为叙事诗越能反映整个民族乃至全人类的历史事件，则越接近于"史诗"。

匈牙利著名哲学家和文学批评家卢卡奇在《小说理论》中，对史诗进行了充分论述。他将史诗和小说视为"伟大史诗的两种客体形式"⑤，

---

① 恩格斯：《家庭、私有制和国家的起源》，《马克思恩格斯选集》第 4 卷，人民出版社 1972 年版，第 22 页。

② ［俄］别林斯基：《别林斯基论文学》，梁真译，新文艺出版社 1958 年版，第 179 页。

③ ［俄］别林斯基：《别林斯基论文学》，梁真译，新文艺出版社 1958 年版，第 180—181 页。

④ ［俄］别林斯基：《别林斯基论文学》，梁真译，新文艺出版社 1958 年版，第 197 页。

⑤ ［匈］卢卡奇：《小说理论》，燕宏远、李怀涛译，商务印书馆 2012 年版，第 49 页。

区分二者依据的是人们创作它们时所发现的历史哲学事实。《小说理论》开篇就对古希腊荷马史诗时代做了带有怀乡色彩的描述。在卢卡奇看来，古希腊人处在一个"极幸福的时代"，即"世界的史诗时代"，生活的领域也相对狭小，对于心灵来说，没有什么"外部和他者"，没有任何疏离，他们能够理解自己的世界，不会感到与其身处的世界发生龃龉。古希腊人形而上地生活于其中的领域的完整性构成了"他们生活的先验本性"，而"史诗的主体总是生活中以经验为依据的人"，因此，诗人、史诗的主体、诗歌所描绘的世界与诗人置身其中的世界处在和谐统一的状态中。而这种和谐、完美和整一的状态，被卢卡奇命名为生活的总体性。① 史诗要从自身出发去塑造完整生活总体的形态，其对象就不能是个人的命运，而是共同体（Gemeinschaft）的命运，"史诗中的英雄绝不是一个个人"。② 史诗中有大批外来素材的引入，因为真正的史诗观念对任何艺术作品结构都采取有理由的无所谓态度，荷马史诗从事件中间部分开始，不以事件的终局为结束，原因也在于此。"在史诗中，所有的人都有他们自己的生活，并从自己的内部意义中创造出自己的完善。"③ 卢卡奇对于"史诗时代"的描绘，对于史诗"总体性"的强调，明显受到黑格尔的影响，他在《小说理论》序言中即言：该著作是"将黑格尔哲学的成果具体运用于美学问题的第一部精神科学著作"④。

　　20 世界前半叶，西方学者对史诗的阐述还是从史诗文本出发的，巴赫金论述了作为文学体裁的史诗的三个特点，马克思从艺术生产的角度，认为史诗产生于个人尚未从集体中分离出来单独从事创作的时代，卢卡奇虽然受到黑格尔哲学和美学的深刻影响，但他难能可贵地在史诗与小说的对比论述中，涉及"小说时代"的异化等问题，与"史诗时代"的情况形成了清晰的对照。当然，上述论析都未跨出"史诗文本"的界限。而20 世纪后半叶以来，世界各地大量的口传史诗被发现，加上人们对"荷马诸问题"的探讨，促使国际史诗学界开始改变对史诗的传统认识，越来越多的史诗学者开始从世界性的、区域的和地方的传统话语等不同层面重新认识和界定史诗。

---

① ［匈］卢卡奇：《小说理论》，燕宏远、李怀涛译，商务印书馆 2012 年版，第 19—41 页。

② ［匈］卢卡奇：《小说理论》，燕宏远、李怀涛译，商务印书馆 2012 年版，第 59 页。

③ ［匈］卢卡奇：《小说理论》，燕宏远、李怀涛译，商务印书馆 2012 年版，第 60—61 页。

④ ［匈］卢卡奇：《小说理论》，燕宏远、李怀涛译，商务印书馆 2012 年版，第 5 页。

　　"荷马问题"重在探究史诗《伊利亚特》《奥德赛》的作者身份、创作时代以及史诗如何被创作出来的等问题。早在 1923 年，口头诗学的创始人米尔曼·帕里（Milman Parry）就在其硕士学位论文中率先提出，希腊英雄史诗不是源于某一特定作者的虚构，而是全体人民的创作，史诗讲述中呈现的风格也是人们代代相传中逐步形成的大众的传统。① 1960 年，帕里的学生阿尔伯特·贝茨·洛德出版了口头诗学的集大成之作《故事的歌手》。本书第二章将深入探讨，帕里、洛德以及格雷戈里·纳吉等多位学者的研究如何改变了学界对于"荷马问题"的探讨方式以及口头诗学如何为史诗研究带来革命性的变革。简言之，口头诗学通过对活态史诗的研究，提出：口头诗学与书面文学的诗学判然有别，就史诗来说，史诗文本背后存在着丰富的口头文学活动传统，其创作是一代代不同的史诗歌手在史诗表演中完成，其文本呈现程式化特点。若此，则荷马史诗是一部口头文学作品，而荷马只是无数口头传唱史诗的歌手中的一员。与此密切相关的是"口头传统"概念。广义的口头传统包括一切口头交流形式，狭义概念则特指传统社会的沟通模式和口头艺术（verbal art）。简言之，口头传统有三方面的意涵：首先，它属于文化的反映和文化的创造；其次，它反映文化内容和文化期待；最后，它满足文化需求。② 作为史诗的口头传统，"不仅是指一位歌手在一次表演中的所有内容，或者是他的所有表演的内容，而且还包括那些没有叙述出来的由歌手和听众共享的知识"③。

　　在认同史诗口头缘起的基础上，美国史诗研究专家约翰·迈尔斯·弗里和芬兰民俗学家劳里·航柯（Lauri Honko），相继对史诗文本的类型进行了理论探索，继而从创编、演述、接受三方面重新界定了口头诗歌的文本类型：一是口头文本（oral text），即口头创编、演述和接受的史诗，如《格萨尔王传》；二是来源于口头传统的文本（oral-derived text），即与口头传统密切关联的文本，史诗叙事已通过文字定型化，文本以外的语境要素已无从考察，如《荷马史诗》；三是以传统为导向的口头文本（tradition-oriented text），由编辑者依据某一传统中的口传本文或口传有关

---

　　① ［美］约翰·迈尔斯·弗里（John Miles Foley）：《口头诗学：帕里—洛德理论》，朝戈金译，社会科学文献出版社 2000 年版，第 48 页。

　　② 朝戈金：《口头·无形·非物质遗产漫议》，《读书》2003 年第 10 期。

　　③ 朝戈金：《口传史诗诗学的几个基本概念》，《民族艺术》2000 年第 4 期。

的文本进行汇编后创作的史诗，如伦洛特搜集整理的芬兰史诗《卡勒瓦拉》。① 劳里·航柯指出，希腊史诗的刻板模式束缚了西方学者的思维，应该将史诗研究建立在对活态史诗传统进行调查的基础上。他尤其强调了史诗对于"民族认同"的功能，提出史诗是关于范例的伟大叙事，在篇幅长度、表现力和内容重要性上超过其他叙事，在接受史诗的群体中具有认同表达源泉的功能。② 约翰·迈尔斯·弗里则直呼史诗为"重大文类"（master-genre）。他说："史诗在古代社会扮演着重要角色，发挥着从历史和政治的到文化和教诲的及其他诸多功能。作为认同的标识，古代史诗看来总是居于事物的中心。"③

通过对西方学界"史诗"概念的理论回溯可以发现，西方学界对史诗问题的探讨始终围绕着荷马史诗这个中心话题。口头诗学出现之前，人们更多地关注史诗的"内部世界"，而口头诗学的兴起，打破了将史诗定位于英雄史诗的传统概念，开启了完全不同于书面文学理论的史诗学领域，这既是学术观念和范式的转变，也是不断发展和变化的现实情境的生动反映，是对现实口头艺术发展的一种回应。诸种史诗观念不仅互相对照，更形成了有益互补，对中国学者对于史诗的认识产生了不可忽视的影响。

第三节　中国学者对史诗的界定

"史诗"概念在 19 世纪末期传入中国，中国人知道"史诗"却比 19 世纪早得多。苏曼殊在《燕子龛随笔》中曾言："印度 Mahabharata, Ramayana 两篇，闳丽渊雅，为长篇叙事诗，欧洲治文学者视为鸿宝，犹 Iliad, Odyssey 二篇之于希腊也。此土向无译述，唯《华严疏抄》中有云：《婆罗多书》《罗摩衍书》，是其名称。"④ 据孙用翻译印度两大史诗时考

① 朝戈金：《从荷马到冉皮勒：反思国际史诗学术的范式转换》，《史诗学论集》，中国社会科学出版社 2016 年版，第 13 页。

② ［芬兰］劳里·航柯：《史诗与认同表达》，孟慧英译，《民族文学研究》2001 年第 2 期。

③ John Miles Foley, "Introduction", *A Companion to Ancient Epic*, Blackwell Publishing, 2005, p. 1.

④ 苏曼殊：《苏曼殊全集》，哈尔滨出版社 2016 年版，第 113 页。

证，《华严疏抄》系唐朝和尚澄观所作，而澄观是兴元、元和间人，则一千多年前，中国已经知道印度两大史诗了。① 章太炎大概是中国较早使用"史诗"术语的学者。他对中西语言的差异有着较为明晰的认识，根据自己的领会并联系中国文学，把在外国文学史中接触到的"Epic"译为"史诗"。他在《正名杂义·史诗》中说道："韵文完具而后有笔语，史诗功善而后有舞诗。""其所谓史诗者：一，大史诗，述复杂大事者也；二，裨诗，述小说者也；三，物语；四，歌曲，短篇简单者也；五，正史诗，即有韵历史也；六，半乐诗，乐诗、史诗掍合者也；七，牧歌；八，散行作话，毗于街谈巷语者也。"② 章太炎的史诗概念在内涵和外延上都远远超过了当时西方学界的史诗范畴。后来胡适曾将 Epic 译为"故事诗"，认为中国古代民族的文学只有风谣和祀神歌，而没有长篇的"故事诗"，即中国没有史诗。③ 王国维在 1906 年的《文学小言》第十四则中说道："叙事的文学（谓叙事传、史诗、戏曲等，非谓散文也），则我国尚在幼稚之时代。"④ 王国维将我国叙事类诗歌与西欧国家文学进行对比，认为中国文学没有史诗。他的论断所引发的中国文学"史诗问题"一直持续到当代，成了一桩学术公案。

国内比较系统地介绍外国史诗，始于"五四"前后，但没有完整译本。鲁迅在《摩罗诗力说》中谈及《摩诃婆罗多》《罗摩衍那》，但未借此两大名著对"史诗"一词的含义做出解说，他只是说："使举国人所习闻，最适莫如天竺。天竺古有《韦陀》四种，瑰丽幽敻，称世界大文；其《摩诃波罗多》暨《罗摩衍那》二赋，亦至美妙。"⑤ 后来，茅盾在《〈神话研究〉序》中说："二十二三岁时，为要从头研究欧洲文学的发展，故而研究希腊的两大史诗；又因两大史诗实即希腊神话之艺术化，故而又研究希腊神话。"⑥ 茅盾的基本立场是把史诗视为神话的艺术化，应

---

① 《腊玛延那 玛哈帕腊达》，孙用译，人民文学出版社 1962 年版，第 12 页。

② 章太炎：《正名杂义·史诗》，朝戈金主编《中国史诗学读本》，中国社会科学出版社 2013 年版，第 1 页。

③ 胡适：《故事诗的起来》，朝戈金主编《中国史诗学读本》，中国社会科学出版社 2013 年版，第 19 页。

④ 王国维：《王国维文学论著三种·文学小言》，商务印书馆 2010 年版，第 220—221 页。

⑤ 鲁迅：《摩罗诗力说》，《坟》，漓江出版社 2001 年版，第 45 页。

⑥ 茅盾：《〈神话研究〉序》，《茅盾全集》（第 28 卷），人民文学出版社 1993 年版，第 432 页。

该说，他对史诗和神话的渊源做出的分析是准确而透彻的。1933 年，郑振铎发表文章《史诗》，开卷便说："史诗（Epic Poetry）是叙事诗（Narrative Poetry）的一种。"他赞同盖莱（C. M. Gayley）对史诗的概括："一般的史诗无论是古代的或近代的，都可以算是一种非热情的背诵，用高尚的韵文的叙述，描写出在绝对的定命论的控制之下的一种大事件，或大活动的，这种事件或活动里所有的是英雄人物与超自然的事实。"[①] 朱光潜认为中国诗歌的抒情传统对中国史诗形成了限制，提出"史诗和悲剧都是长篇作品，中国诗偏重抒情，抒情诗不能长，所以长篇诗在中国不发达"，同时，由于中国哲学思想的平易和宗教情操的浅薄也阻碍了史诗的形成与发展，因为史诗和悲剧的作者都要有"较广大的观照""较深厚的情感"和"较长久的'坚持的努力'"，而前者有赖于哲学，深厚的情感和坚持的努力有赖于宗教，"这两点恰是中国民族所缺乏的"[②]。

中国关于"史诗问题"的讨论中，倾向于"中国无史诗"的否定性意见也同时催生了另一种肯定性意见。例如，陆侃如和冯沅君在《中国诗史》中，把《诗经》的《生民》《公刘》《绵》《皇矣》《大明》诸篇皆纳入"周的史诗"，[③] 显然，陆、冯二人是为了证明中国文学具有与西方文学史同样的源头和发展模式，放宽了"史诗"的内涵和外延。至 20 世纪 50 年代以后，特别是 20 世纪 80 至 90 年代，上述观点得到了众多学者响应，成为中国学界能与否定性意见相对峙的看法。[④]

作家老舍在中国作家协会第二次、第三次理事会上的报告中，均提到中国少数民族史诗。如在 1960 年，他在中国作家协会第三次理事会上作的《关于少数民族文学工作的报告》中，自豪地说："我们发现了多少优美的史诗啊！"并提到，《格斯尔的故事》是"蒙、藏两个民族所共有的，但又各具特色"[⑤]。老舍以中国作协领导的身份发布对史诗的赞誉，对当

---

① 郑振铎：《史诗》，朝戈金主编《中国史诗学读本》，中国社会科学出版社 2013 年版，第 24 页。

② 朱光潜：《长篇诗在中国何以不发达》，《朱光潜全集》第 8 卷，安徽教育出版社 1993 年版，第 352—355 页。

③ 陆侃如、冯沅君：《中国诗史》，百花文艺出版社 1999 年版，第 40—41 页。

④ 郭预衡主编的《中国文学史》、张庆利主编的《中国文学史话》、袁行霈主编的《中国文学史》、章培恒和骆玉明主编的《中国文学史》等都持与陆侃如、冯沅君相同的观点。

⑤ 老舍：《关于少数民族文学工作的报告——在中国作家协会第三次理事会（扩大）会议上的报告》，中国作家协会，1960 年。

时人们如何认识史诗无疑具有象征和引导意义。

　　季羡林在回顾翻译印度史诗《罗摩衍那》的过程时，充分肯定史诗的价值，同时指出《罗摩衍那》存在"拖沓、重复、平板、单调"的缺点，有的篇章"叠床架屋，重复可厌"，他因之"非常怀疑""印度人会整夜整夜地听人诵读全部《罗摩衍那》"。① 后来，他对史诗的看法有了进一步的发展，把史诗这一文类的特点看得更加清楚了。1985 年，季羡林在《〈罗摩衍那〉初探》中认为史诗是"伶工文学"的一种类型，后来发展成为史诗、《古事记》和最早的诗。"伶工文学"重点在于内容，而不在辞藻，"唱起来容易懂，听起来容易记"。他把史诗的特点归纳为：第一，史诗不论长短，描写手法都有点刻板化；第二，史诗的主人公几乎都是雷同的；第三，史诗中事件的叙述都有不少的重复，这与史诗的朗诵分不开。每次朗诵前，必须有点重复，否则听众就会有茫然之感；第四，为凑韵，诗人手边必须有些"小零件"——史诗中有一些短语重复出现。② 季羡林指出了史诗的口传性质，对于史诗的分析突出了史诗"程式化"的特点。

　　20 世纪 50 至 90 年代，除了三大英雄史诗《格萨尔》《江格尔》《玛纳斯》，中国北方其他民族以及南方地区的彝族、纳西族、哈尼族等十几个民族的史诗都得到相当程度的搜集、记录、整理和出版（资料性工作今天仍在进行）。少数民族史诗的发掘驳正了黑格尔关于中国没有史诗的论断，也回答了"五四"以后中国学界曾经出现过的"恼人的问题"，即"我们原来是否也有史诗？"③ 史诗理所当然地被界定为民间文学的一种体裁样式，受到中国文艺理论界的关注。回顾中国学界旷日持久的关于史诗问题的论争会发现，论争的本质其实与中国如何接受西方文学史观有密切关联，论争的结果则直接影响着中国学界如何建构多民族国家文学史的问题。

　　当然，中国学者的史诗观念也在不断发展中。20 世纪 80 年代以后，随着史诗研究的长足进展，国内学者在吸收西方史诗概念的基础上，结合本土情况，对史诗有了新的理解，继三大英雄史诗之后，《布洛陀》《创

---

　　① 季羡林：《〈罗摩衍那〉译后记》，《季羡林全集》第 29 卷，外语教学与研究出版社 2010 年版，第 630—631 页。

　　② 季羡林：《季羡林全集》第 17 卷，外语教学与研究出版社 2010 年版，第 432—433 页。

　　③ 闻一多：《歌与诗》，《神话与诗》，武汉大学出版社 2009 年版，第 168 页。

世纪》《勒俄特依》等诸多叙事诗被确认为史诗。因此，1980 年，"中国民俗学之父"钟敬文在主编《民间文学概论》时突破了西方英雄史诗的概念框架，提出："史诗，是民间叙事体长诗中一种规模比较宏大的古老作品。它用诗的语言，记叙各民族有关天地形成、人类起源的传说，以及关于民族迁徙、民族战争和民族英雄的光辉业绩等重大事件，所以，它是伴随着民族的历史一起生长的。从某种意义上来说，一部民族史诗，往往就是该民族在特定时期的一部形象化的历史。"他还指出："作为一种特定的形式，它只能产生在各民族形成的童年时代。"根据史诗反映的内容，钟敬文把史诗分为创世史诗和英雄史诗两大类别。[1] 钟敬文对史诗的界定和分类得到学界大多数学者的认同，对国内史诗学界产生了广泛影响。也有学者如中央民族大学的陶立璠先生提出异议，认为钟敬文关于史诗的分类是否恰当，有待商榷。他认为史诗是一种特定历史范畴的文学现象。准确地说，神话产生于人类的开创时期或童年时期；歌谣产生于原始人类的劳动生活中；传说和故事贯穿各族人民的生活，具有较强现实性；而史诗则应产生于原始社会末期和奴隶社会初期。这一时期，神话时代已基本结束，人们更关注氏族和部落的生存发展。各民族创世神话中的氏族族源神话和民族迁徙神话成为神话与史诗的连接点，即英雄史诗的萌芽。创世纪中的英雄，神性超过人性，在创作上幻想代替了现实，因此创世史诗或创世纪严格意义上应属于神话，而不应被纳入史诗范畴。[2] 而在民间文学的知识话语中，一般认为："史诗是一种古老而又宏伟的民间韵文叙事，主要内容是叙述民族的历史，同时又深刻影响着一个民族的现实生活。"史诗集歌唱和叙事于一身，"演唱的歌词"包含了"人类最本原的问题，民族中最重要的历史事件，民族文化知识，祖祖辈辈最不能忘却的记忆等"。[3]

20 世纪 80 年代至 90 年代中期以前，国内学界把史诗作为一种书面文学进行研究。20 世纪 90 年代中期以后，中国学者开始接受口头诗学理论和方法，并将它引介入国内，开始树立"活形态"的史诗观，认为中国少数民族史诗属于口头传统的范畴，中国史诗研究进入了一个学术转型时期。黄宝生较早接受了晚近引介入国内的口头诗学理论，他在对《摩

---

① 钟敬文主编：《民间文学概论》，高等教育出版社 2010 年版，第 204—206 页。

② 陶立璠：《民族民间文学基础理论》，广西民族出版社 1985 年版，第 310—311 页。

③ 万建中：《民间文学引论》，北京大学出版社 2006 年版，第 136 页。

诃婆罗多》进行文本特征分析时，指出程式是检测口头史诗语言创作特点的有效利器，肯定程式在史诗的创编、接受和流布中的功能。① 他高度重视对世界各族史诗进行综合、比较研究，指出这样的研究，会加深对人类古代文化的理解，有助于世界史诗理论的完善和提高。②

2000 年，朝戈金先生结合国际史诗研究的理论成果，对（口传）史诗（Oral Epic）进行了界定，择其要者：史诗是长篇叙事诗，常在口头文化的社会里得到发展，叙述的事件往往影响到普通人类的日常生活，并往往改变该民族的历史进程。史诗篇幅宏大，细节充盈，大量使用程式化人物，扩展的明喻和其他风格化的描述。史诗多以历史事件为背景，但作用却不在于记载历史。史诗中还包括有大量的知识。风格庄严、崇高、雄伟、规模宏大、结构严谨是其一般特点。③ 后来，他又在长文《中国史诗传统：文化多样性与民族精神的"博物馆"》中，进一步对"史诗"进行了概括和界定：诗体的或散韵兼行的；叙事的；英雄的；传奇性的；鸿篇巨制或规模宏大的；包容着多重文类属性及文本间有着互文性关联；具有多重功能；在特定文化和传统的传播限度内。④ 这一结论大致包含了中国史诗学研究中的不同面向和观照。2015 年，他在《"多长算是长"：论史诗的长度问题》中，再次通过翔实的材料论证了书面史诗的边界，认为学界普遍认同的史诗核心特质有 6 点：长篇叙事诗；场景宏大；风格崇高；超凡的主人公（神或半神）；业绩非凡或历经磨难；分为民间口传史诗和文人书面史诗两类。符合上述 6 个尺度的是史诗，仅具有其中几个核心特质的则可被认定为非典型形态的史诗。⑤

在《辞海》中，关于"史诗"，除了学界常见的以英雄史诗为主的界定外，我们可以看到，"比较全面地反映一个历史时期的社会面貌和人民群众多方面生活的优秀长篇叙事作品（如长篇小说），有时也称为史诗或

① 黄宝生：《〈摩诃婆罗多〉导读》，中国社会科学出版社 2005 年版，第 143 页。

② 黄宝生：《〈摩诃婆罗多〉导读》，中国社会科学出版社 2005 年版，第 142 页。

③ 朝戈金：《口传史诗诗学：冉皮勒〈江格尔〉程式句法研究》，广西人民出版社 2000 年版，第 12 页。

④ 朝戈金、尹虎彬、巴莫曲布嫫：《中国史诗传统：文化多样性与民族精神的"博物馆"》，《国际博物馆》（全球中文版）2010 年第 1 期。

⑤ 朝戈金：《"多长算是长"：论史诗的长度问题》，《中央民族大学学报》（哲学社会科学版）2015 年第 5 期。

史诗式作品"①。这里的"史诗"，其实是史诗的引申意义，所谓"史诗式"或"史诗性"，可以视为美学范畴的概念，指艺术作品所体现出的一种美的样式或风格，尤指长篇小说书写历史的广阔性与深刻性。此外，国内学界还有一个容易与"史诗"发生联系的概念，即"诗史"。据学者张晖考证，"诗史"一词自晚唐《本事诗》开始，正式成为文学批评概念。在不同的时代，"诗史"说拥有大量不同的内涵，不过，其间贯彻着一个最为基本的核心精神，就是强调诗歌对现实生活的记录和描写。② 作为中国本土概念的"诗史"与从国外译介来的"史诗"，其区别是显而易见的。

　　在国内关于史诗论争的焦点问题中，有一个问题不容忽视：20 世纪 80 年代在湖北神农架发现的手抄唱本《黑暗传》是否可称为史诗，能否代表汉民族的问题。民俗学家刘锡诚等学者力主《黑暗传》为"汉民族首部神话史诗"，认为《黑暗传》的整理出版，有力证明了汉民族也是一个拥有包含着创世神话在内的史诗作品的民族。③ 对此，学界有众多争议。刘亚虎认为，认定一部作品是否属于史诗，不光要看其文本，还要看其产生过程及在该地区该民族中的地位，因此，《黑暗传》是否可以代表汉族的史诗，有待研究与考证。④ 陈思和对称《黑暗传》为"汉民族神话史诗"表示"很怀疑"。他提出，史诗是比较远古的，而《黑暗传》从开天辟地、三皇五帝一直讲到明清时代，因此给人感觉不过是一个内容杂糅、版本可疑的汉民族"民间史"，或叫"村儒俗史"。⑤ 应该说，刘、陈二位学者的观点是有学理依据的，史诗不是一种普通的文学体裁，它的产生过程及其在特定民族中的文化功能是必须被强调的，而作为"孝歌""丧鼓歌"演唱的《黑暗传》，其内容涉及明清时代，已经远离"人类的童年时代"，且其在汉民族中并无显著的影响力，因此，将之视为"神话历史叙事长诗"⑥ 更为贴切。

　　任何学术都是动态的、发展的。如韦勒克所言，可以假设每一部文学

---

① 《辞海》，上海辞书出版社 1980 年版，第 725 页。

② 张晖：《中国"诗史"传统》，生活·读书·新知三联书店 2016 年版，第 276—284 页。

③ 刘锡诚：《试论非物质文化遗产的价值判断问题》，《民间文化论坛》2008 年第 6 期。

④ 谢沂：《汉族首部史诗为何发现在神农架》，《北京青年报》2002 年 3 月 29 日第 18 版。

⑤ 《追求历史的还原或建构——〈圣天门口〉座谈会纪要》，《文艺争鸣》2007 年第 4 期。

⑥ 刘守华：《我与〈黑暗传〉》，《长江大学学报》（社会科学版）2011 年第 7 期。

作品都属于某一种类型，但是文学的类型不是一直不变的，因为随着新作品的增加，种类的概念就会发生改变，新的类型就可能会出现。① 人们对于史诗的认识也是如此。国内学界关于"史诗"概念之所以会有如此多的不同认识和争鸣，与我国民间文学普查发掘的复杂情况有关，也充分体现了国内学者随着时代发展不断增强学术研究的理论自觉，从我国的实际出发，对经典的史诗概念进行突破的学理性探索。文艺理论批评的概念、术语不应该是一个封闭的、静止的思维模式，而应是一个开放的、动态的符号系统。即使是以往被认为天经地义的"标准词汇"，也需要重新认识，用新的思维方式与知识系统加以拓展和阐释。

试图定义史诗，当然要以那些确实适当并且已经被称作史诗的经验性材料为基础，同时对史诗研究史进行审慎地辨析。这意味着，一些经典的西方史诗观念不适合中国，应该扬弃，同时，"史诗"的范围不能无限地扩大，必须要有相对清晰的边界。我们可以从四个方面对史诗进行界定：第一，史诗的起源。从国际史诗学界关于口头诗学的研究来看，帕里和洛德通过田野作业促成了口头程式理论的诞生，并将之运用于《荷马史诗》的研究，推演并论证了《荷马史诗》的口头性质，而国内诸多史诗尤其是三大英雄史诗及南方创世史诗仍以活态演述的方式传承着，更证实了史诗作为口头传统的性质。据考证，《格萨尔》大约产生于公元前三、四百年至公元 6 世纪之前。② 《江格尔》约产生于 13 至 17 世纪。③ 郎樱认为《玛纳斯》的第一部，即史诗的核心部分基本形态的形成年代约在 13—16 世纪，而第二部至第八部约形成于 16—18 世纪。④ 因此，结合学界已有的对史诗产生年代的考证和国内史诗活态传承的情况，可以确定：史诗是形成于特定民族幼年时期的一种口传形态的叙事传统和动态民俗生活事象，它是口头演述而非书面呈现的、是在演述中创编而非文人创作的、是以韵文或韵散结合的语言表达的。第二，史诗的内容。从演述的内容来看，史诗多叙述各民族有关人类起源、天地形成、民族迁徙、民族战争等

---

① ［美］勒内·韦勒克、奥斯汀·沃伦：《文学理论》，刘象愚、邢培明、陈圣生、李哲明译，江苏教育出版社 2005 年版，第 267 页。

② 降边嘉措：《〈格萨尔〉论》，内蒙古大学出版社 1999 年版，第 44 页。

③ 柳湖：《关于〈江格尔〉等史诗产生年代问题的探讨》，《民族文学研究》1988 年第 2 期。

④ 郎樱：《玛纳斯论》，内蒙古大学出版社 1999 年版，第 100 页。

诸多重要阶段的重大历史事件，或者歌颂在民族形成过程中为氏族、部落、部族及整个民族而英勇斗争的英雄及其光辉业绩，具有全景性，但作用不在于记载历史。史诗演述生成的文本具有程式化的特点。第三，史诗的功能。史诗叙事风格庄严、崇高、雄伟、规模宏大，在传统社会或接受史诗的群体中具有认同表达源泉的功能。第四，史诗具有一定的长度。仅论史诗文本，学界公认史诗是长篇叙事诗，但究竟多长算是长篇，并未形成一致意见。朝戈金曾撰文讨论史诗长度问题，提到学者爱德华·海默斯认为史诗作为叙事诗歌，长度应超过 200 行到 300 行。劳里·航柯认为上述标准太低，不易与单一情景的叙事诗和民谣类叙事样式相区别，因此提出以 1000 诗行作为史诗的最低篇幅标准，但他同时提到，口头诗人可能会压低这个标准。朝戈金列举大量实例说明，不同歌手演述同一首史诗所使用时长不同，同一名歌手每一次演述同一首史诗所用时长也不一样，篇幅较长史诗的压缩版本可能篇幅不足 1000 诗行，更不用说史诗篇幅较长，不能一次讲完的情况在世界上许多地区都能见到，他由此提出史诗篇幅往往伸缩幅度巨大，不同文本之间变异剧烈，篇幅长短仅具有相对的意义。[①] 由此可见，单就篇幅论史诗，确实是个棘手的问题。以规模更小的叙事诗为例，"长诗之圣"《孔雀东南飞》有 1780 个字，共 356 句。20 世纪初在梁祝故乡宁波市镇海一居民家中发现一本清末长篇叙事诗《绘图梁山伯祝英台》，则有 2.5 万字之巨。[②] 可见，叙事诗的篇幅也差异巨大。但史诗还有不同于普通叙事诗的其他特点。首先，综合世界上已经发现并公认的史诗来说，史诗《格萨尔》有 120 多部、100 多万行，若全翻译成汉文，有 2000 多万字。史诗《江格尔》有 100 多部独立诗章的数百个异文，长达数十万行。史诗《玛纳斯》在国内有 70 多种变体，国外有 80 多种，仅玛纳斯奇居素甫·玛玛依唱本就有 23 万多行，足以见到史诗之规模宏大；其次，史诗是一种口传形态的叙事传统和动态民俗生活事象，这决定了史诗的演述是一种表演，与集体性的娱乐活动密切相关。如林岗所言："长度的概念很重要，因为长度达到一定的程度，就标志这种形式不是即兴的，而是表演性的。这种表演活动其实就是民众的娱乐活动。当然即兴式的韵文也可以是娱乐性的，但是有长度的韵文体更加适合集体性

---

① 朝戈金：《"多长算是长"：论史诗的长度问题》，《中央民族大学学报》（哲学社会科学版）2015 年第 5 期。

② 严红枫、郑建军：《镇海发现清代梁祝长篇叙事诗》，《光明日报》2003 年 10 月 27 日。

的娱乐活动。"① 口头演述决定了史诗只要在民众中口耳相传，篇幅就会随着不同歌手的演述滚雪球式地增长，必然不会太短。史诗传唱动辄数十部上百部，史诗歌手可以表演几个晚上甚至一个月，也能充分说明这一点；最后，史诗演述的内容是关于民族的重大历史事件或在民族形成过程中英勇斗争的英雄及其光辉业绩，且叙事风格庄严、崇高、雄伟，在传统社会或接受史诗的群体中具有认同表达源泉的功能。较短的篇幅是难以呈现上述内容的。因此，笔者认为，若结合史诗其他方面的特点来认识史诗的篇幅，那么，劳里·航柯所提出的将 1000 诗行作为史诗的入门篇幅标准是有一定合理性的。

综上所述，可以试着给"史诗"下一个定义：史诗是生成和发展于特定民族幼年时期的一种口头叙事传统和动态民俗生活事象，以程式化的韵文形式叙述各民族有关人类起源、天地形成、民族迁徙、民族战争等诸多重要阶段的重大历史事件或者歌颂在民族形成过程中为氏族、部落、部族及整个民族而英勇斗争的英雄及其光辉业绩，风格崇高、篇幅宏大，呈现出主题的民族性、体裁的宏伟性以及画面的全景性特点，在传统社会或接受史诗的群体中具有认同表达源泉的功能。在书面文字产生以后，史诗这一口传叙事传统、动态民俗生活事象、言语行为和口头表达文化形态形成的文字亦被人们称为"史诗"，这时，史诗成为一种特殊的文学体裁，从渊源来看，"史诗"体裁源于史诗，实际上是"史诗文本"。

当然，"史诗"不是一个静止的和高度自洽的概念，而是对应于现实中具体的史诗传统不断发生相应的变化，因此关于史诗的各种认识在凸显特定历史条件下合理性的同时，也必然存在时代的局限性。这启发我们：认识和阐释史诗始终要遵循"从实践中来，到实践中去"原则，即要以具体的史诗传统为依据提炼概念和理论，再通过理论指导具体的史诗研究。史诗理论要努力提供关于"史诗是什么"和"史诗应如何"的解释，从而在研究方法上找到尽可能逼近对象特点和本质的方法，而不能流于主观化的、从概念到概念的远离科学性的"知识生产"。对"史诗"概念进行理论回溯，不是要预设任何一种单一的答案，或要达成一个确定的定义，而是要以这样一种方式提出问题，引发思考。纵然最后会出现一个相对被统合为一体的答案，其结果可能也是一种融入了不同声音的、多元化

---

① 林岗：《史诗问题与汉语区口述传统》，《东吴学术》2010 年第 1 期。

的实现，而非从公认的学术权威那里发出的单调指令及其唤起的单一回应。从文学生态而言，史诗无论是作为一种"活的传统"还是一种文学体裁，都依然生发着巨大的能量。

第四节　史诗的类型概览

在对"史诗"概念进行界定的基础上需要进一步回溯和辨析的是史诗的类型问题。最早对史诗进行分类的是亚里士多德，如前所述，他将史诗分为简单史诗、复杂史诗、性格史诗和苦难史诗。① 这明显是参照悲剧类型进行的划分，表述也较为含混。黑格尔则以荷马和维吉尔两个人的作品为例，指出原始史诗和后世人工造作的史诗之间的矛盾对立，并将正式史诗分为象征型史诗、古典型史诗和浪漫型史诗三种类型。② 后来，文学工具书中常见将史诗分为文人书面史诗、民众口传史诗两类，二者也分别被命名为"原生史诗"和"次生史诗"。③ 这种提法实际上对应的是史诗的口头与书面两种形式。20 世纪后期以来，国际史诗学界逐渐接受了劳里·航柯划分史诗类型的方法，即以创作、演述和接受为界定维度，将史诗分为民间口传史诗（创作、演述和接受同处于一个时空中，中国的活态史诗即属于这一类型）、文人书面史诗（个体诗人以民间口传史诗为样式书面创作的宏大叙事，如维吉尔的《埃涅阿斯纪》等）和"以传统为取向"的史诗（编纂者在本民族口头传统资源基础上创作的"以传统为取向"的史诗）。④

国内学界对于史诗类型界定，主要有创世史诗、迁徙史诗、英雄史诗、神话史诗等。据考证，"创世史诗"的概念最早译自西方民俗著作，原指巴比伦神话中的创世部分。20 世纪 20 年代，黄石在《神话研究》

---

① ［古希腊］亚里士多德：《诗学》，陈中梅译注，商务印书馆 1996 年版，第 168 页。

② ［德］黑格尔：《美学》第 3 卷下册，朱光潜译，商务印书馆 1981 年版，第 168—187 页。

③ 朝戈金、冯文开：《史诗认同功能论析》，《民俗研究》2012 年第 5 期。

④ Lauri Honko, *Textualising the Siri Epic*, Helsinki：Academia Scinetiarum Fennica, 1998, p. 37.

"巴比伦神话"一章中提到创世史诗概念。[①] 1980 年钟敬文在《民间文学概论》中首次明确了创世史诗的意涵。该著作将史诗分为创世史诗和英雄史诗，前者主要描述天地形成、人类产生、家畜和农作物来源，以及早期社会人们的生活，后者则描述民族间的战争及与之相关的民族迁徙等。[②] 史军超在《读哈尼族迁徙史诗断想》一文中，与钟敬文先生商榷，认为将迁徙史诗归入英雄史诗不妥。他通过具体史诗样例，说明迁徙史诗叙述重点在于民族的发生、发展、迁徙、生活的情景，格调较为写实，且产生时代也比英雄史诗要早得多，因此应成为与英雄史诗、创世史诗并列的史诗类型。[③] 这是国内学界首次将史诗类型进行上述"三分法"界定，且主要是对南方史诗进行的类型划分。20 世纪 90 年代以来，"三分法"逐步在学界得到广泛应用。朝戈金等学者合著的文章《中国史诗传统：文化多样性与民族精神的"博物馆"》对创世史诗和迁徙史诗进行界定，明确迁徙史诗的内容"大多以本民族在历史上的迁徙事件为内容，展示族群或支系在漫长而艰难的迁徙道路上的社会生活和文化命运，塑造迁徙过程中发挥重大作用的民族英雄、部落首领等人物形象及描绘各民族迁徙业绩的壮阔画卷"[④]。根据内容将史诗分为英雄史诗、创世史诗、迁徙史诗是中国学者对史诗类型研究做出的重要贡献，也是基于中国活态史诗的状况在史诗研究方面做出的创新。

朝戈金等学者还根据传承和流布区域、历史民族地理区和经济文化类群将中国各民族史诗分为南北两个系统。北方民族以长篇英雄史诗见长，南方史诗则以中小型的创世史诗和迁徙史诗居多，兼有英雄史诗。[⑤] 这样，三分法实际上能较准确地诠释南方史诗的类型。当然，因南方民族众多，各民族历史、社会形态、宗教信仰等存在差异，并非每个民族的史诗都能准确纳入上述归类。有许多南方史诗叙事存在囊括三种史诗类型的基本主题和传统程式的情况，如彝族的《勒俄特依》、土家族的《摆手舞》、

① 黄石：《神话研究》，上海文艺出版社 1988 年版，第 110 页。

② 钟敬文主编：《民间文学概论》，高等教育出版社 2010 年版，第 207—211 页。

③ 史军超：《读哈尼族迁徙史诗断想》，《思想战线》1985 年第 6 期。

④ 朝戈金、尹虎彬、巴莫曲布嫫：《中国史诗传统：文化多样性与民族精神的"博物馆"》，《国际博物馆》（全球中文版）2010 年第 1 期。

⑤ 朝戈金、尹虎彬、巴莫曲布嫫：《中国史诗传统：文化多样性与民族精神的"博物馆"》，《国际博物馆》（全球中文版）2010 年第 1 期。

壮族的《布洛陀》、苗族的《亚鲁王》等。以史诗《亚鲁王》为例，"创世纪"部分讲述宇宙起源、日月星辰形成等，接着描绘亚鲁王为避免手足相残而率众人远走他乡的迁徙过程，其间又伴随着艰苦卓绝的战争，因此兼有创世史诗、迁徙史诗和英雄史诗的叙事特征。这类史诗被称为"复合型史诗"。在北方史诗类型研究方面，仁钦道尔吉在《江格尔论》中，提出蒙古英雄史诗的内容主要是英雄婚姻和英雄征战两件事，因而形成婚姻型母题系列和征战型母题系列。两个母题系列都有各自的结构模式和相应的固定的基本母题。由此，他将蒙古英雄史诗归纳为三种类型：单篇型史诗或单一史诗母题系列所构成的史诗、串联复合型史诗或串联两个或两个以上史诗母题系列所组成的史诗、并列复合型史诗或由并列在一起的许多史诗母题系列所形成的史诗。[1] 除此之外，有学者根据篇幅长短将史诗分为长篇、中篇、短篇三种形式。[2] 但从中国活态史诗的传播与传承看，史诗的篇幅都是演述的过程中不断增删、深化和组合的，篇幅始终是变动的。由此，根据篇幅来给史诗分类的科学性就大打折扣了。

值得一提的是，国内曾有学者提出"原始性史诗""神话史诗"的概念。"原始性史诗"概念最早见于李子贤的文章《略论南方少数民族原始性史诗发达的历史根源》。该文开篇提出，在我国三十多个南方少数民族中，大多传承着关于天地万物形成及人类起源和发展的原始性史诗，并将原始性史诗分为创世神话型、创世文化发展史型、创世文化发展型基础上融合古代战争描写的类型、迁徙型等。[3] 显然，李子贤所谓的原始性史诗是一个包纳多种类型的南方史诗的概念。刘亚虎则认为原始性史诗主要表现"天地形成、人类起源、早期创造等"[4]，实际上对应于后来的"创世史诗"。段宝林不认同上述提法，认为"原始性"概念过于抽象空泛，且会和"原始性英雄史诗"混淆，不如"神话史诗"明确具体。神话史诗由段宝林等人提出于 20 世纪 60 年代，[5] 其所指实际同于钟敬文主编《民

① 仁钦道尔吉：《〈江格尔〉论》，内蒙古大学出版社 1999 年版，第 128 页。

② 格日勒扎布：《关于史诗理论的几个问题》，《内蒙古社会科学》（文史哲版）1989 年第 6 期。

③ 李子贤：《略论南方少数民族原始性史诗发达的历史根源》，《民族文学研究》1984 年第 1 期。

④ 刘亚虎：《南方史诗论》，内蒙古大学出版社 1999 年版，第 1 页。

⑤ 段宝林：《神话史诗〈布洛陀〉的世界意义》，《广西民族研究》2006 年第 1 期。

间文学概论》中的"创世史诗"。但"神话史诗"的称谓也存在概念混淆的弊病。从作为体裁的史诗观照，史诗显然杂糅了叙事诗、神话、传说等多种文类，且史诗在韵文形式、篇幅、功能等方面都与神话判然有别。

在对史诗进行重新界定，并对史诗类型进行探讨的基础上，本书将对中国史诗学其他关键词进行研究。

第二章

口头诗学

诗学（Poetics），语言学上指运用语言学理论和方法对诗歌进行的研究，罗曼·雅可布森赋予该术语较广的含义，将任何美学上的或创造性地使用口说或书写语言媒体都纳入语言的"诗学功能"内。[1] 国内学者徐新建从口语文化与书写文化的反差性角度对"诗学"进行了反思。他认为，现代汉语经验中的"诗学"，是西方理论影响下的"古词新用"。而"诗学"作为一个汉语新词，包含着三重含义：一是汉语旧义，指诗经之学、诗艺之学；二是西语的"poetics"；三是近代以来经过翻译整合后的意义，即文学理论、文艺学。[2]

口头诗学是诗学的重要组成部分，它首先是相对于书面诗学提出的，其产生和发展与人们对口头传统的研究有着密不可分的联系。朝戈金先生曾从两方面对口头传统作过界定："广义的口头传统是指人类用声音交流的一切形式，狭义的口头传统特指在传统社会的语言艺术，像歌谣，故事，史诗，叙事诗等等。"[3] 口头理论研究发现，口头传统通常呈现出光谱式特征：一端是没有书写和文本的文化，而另一端是在日常话语交流中广泛依仗书写和文本的文化。即使在高度文明的文化中，人们也可以选择口头传统媒介的某些特殊社会功能。[4] 例如，在高度工业化的都市如北京，人们也在聆听仅靠口耳相传的民歌。作为一种交流方式，口头传统拥

---

[1] [英] 戴维·克里斯特尔：《现代语言学词典》，沈家煊译，商务印书馆 2000 年版，第 274 页。

[2] 徐新建：《口语诗学：声音和语言的符号关联——关于符号学和文学人类学的研究论纲》，《西南民族大学学报》（人文社科版）2008 年第 3 期。

[3] 朝戈金：《口头传统概说》，《民族艺术》2013 年第 6 期。

[4] [美] 约翰·迈尔斯·弗里：《口头程式理论：口头传统研究概述》，朝戈金译，《民族文学研究》1997 年第 1 期。

有只适合特定目的的说话方式以及"特殊化语言"。口头的"说话方式"可以持续进入文本形式之中。正如朝戈金所言，在无文字环境下，如文字出现前的远古时期，或今天仍处在"无文字社会"的地方，诗歌多是口头传唱的。这种诗歌可被称为口头诗歌（oral peotry），而关于口头诗歌的理论，即口头诗学（oral poetics）。① 可以说，口头诗学的出现，使人们对口头传统的研究大大脱离了书面文化的美学范式的桎梏。

口头诗学的体系建构始于 20 世纪 60 年代，它所要解决的问题，是口头传统（尤其是口头诗歌）的创编、流播以及接受的问题。口头诗学的核心理论是口头程式理论（Oral Formulaic Theory），该理论由帕里和洛德共同创立，又称"帕里—洛德学说"（The Parry-Lord Theory of Oral Composition）。回溯口头诗学的发展历程可以发现，口头诗学虽已被创立和使用，但并未形成一脉相承的体系。口头诗学的核心理论是口头程式理论，却并未局限于该理论。民俗学的重要理论方法——民族志诗学和表演理论，也孕育于口头程式理论。民族志诗学关注以口耳方式进行的交流，而表演理论则高度重视富有活力的"表演"过程。口头程式理论、表演理论和"讲述民族志"的联结，构成口头诗学发展中的重要进阶，同为史诗研究提供了重要的观念和方法论工具。

口头诗学为我国的史诗学建设提供了丰富的学术资源，打开了更广阔的理论空间，也为后来的学理规范、文本阐释和田野实践建立了一种能动的反观视野，为我们进一步探讨史诗的文本形态、传承方式及史诗传统内部基本叙事法则等问题带来了深刻的反思。本章首先分别对口头程式理论、民族志诗学和表演理论进行考察，在此基础上对口头诗学在中国的"理论旅行"过程进行研究，重在阐释口头诗学在中国语境下的接受、重构及其对中国史诗研究的启示。

第一节　对口头程式理论的考察

在欧洲学术界，围绕"荷马问题"，即荷马是谁以及"荷马"如何创作出长达 28000 诗行《荷马史诗》的问题，人们众说纷纭，形成了"统

---

① 朝戈金：《关于口头传唱诗歌的研究——口头诗学问题》，《文艺研究》2002 年第 4 期。

一派"和"分辨派"两个阵营。"统一派"力图无视《荷马史诗》在语言、情节诸方面的前后矛盾，认为《荷马史诗》是一位大师的独立创作。而"分辨派"提出，荷马史诗是由许多短小的诗作汇编而成的，想要透彻地理解荷马史诗，必须将其进行"分解"，直至其构成单元。帕里断言上述说法都不正确。他解释说荷马史诗是一个源远流长的诗歌"传统"的产物，其跨度长达若干个世纪。人们现在看到的已定型的文本，不过是多年来由许多诗人唱给不同听众的歌中的一个最晚近和完善的版本。他还提出，史诗演唱传统只能是口头的——歌手荷马及其同行在漫长的时期中创作和反复补充了《伊利亚特》《奥德赛》。总之，帕里认识到荷马史诗只可以在有限的意义上理解为文本，它真正的本质应该到其表演中的创作、到其口头传统中去寻找。① 为了验证这一理论预设，帕里进行了两个阶段的研究：20 世纪 20 年代，他对荷马史诗的程式化用语进行文本研究；1933 年至 1935 年对现代南斯拉夫口传诗歌进行田野调查。帕里发现，荷马史诗的程式构成了一个庞大而完整的系统。而且，这个系统是极为"经济"或者说"节省"的：除极少数个例外，在任何一行诗句中，"对于一个特定的观念和一个特定的节律位置来说，有且只有一个可用的程式"②。他通过进一步研究证明，严密的程式系统正是口头创作的真正基础，在不借助书写的情况下，诗人创作的唯一方式，是拥有一套提供现成短语的程式系统。不同程式组合成诗句与段落，讲述特定的主题，而一系列主题的前后相继或结构性呼应就形成了整首诗歌。由此，帕里得出的结论是，《伊利亚特》和《奥德赛》的"作者"实际上是诗歌传统，它体现为许许多多个人，他们掌握了口头程式的编作技巧，并将之传授给他们的继承人。帕里对于"荷马程式系统"的研究是现代荷马学术史的重要转折点，为"口头诗学"奠定了理论基础。

　　帕里于 1935 年去世后，他的学生洛德继续进行口头诗歌研究工作，在 1960 年完成了口头诗学的集大成之作《故事的歌手》③，并于 1968 年明确提出了"口头诗学"概念，认为当时荷马研究的核心问题之一就是

---

　　① ［美］约翰·迈尔斯·弗里：《口头程式理论：口头传统研究概述》，朝戈金译，《民族文学研究》1997 年第 1 期。

　　② Cedric H. Whitman, *Homer and the Heroic Tradition*, Cambridge, Massachusettes：Harvard University Press, 1958.

　　③ Albert B. Lord, *The Singer of Tales*, Cambridge, Mass.：Harvard University Press, 1960.

怎样去理解"口头诗学"以及怎样阅读口头传统诗歌，强调口头诗学不同于书面文学的诗学，不应将其视为一个平面。① 口头程式理论是口头诗学的核心理论，它揭示了史诗文本背后存在着一套丰富的口头文学活动传统，其核心命题是"表演中的创作"，主要的理论框架是程式、主题（典型场景）和故事范型（故事类型）。

一　核心命题：表演中的创作

口头诗学的核心命题是"表演中的创作"（composition-in-performance）。所谓"口头的"并非仅仅意味着口头表述——任何别的诗都和口头史诗一样可以口头表演，因此口头诗歌的主要特点是口头表演中的创作。② 也就是说，口头诗歌的创作不是为了表演，而是以表演的形式来完成的。通过对活态口头传统诗歌进行共时性分析，洛德反驳了民俗学鼓吹的应该寻求原型的观点，他指出，对口头传统来说，所谓原创的概念是不合逻辑的，口头传统中的首次演唱不等于所谓"原创"。对于口头诗歌来说，"创作的那一刻就是表演"，因为创作和表演是同一时刻的两个方面。③ 书面诗歌的创作与阅读的时间差在口头诗歌中被消弭了，创作和表演在同一时间和空间中发生。因此，"每一次表演都是具体的歌，与此同时它又是一般的歌"。而且"一部口头史诗就是一次表演的文本，一位口头史诗的作者就是表演者，即我们面前的这位歌手"④。史诗歌手，是传统的携带者，也是独创的艺术家。就同一个故事而言，歌手的每一次演述与之前演述过的和以后多次演述的"同一个"故事是有联系的——歌手遵循相对固定的传统图式讲述一个他与听众都早已知道的古老故事；而从故事新生性的维度，演述者每次演述的又是特定的"这一个"文本，是基于传统和演述语境进行的独特创编，它与任何的另一次演述是存在差

①　Albert B. Lord, "Homer as Oral Poet", *Harvard Studies in Classical Philology*, Vol. 72, 1968, p. 46.

②　[美] 阿尔伯特·贝茨·洛德：《故事的歌手》，尹虎彬译，中华书局 2004 年版，第 6 页。

③　[美] 阿尔伯特·贝茨·洛德：《故事的歌手》，尹虎彬译，中华书局 2004 年版，第 17 页。

④　[美] 阿尔伯特·贝茨·洛德：《故事的歌手》，尹虎彬译，中华书局 2004 年版，第 145—146 页。

异的。

在某种意义上，史诗是一种残留文化，是"无法用主流文化来证实或表达的经验、意义和价值，它们仍然在一些以往的社会构成的残留——既是文化的也是社会的——基础上存活着，并且被实践着"①。但史诗也包含"新生性文化"的元素，在每一次表演中，新的意义与价值、新的实践、新的意味与经验被不断地创造出来。也就是说，表演提供了一个出发点，将残留的形式与事象、当代的实践以及新生性结构都囊括在内，使得口头艺术中的传统、实践与新生性联结起来。② 国内也有学者以彝族史诗为视角，例证了史诗演述是人们学习和接受传统文化的生动教科书，每次表演都会产生新的内容，而这所谓的"新"仍是演述人在传统范围内的创新，即按照古典经籍进行的发挥。在史诗演述的民俗语境中，记忆力超群的歌手们与其听众构成了以史诗传统为核心的族群社团。③ 总而言之，所有表演都具有新生性（emergent quality）。

既然大量田野实践表明演述人并非用逐字逐句背诵的方式来演述的，歌手每一次演述的，必定是一个新的故事。那么，演述人是怎样在演述中完成史诗创作的呢？帕里—洛德理论提供的答案是：史诗歌手其实是用口头诗学的单元组合方式，通过他所掌握的各种"结构性单元"，在传承传统的过程中进行创编的。

二　理论框架：程式、典型场景、故事范型

史诗歌手的创作是在表演中进行的，而人们不可能轻易记住成千上万行的诗歌，除非其演述的诗行中有大量相对固定的格式，即程式。帕里认为，程式是"在相同的格律条件下为表达一种特定的基本观念而经常使用的一组词"④。帕里通过考察荷马史诗中重复地、循环地出现的诗行与场景说明，口头诗人面对观众，在表演的压力下制作诗行，必定要掌握程

---

① ［美］理查德·鲍曼：《表演的新生性》，杨利慧译，《民俗研究》2008 年第 2 期。

② ［美］理查德·鲍曼：《作为表演的口头艺术》，杨利慧、安德明译，广西师范大学出版社 2008 年版，第 53 页。

③ 鲜益：《"口头诗学"理论中的史诗演述与文本流播——以彝族传统口头史诗为视角》，《理论与创作》2011 年第 1 期。

④ ［美］阿尔伯特·贝茨·洛德：《故事的歌手》，尹虎彬译，中华书局 2004 年版，第 5 页。

式的"词汇"，调用"常备片语"（stock phrases）和"习用场景"，才能在即兴演唱中架构长篇叙事诗歌。"程式"相当于美国学者沃尔特·翁所谓的"记忆术和套语"，在口语文化里，记忆术和套语，使人们能够以有组织的方式构建知识。① 如洛德言："程式是思想与吟诵的诗行相结合的产物。"② 程式是口头诗歌现场创作的基本材料，具有稳定性和重复性。在史诗演述过程中，程式使歌手可以在现场表演的压力之下，快速地、流畅地叙事。在不同的语言系统中，程式可能具有完全不同的构造。若仅从文本的角度观察，口头诗歌中的程式更像繁复的陈词滥调，因此需要将其还原至表演环境中，用口头诗学来阐释。我们会发现，程式是口头诗歌不可或缺的"部件"，是歌者快速反应编织诗歌和听众顺畅接受表演的保证。史诗学的晚近发展说明，在口头史诗中，程式可以说无处不在。程式不仅体现在词和句子上，也体现在更大的结构单元如段落上。一首诗歌程式化的程度越高，说明其口头性越强。在《故事的歌手》中，洛德列举了诗歌中最常见的程式：一是表现意义的程式，如角色的名字、主要的行为、时间和地点；二是表示常见动作的程式，即故事中最常见的表现动作的那些动词；三是表示行为发生时间的程式；四是表示行为发生地点的程式，等等。③ 可以说，程式就是史诗多样化的叙事结构、叙事单元的最小的公分母。洛德通过对不同文本的可变因素与不变因素综合分析而获得对"程式"的认识，并关注到史诗传统的稳定性与变异性的问题。他提出："我们应看到程式并非僵化的陈词滥调，而是能够变化的，而且的确具有很高的能产性，常常能产生其他新程式。"④ 总之，程式是口头史诗的特质，如学者斯钦巴图所言，史诗若失去程式化描写，即意味着它作为一种体裁的消亡。⑤ 无论是已经完全文本化的《荷马史诗》，还是我国活态传播的少数民族史诗，都存在大量程式化诗行。史诗歌手越有经验，积累的

---

① ［美］沃尔特·翁：《口语文化与书面文化：词语的技术化》，何道宽译，北京大学出版社 2008 年版，第 25 页。

② ［美］阿尔伯特·贝茨·洛德：《故事的歌手》，尹虎彬译，中华书局 2004 年版，第 42 页。

③ ［美］阿尔伯特·贝茨·洛德：《故事的歌手》，尹虎彬译，中华书局 2004 年版，第 46—47 页。

④ ［美］阿尔伯特·贝茨·洛德：《故事的歌手》，尹虎彬译，中华书局 2004 年版，第 5 页。

⑤ 斯钦巴图：《蒙古史诗：从程式到隐喻》，民族出版社 2006 年版，第 217 页。

程式就越多，对程式的使用就越恰当熟练。这是口头诗歌的重要诗学表征。

程式是形式与内容的结合，是口头诗歌表演的基本部件，而表演的主要内容则呈现为"主题"。"主题或典型场景"（theme or typical scene），即在以传统的、歌的程式化文体讲述故事时"经常使用的意义群"。[①] 主题是最基本的内容单元，一首完整的"歌"是由一个又一个的主题组合而成的，歌手可以随时适应或稍事调整，调用主题构筑更大结构创作新的歌。主题有一定的独立性，但它主要是作为歌手创作的材料单元而存在的。主题并非静止的实体，而是不断变化的，歌手脑海中的主题形态可以包括他听到过的、演唱过的所有的歌的形态。主题是相对固定的内容单元，但其表现方式灵活多变，歌手可以随时根据现场表演的需要，结合听众反应和演唱环境，在主题引导下进行创作，因此主题可以被浓缩，也可以被丰富，但无论如何变化，它始终是诗歌的灵魂，贯穿于歌唱始末。弗里认为，人们完全可以将主题或典型场景也视为一个叙事的程式。[②] 这些程式稍微加以润饰就可以适用于特定史诗演述的特定场合，因而也有助于诗人的现场创作。洛德从表演的层面揭示了主题的内涵及功能，提出主题是构成史诗文本的基本内容。主题不是由固定的词语而是由一组意义所固定下来的。歌手并非从他开始学歌时就开始积累主题，这种话题和典型场景是在听歌、学歌和表演传播过程中产生的。程式是通过遵循语法方面的规则构筑诗行，主题是通过歌手思考，创造和构筑更大的结构。歌手对程式和主题有一个不断积累、重新组合和反复修正的过程。另外，"歌手是在表演中，在坚实的实践中编制出自己的一个主题形式。所以，一个歌手的主题可以与其他歌手区别开来。程式结构的可变性允许我们在这一层次上确认个性风格。我相信，我们可以在主题层次上确认歌手的个人风格"[③]。国内的史诗研究充分证明了主题在史诗创编过程中的作用。以史诗"梅葛"为例，比较典型的主题有：开天辟地（补天补地）、洪水再

① ［美］阿尔伯特·贝茨·洛德：《故事的歌手》，尹虎彬译，中华书局2004年版，第96页。

② ［美］约翰·迈尔斯·弗里：《口头诗学：帕里—洛德理论》，朝戈金译，社会科学文献出版社2000年版，第99—100页。

③ ［美］阿尔伯特·贝茨·洛德：《故事的歌手》，尹虎彬译，中华书局2004年版，第133—134页。

生、葫芦生人和兄妹婚等，这些叙事单元由不同的程式组成，有较为固定的叙事模式，在很多民族的神话和史诗中反复出现，具有普遍性。歌手学艺的过程也是深入传统中，接受传统的技艺和精神的过程。斯钦巴图通过分析蒙古史诗中口头程式的运用以及主题构筑的经验提出，史诗歌手在有能力且愿意的情况下，运用传统提供的创编史诗文本的技术条件，完全可以创造出新的史诗。①

"故事型式"（story-pattern），或故事类型（tale-type），是依照既存的、可以预知的一系列动作的顺序，从始至终支撑全部叙事的结构形式。它是史诗歌手演唱中能够操作的叙事结构单元中最大的一个。对于一个歌手来说，他无须刻意记忆诗歌的文本，而是用程式、主题进行再创造，在表演过程中起主要作用的是叙事范型，歌手根据叙事范型加工、润色和创作出表演的文本。故事型式和较小规模的程式、主题一样，为史诗歌手提供一个普泛化的基础，有助于诗人即兴创作口头诗歌。

运用程式、话题和故事范型，帕里—洛德理论科学地阐释了口头诗人为何能够流畅地进行现场创作的问题。口头诗人在口头创编过程中，依据的是程式、话题和故事范型等口头传统的叙事单元。简单地说，口头诗人在讲述故事时，遵循的是简单然而威力无比的原则，即在限度之内变化的原则。② 这一理论在欧洲的诸多语言传统中得到广泛的运用，而且影响到亚洲、非洲、美洲的印第安、澳洲的土著、南太平洋，以及其他一些语言区域。影响的领域遍及史诗、民间叙事歌、《圣经》研究、爵士乐的即兴弹唱、美国黑人的民间布道、民谣创作等诸多与即兴发表相关联的领域。③

随着口头诗学研究的进一步推进和深入，学者们对口头程式理论的框架、基本问题及理论、方法论资源等进行研究的基础上发现，帕里和洛德的口头诗学把研究重点放到了诗歌创编上而忽视了口头诗歌的接受，未给歌手和艺术的特质留下研究的空间。为了进一步完善口头诗学的理论体系，美国学者弗里提出以口头传统原有的术语来理解口头传统（而不仅

---

① 斯钦巴图：《蒙古史诗：从程式到隐喻》，民族出版社 2006 年版，第 209 页。

② ［美］约翰·迈尔斯·弗里：《口头程式理论：口头传统研究概述》，朝戈金译，《民族文学研究》1997 年第 1 期。

③ 朝戈金：《〈故事的歌手〉漫议》，http://iel.cass.cn/2006/spwc/cgj_gsgsmy.htm，2021 年 10 月 20 日。

仅作为文本）。他从歌手的立场出发，提出了口头史诗的另外三个关键词：大词、语域和传统性指涉，目的在于解决口头诗人在创编之际所运用的程式、典型场景和故事范型在传统背景下表达了什么含义以及如何表达的问题。所谓"大词"，是一个结构性单元，可以小至一个词组，大到一个故事。它是歌手武器库中的"部件"，在长期的演唱传统中形成。大词可以是跨文类的，可以由史诗、叙事歌、故事等多种文类共享。大词负载的意义即"传统性指涉"。弗里举例说，荷马的"绿色的恐惧"，或者南斯拉夫的"黑色布谷鸟"，就属于"大词"。"大词"与"程式"的不同在于，程式是一个更为立足于"他者"立场的对民间演唱中特定现象的描述；而"大词"则倾向于试图从歌手立场出发，发现歌手创编史诗的技巧和法则。① 大词、语域和传统性指涉的提出，是对帕里—洛德理论体系的进一步丰富和发展，揭示了口头诗学之程式的关键意义在于传统性指涉。

三 概念工具：口头传统、口头性、文本与大脑文本

口头传统。口头程式理论关注的要素是传统、表演以及文本。在口头诗学视域下，口头传统可以被理解为一个历史演化的过程，表演是共时性的事象，而文本是传统和表演交互作用的结果。② 对于史诗研究来说，传统的意义在于，口传史诗中的任何"词"，即程式、主题和故事范型都是口头传统的一部分，其含义超出了字典或辞书所提供的意义——其意义是由史诗歌手和其他诗人在其他场合和其他诗作中如何去运用而决定的。因此，史诗是传统的，要了解史诗的全貌，只能通过考察口头诗人演述和听众聆听过程中所蕴含的意义及方式，即考察"传统"的意义。③ 洛德在《故事的歌手》开篇即言：荷马代表了从洪荒难稽的古代直至今天所有的故事的歌手。所有的史诗歌手都属于口头史诗演唱传统的一部分。④ 口头史诗是程式化的，史诗歌手演唱史诗时，需要调动脑海中已有的所有史诗

---

① 朝戈金：《"大词"与歌手立场》，《民间文化论坛》2007年第1期。

② 尹虎彬：《荷马与我们时代的故事歌手》，《读书》2003年第10期。

③ 约翰·迈尔斯·弗里：《口头程式理论：口头传统研究概述》，朝戈金译，《民族文学研究》1997年第1期。

④ [美]阿尔伯特·贝茨·洛德：《故事的歌手》，尹虎彬译，中华书局2004年版，"引言"第38页。

故事模式和他已掌握的各种现成材料。史诗歌手在吸纳传统的基础上进行创作，因此属于传统，是传统的携带者，但又是个体的创造传统的人。从这一意义上说，传统是发展的，它虽然始于遥远的过去、根深蒂固，但又会在真正的史诗歌手的每一次表演中得到延续和创新。洛德强调了歌手和听众在传承传统过程中的重要作用，他认为那些接受了固定文本观念的歌手，是"新一代的复制者而非再创作者"，他们已经脱离了口头传承的过程，其实意味着口头传承的消亡。① 洛德对真正的史诗歌手有严格的要求，认为简单的演奏者和照本宣科说唱史诗的人不同于遵循传统又积极创新者，因此不是真正的史诗歌手。

口承性或口头性，相对于"书面性"，通常指与口头传播信息技术相联系的一系列特征和规律。沃尔特·翁在著作《口语文化与书面文化：语词的技术化》里提出了"基于口语的思维和表达"的九个典型特征：（1）附加的而不是附属的；（2）聚合的而不是分析的；（3）冗余的或"丰裕"的；（4）保守的或传统的；（5）贴近人生世界的；（6）带有对抗色彩的；（7）移情的和参与式的，而不是与认识对象疏离的；（8）衡稳状态的；（9）情景式的而不是抽象的。② 在口承性概念提出的当时，学界坚信在口承性与书面性之间横亘着难以逾越的鸿沟，随着研究的深入，人们越来越认为，在口承性的一端与书面性的另一端之间，存在着大量的中间过渡形态。

文本。口头诗歌的文本不同于书面文学的文本。洛德提出，"作者的"和"原创的"这两个概念在口头传统中没有意义，③ 这意味着口头诗歌没有标准的定本。对于同一个故事来说，演述人的每一次演述，都是一个独特的文本，它与之前演述人曾经演述的或其他歌手演述的，以及之后可能被多次演述的同一个故事，有联系但又有区别。口头文本并不是书面意义上的文本，它实际上是口头叙事本身，是通过声波传递的信息。虽然人们已经能够用技术手段拍摄、实录演述活动，可以制作音频和视频文

---

① ［美］阿尔伯特·贝茨·洛德：《故事的歌手》，尹虎彬译，中华书局 2004 年版，第198 页。

② ［美］沃尔特·翁：《口语文化与书面文化：语词的技术化》，何道宽译，北京大学出版社 2008 年版，第 27—38 页。

③ ［美］阿尔伯特·贝茨·洛德：《故事的歌手》，尹虎彬译，中华书局 2004 年版，第146 页。

档，或者将口头叙事记录为口述文本，但从本质而言，口头文本仍然是线性的、单向的、不可逆的声音过程。口头史诗文本的意义总是溢出文本范围之外，并不断在演述与流播的过程中变动游移。因此，对于口头史诗文本的研究，需要首先对文本的形成过程进行说明和界定，即对演述人和听众、演述场域、文本制作过程等进行说明。

口头程式理论在问题意识、文本分析和田野验证这三个维度之间，搭建起了理论与操作之间的通衢。它的术语系统——程式、典型场景和故事范型，已经成为民俗学领域最具阐释力的学说之一。它的概念工具，从"歌""文本"，到"演述""演述中的创编"，层层深化。其核心命题"演述中的创编"从文本分析、理论预设、进行田野作业验证到概念的提出，对口头诗歌生成原理进行了全面阐释，回答了口头诗人为何不借助文字的帮助能够流畅地进行现场创编的问题。当然，从上述分析中，也可以清晰地看到口头程式理论显示出文本化的倾向。因为尽管帕里和洛德进行了大量的史诗表演实地研究，但其主要的研究方法还是通过在同一部史诗的不同文本之间进行比较来进行的，从口头程式理论的框架和讨论的话题中，读者很少看到观众的作用。从总体上说，帕里—洛德理论的侧重点仍是文本而非语境。尽管如此，该理论的里程碑意义是不容置疑的，它对活态的口头文学研究最重要的理论指导意义在于，它提出口头文学的艺术审美机制和表达机制迥异于书面文学，研究者应该建立一种"活态"的文学观。它不仅对于解析口头诗歌尤其大型史诗具有核心方法论意义，同时对文艺学、美学、民间文学、民俗学、社会学等诸多人文科学产生了深远影响。

第二节　对民族志诗学和表演理论的考察

如前文所述，民族志诗学、表演理论和口头程式理论虽关注的重点不同，但同为口头诗学的立场，在某种程度上已经成为史诗研究的共同基础。而"帕里—洛德理论在某种程度上又是那个缺少更恰当标签的'表演理论'的先驱"①。叶舒宪先生甚至称帕里—洛德理论为

---

① ［美］约翰·迈尔斯·弗里（John Miles Foley）：《口头诗学：帕里—洛德理论》，朝戈金译，社会科学文献出版社 2000 年版，第 37 页。

"民族志诗学"。① 学者杨利慧则从民俗学角度，认为民族志诗学是"表演理论大阵营里的一个重要的组成部分"。② "民族志诗学"和"表演理论"进一步发扬了帕里、洛德关于"表演中创作"的观念，构成口头诗学的重要进阶。

1968 年，即洛德提出"口头诗学"概念的同年，罗森博格用"民族志诗学"命名诗歌杂志《多石的小溪》（Stony Brook）中的一个栏目，是"民族志诗学"概念首次在印刷文本中出现。1970 年，"民族志诗学"学派兴起，其阵地《黄金时代：民族志诗学》（Alcheringa：Ethnopoetics）创刊并发生影响。民族志诗学研究者发现，人们在对北美印第安人的口头传统进行迻录的过程中，常常将美洲土著居民的诗歌转换成西方的诗歌风格，很多在口头诗歌中十分重要的重复等在转换过程中被不恰当地删除，诗歌很多原有的声音、手势、动作以及其他仪式因素等都在转写中丢失了。口头诗歌"转换"成文本，也就意味着被剥离出了口头生活世界的语境，因为书面文字无法真正捕捉到活态口头表演的美与力量。为了在书面文本中呈现口头诗歌的口头性和表演性特征，民族志诗学的学者进行了多种实践。丹尼斯·泰德洛克（Dennis Tedlock）在对美国新墨西哥州的祖尼印第安人（Zuni）的口头诗歌进行翻译和迻录时，采用了一整套符号来记录各种不同的声音特质（如用虚线表示暂停，字母大写表示大声说话，等等）。他指出，所有的口头叙事包括散文叙事其实都是诗性的，这种诗性是由叙事过程中的沉默、换气、停顿以及初始的语气等多种因素所决定的。当口头叙事被用不分行的散文形式呈现为书面文本时，这种诗性就被湮没了。③ 泰德洛克强调了语境研究的重要性，主张在活态话语（living discourse）中进行民族志诗学分析，对于之前学界以作家书面文学划分的"散文"与"诗歌"范畴来界定口头传统文类的做法，可以说是极大的修正。与泰德洛克不同，民族志诗学的另一位代表人物戴尔·海默斯（Dell Hymes）提出，可以运用民族志诗学对早期民族志工作者书面记

---

① 叶舒宪：《文学治疗的民族志——文学功能的现代遮蔽与后现代苏醒》，《百色学院学报》2008 年第 5 期。

② 杨利慧：《民族志诗学的理论与实践》，《北京师范大学学报》（社会科学版）2004 年第 6 期。

③ Dennis Tedlock，*Finding the Center：The Art of the Zuni Storyteller*，London：University of Nebraska Press，1999.

录的民间叙事文本进行分析。他确定诗歌分行的标准，不是泰德洛克的停顿，而是文本组织背后的法则，即为何一定间歇点会产生停顿，通过停顿会形成怎样的结构。他关注口头诗歌的内在"韵律"（measure）而非"节拍"（meter）。所谓韵律，是指诗歌内部组织中的"语法—语义上的反复"。①

伊丽莎白·范恩发明了一套比泰德洛克的符号更为复杂的符号来标记口头表演中的各种手势、表情、声音等副语言因素及其变化情况。她把运用这套符号系统进行迻录的方法称作"多符号的翻译"（intersemiotic translation），以此制作的文本则称作"以表演为中心的文本"（performance-centered text）。伊丽莎白·范恩认为，民族志诗学的学者，是要通过自己的努力，尽可能立体地、形象地表现和揭示口头艺术的诗性之美。② 另外，美国人类学家克利福德·格尔兹在论述人类学时，对"民族志"的描述对于我们更深刻地理解民族志诗学具有启示意义，他认为，民族志是"深描"（thick description）——它包含四层含义：（1）民族志是解释性的；（2）它所解释的对象是社会性会话流（the flow of social discourse）；（3）它努力把对话语的"言说"固定在阅读形式中；（4）它是微观的描述。③ 他认为民族志阐释更像文学批评——格尔兹无疑是深刻的，从民族志诗学的实践看来确实如此。口头表演到书面文本的转换包括了决定断句、恰切地在页面上排列诗句、对表演中诸多要素是否呈现的取舍等过程，这实则就是转译和阐释的过程。

综上所述，民族志诗学非常关注口语交际中表达及修辞方面的问题，其核心思想是把文本放置在原生文化语境中考察，并认为每一种特定文化都有各自独特的诗歌④，目标是探究如何通过文本来呈现和揭示口头诗歌的非语言特征及美学特点，希望"在世界范围内探讨文化传统、尤其是

---

① C. Quick，"Ethnopoetics"，*Folklore Forum*，1999（30-1/2）.

② Fine. Elizabeth C，*Folklore Text*：*From Performance to Print*，Bloomington：Indiana University Press，1984，pp. 166-169.

③ ［美］克利福德·格尔兹（Geertz, C.）：《文化的解释》，韩莉译，译林出版社 2014年版，第 27 页。

④ 杨利慧：《民族志诗学的理论与实践》，《北京师范大学学报》（社会科学版）2004 年第6 期。

无文字文化传统中的诗学"①。不过,不同学者在具体实践中并未形成大家所公认的统一的标记方式,是民族志诗学在方法上显得杂乱和烦琐的一个因素。尽管如此,民族志诗学给史诗研究的启示是深刻的。它的阐释框架是跨学科建构的,其核心思想是把文本置于其自身的文化语境中加以考察,并认为每一种特定文化都有各自独特的诗歌,每种诗歌都有与众不同的结构和美学特点。民族志诗学启示我们,在史诗研究中,不能只观照作为文本的史诗,还要将其还原为具体传播情境中的丰富的、活态的史诗演述传统。这意味着史诗研究者要转向学习人类学研究进行田野作业的方式,从交往和传播情境的内部来体认口传史诗存在的条件,进而发现和描述从口传到书写的过程中所发生的信息缺失、传达变形、阐释误读和效果断裂。②

　　另外,近年来关于不同类型的影像志的说法陆续涌现,如城市影像志、影像民族志、影像文化志等。其中,作为多学科结合产物的影像文化志,"通过照相机、摄像机或摄影机的镜头,对田野调查的研究对象进行长期的、尽可能全方位的影像记录(声音与画面);在此基础上,再进行结构、编辑和制作,以期能够为学者与普通观众提供在文化层面上的影像资料以及恰当解释。影像文化志是采用影像的科技手段,对研究对象进行视觉和听觉的'深度扫描'"③。由此可知,无论影像文化志还是民族志、民族志诗学,其本质都是对某种形式的文本的原生语境的一种"转译"。相较于后者,影像文化志提供可视的他文化行为模式,能够更加准确、及时、多方位甚至全方位地展示民俗文化、民众生活现实场景的状态(场域信息),运用声音(语音、语调等)语言和影像共同叙事。尽管影像拍摄与制作在某种程度上也是对原生态民俗场景的一种"转译",但与文字相比,它跳过学者写作的抽象环节,直接将民众日常生活转为影像实录,显然更加清晰、客观、有整体性。因此,影像文化志也有可能成为史诗研究的利器。

　　表演理论(Performance Theory),或称"美国表演学派"(American

---

　　① 巴莫曲布嫫、朝戈金:《民族志诗学(Ethnopoetics)》,《民间文化论坛》2004 年第 6 期。

　　② 叶舒宪:《口传文化与书写文化——"民族志诗学"与人类学的表现危机》,《广东社会科学》2001 年第 5 期。

　　③ 张雅欣:《影像文化志通论》,中国广播电视出版社 2008 年版,第 235 页。

Performance-school），它与民族志诗学一样，关注点在于口头艺术文本在特定语境中的动态形成过程。中国台湾学者林培雅曾对欧美学界民间文学发展路向进行梳理：欧美学术界在 1950 年以前就出现了对情境（context）的关注，当时有两派：文学派关注文本（text），人类学派关注情境（context）。1960 年前后，上述两种研究倾向开始出现了合流的现象，即将文本与情境都纳入调查研究的范畴。20 世纪 60 年代末 70 年代初，欧美学术界从合流研究中发展出了表演理论。①

表演理论的代表人物是理查德·鲍曼。他的核心观点是：口头艺术是一种表演，而表演是一种交流的模式。表演理论尤其关注从以下视角探讨民俗文化：（1）特定语境中的民俗表演事件；（2）交流的实际发生过程和文本的动态形成过程；（3）讲述人、听众和参与者之间的互动交流；（4）表演的新生性；（5）表演的民族志考察。总而言之，表演理论的特色在于强调"表演即交流"：与以往"以文本为中心"的观念和做法不同，转而注重文本与语境的互动；更注重即时性和创造性而不是注重传播与传承；关注个人而非集体性；注重民族志背景下的情境性实践而不是致力于寻求普遍性的分类体系和功能图式。②

对口头诗歌而言，表演的核心地位是非常明显的。如尹虎彬所言："没有表演，口述传统便不是传统；没有表演，传统便不是相同的传统。没有表演便不会产生什么是口头诗歌这样的问题。"③ 因为只有在表演的层面上人们才可能理解口头史诗歌与书面叙事诗的区别。如理查德·鲍曼所言，表演是一种情境性行为，它在相关语境中发生，传达与语境相关的意义。④ "表演"的语境可以催生出意义共享的符号与行为模式，构成口头诗歌的场域，一定场域内的个体能够识别特定情境并遵循特定范式行动，在共同的阐释框架下实现交流。口头诗歌研究所具有的实证主义的基本特性，是就活形态口头诗歌的表演而采集证据的田野作业过程而言的。为研究演唱中的口头诗歌，田野作业需要进行共时性的分析，从而描述传

① 林培雅：《近四十年来台湾民间文学的调查、研究状况》，《台湾文学研究学报》2006 年第 3 期。

② 杨利慧：《表演理论与民间叙事研究》，《民俗研究》2004 年第 1 期。

③ 尹虎彬：《口头诗学的本文概念》，《民族文学研究》1998 年第 3 期。

④ ［美］理查德·鲍曼：《作为表演的口头艺术》，杨利慧、安德明译，广西师范大学出版社 2008 年版，第 31 页。

统的实际系统，而帕里和洛德关于口头诗歌的调查和研究，可以说是表演理论的先驱。鲍曼明确指出："洛德的主要贡献之一，在于他证明了在表演中编创（composed in performance）的口头文本的独特性和新生性。"①

　　自 20 世纪 70 年代起，国际著名古典学家、口头诗学理论家格雷戈里·纳吉从"表演中的创作"这一比较的事实出发，加进希腊传统内部的证据，探索了潜藏于荷马史诗本文背后的进化的、历时的深刻含义。在荷马文学批评中有这样一种说法：在《伊利亚特》《奥德赛》的结构之中显现出来的"世界"或"世界观"，是由某个人在某个特定时间和地点建构的，甚或是由许多人在许多不同的时间和地点建构的。纳吉指出："这种观点的危险在于将口头诗歌的创造过程平面化了，而这一创造过程则要求从共时与历时的双重维度来加以分析。"因为，如果现代研究者将"荷马"当作一个过于个人化的术语，而不去顾及创编与演述的传统活力，就会进而忽略共时的和历时的观照。② 纳吉主要论述了荷马史诗文本化和经典化的过程，他认为荷马史诗的传播至少经历了五个清晰连贯的时期，也可以说——"荷马的五个时代"——随着每一时期的发展，荷马史诗渐进地呈现出越来越少的流变性和越来越多的稳定性。③ 他认为，荷马史诗文本的定型是在一个漫长的过程中完成的，在没有书面文本的情况下，也可能存在着文本性（textualization）。当史诗口头文本最终进入书面写定之际，文本定型（text-fixation）过程得以完成而成为一个事件。荷马史诗的定型化过程即是例证：在创编、演述和流布的演进过程中，荷马史诗流变性越来越弱而稳定性越来越强，随时间缓慢发展直至相对静止的阶段。④ 纳吉的研究进一步印证了口头程式理论，为活态史诗研究提供了新的思路。越来越多的学者认同纳吉的说法，认为荷马史诗是一部口头文学作品，而荷马是一位吟诵诗人。

---

①　[美]理查德·鲍曼：《表演的新生性》，杨利慧译，《民俗研究》2008 年第 2 期。

②　[匈]格雷戈里·纳吉：《荷马诸问题》，巴莫曲布嫫译，广西师范大学出版社 2008 年版，第 27—28 页。

③　[匈]格雷戈里·纳吉：《荷马诸问题》，巴莫曲布嫫译，广西师范大学出版社 2008 年版，第 54—55 页。

④　[匈]格雷戈里·纳吉：《荷马诸问题》，巴莫曲布嫫译，广西师范大学出版社 2008 年版，第 148 页。

第三节　口头诗学的理论旅行

"理论旅行"是著名东方学家爱德华·萨义德（Said，E.W.）提出的概念，指的是"各种观念和理论，也在人与人、境域与境域，以及时代与时代之间旅行"①。口头诗学在中国的理论旅行大概分为理论译介、理论的本土化实践以及本土化建构三个阶段。

一　口头诗学的译介及本土化实践

中国对于口头诗学的译介工作始于 1990 年前后。1990 年，朝戈金翻译了德国著名史诗研究专家卡尔·J. 赖歇尔（Karl Reichl）的《南斯拉夫和突厥英雄史诗中的平行式：程式化句法的诗学探索》②，该文探讨了南斯拉夫和突厥英雄史诗中的程式化句法，属于口头诗学在史诗研究中的应用范例，对中国学者的研究有启发意义。1995 年，朝戈金的文章《第三届国际民俗学会暑期研修班简介——兼谈国外史诗理论》总结了口头程式理论的核心，并介绍了民族志诗学。③ 尹虎彬先后撰写多篇文章，对口头诗学的方法论进行介绍，对其概念工具，如文本、程式等进行辨析。④ 杨利慧撰写多篇文章，翻译、介绍并研究了民族志诗学及表演理论。⑤ 1996 年，朝戈金翻译了弗里的《口头诗学：帕里—洛德理论》，该

---

① ［美］萨义德：《世界·文本·批评家》，李自修译，生活·读书·新知三联书店 2009 年版，第 400 页。

② ［西德］卡尔·J. 赖歇尔：《南斯拉夫和突厥英雄史诗中的平行式：程式化句法的诗学探索》，朝戈金译，《民族文学研究》1990 年第 2 期。

③ 朝戈金：《第三届国际民俗学会暑期研修班简介——兼谈国外史诗理论》，《民族文学研究》1995 年第 4 期。

④ 主要的文章有：尹虎彬《口头文学研究中的程式概念》，《民间文学论坛》1996 年第 3 期；尹虎彬《史诗的诗学：口头程式理论研究》，《民族文学研究》1996 年第 3 期；尹虎彬《口头诗学的本文概念》，《民族文学研究》1998 年第 3 期。

⑤ 参见杨利慧《表演理论与民间叙事研究》，《民俗研究》2004 年第 1 期；杨利慧《民族志诗学的理论与实践》，《北京师范大学学报》（社会科学版）2004 年第 6 期；杨利慧《语境、过程、表演者与朝向当下的民俗学——表演理论与中国民俗学的当代转型》，《民俗研究》2011 年第 1 期。

著作是关于口头程式理论的简明历史，串联起了讲述民族志、表演理论以及民族志诗学。① 2004 年，尹虎彬先生翻译了口头程式理论的奠基之作《故事的歌手》。② 2008 年，巴莫曲布嫫翻译的《荷马诸问题》出版，该著作深入探讨了古希腊史诗的书面文本与其口头来源之间的密切关联，开启了荷马研究崭新的思维图景。③ 2011 年，阿地里·居玛吐尔地翻译出版了卡尔·赖希尔的代表作《突厥语民族口头史诗：传统、形式和诗歌结构》，该著运用多学科方法，对突厥语民族史诗的文类、类型、程式、歌手的创作以及史诗的流播等问题进行了深入阐述，是目前为止对于阿尔泰语系突厥语族各民族口头传统、口头史诗研究的权威力作。④ 上述国际史诗学界重要理论、著作的译介，使国内学界对口头诗学有了较为完整的认识。国内学界依据形态多样、活态传承的口头史诗资料，为口头诗学理论扩充了田野工作的根据地，一方面，进行了大量的口头诗学本土化实践，另一方面，积极进行本土化理论建构，形成了新的研究范式。

二　口头诗学的本土化建构

朝戈金立足"不忘本来民族之地位"，对口头诗学理论进行吸纳、转化和本土化，创造性地解决本民族的问题，乃至"中国问题"。1999 年，他在《口传史诗的误读——朝戈金访谈录》中指出，中国史诗的口头属性无须证明，史诗研究的重点应放在深入分析文本和周围的语境上。而国内史诗研究从初创到发展的过程中，描述性工作多，缺乏理论抽绎和方法论方面的深拓。在此基础上，他从方法论的角度提出了阐释口传史诗应注意的各方面问题。⑤ 该文充分体现出朝戈金对中国史诗研究持有的方法论自觉。

著作《口传史诗诗学：冉皮勒〈江格尔〉程式句法研究》是朝戈金

① ［美］约翰·迈尔斯·弗里：《口头诗学：帕里—洛德理论》，朝戈金译，社会科学文献出版社 2000 年版。

② ［美］阿尔伯特·贝茨·洛德：《故事的歌手》，尹虎彬译，中华书局 2004 年版。

③ ［匈］格雷戈里·纳吉：《荷马诸问题》，巴莫曲布嫫译，广西师范大学出版社 2008 年版。

④ ［德］卡尔·赖希尔：《突厥语民族口头史诗：传统、形式和诗歌结构》，阿地里·居玛吐尔地译，中国社会科学出版社 2011 年版。

⑤ 廖明君：《口传史诗的误读——朝戈金访谈录》，《民族艺术》1999 年第 1 期。

运用口头诗学研究史诗《江格尔》的一个范例，也是中国口头传统研究的奠基之作。在该著作第一部分，朝戈金对口头诗学的概念和术语进行逐一梳理和界定，并与传统的蒙古史诗研究展开充分的对话。第二部分，他选取江格尔奇冉皮勒演唱的史诗诗章《铁臂萨布尔》为对象，详细剖析样例的词语，再回归到理论进行总结，提出蒙古口传史诗的核心要素是程式，而程式化源于史诗的口头性。该著作还分别从形态和用途方面对蒙古史诗的程式进行了精细分类，如从形态上将蒙古史诗程式分为片语程式、整句程式、对句程式、复合多行程式等。① 这些概念为进一步推进蒙古史诗的程式研究提供了理论工具和范例，有利于研究者对史诗歌手的创编进行更加科学的分析。该著作虽然着重于运用口头诗学理论研究中国史诗，但与之前的中国史诗研究进行了相当程度的对话与结合，使读者可以鲜明地看到传统史诗研究范式的优势与不足，而口头诗学又将如何重新激活史诗研究，开拓新的领域与天地。作者在案例与理论之间互动，除了阐述口头程式理论所谓"程式"的俭省、重复等，还提出了"程式具有聚合倾向""程式句法是线性的而非互相包容的结构"等新的观点。在文本与演唱的语境方面，作者除了对口头程式理论中演唱中的听众问题进一步深化外，还提出了"文本与演唱之间的错位、步格与曲调之间的冲抵"等理论问题。钟敬文在序言中认为朝戈金的这部著作将严谨的实证性研究和精审深细的诗学分析较好地结合，写出了"自己的蒙古史诗诗学"。② 作为第一部运用口头诗学来研究中国史诗的论著，《口传史诗诗学：冉皮勒〈江格尔〉程式句法研究》对蒙古史诗诗学的开拓性探讨，给中国学界带来了学术范式的变革，口头诗学开始在国内生根发芽，成为史诗研究的主要范式，并被运用到多种民间叙事文学研究中。

另外，朝戈金还撰写多篇文章，对国内外口头诗学研究进行反思和总结，着眼于中国口头诗学理论建设和学科建构。他和弗里合著长文《口头诗学五题：四大传统的比较研究》，将"一首诗""主题或典型场景""诗行""程式""语域"五个概念并置在蒙古、南斯拉夫、古英语和古希腊的史诗传统中进行界定和阐述，凸显了口头诗学研究的学术视野和基

① 朝戈金：《口传史诗诗学：冉皮勒〈江格尔〉程式句法研究》，广西人民出版社 2000 年版。

② 钟敬文：《〈口传史诗诗学：冉皮勒《江格尔》程式句法研究〉序》，朝戈金《口传史诗诗学：冉皮勒〈江格尔〉程式句法研究》，广西人民出版社 2000 年版，第 12—13 页。

本观照。该文提出"何谓一首诗"的学术论题，指出在活形态《江格尔》史诗传统里，"一首诗"是一个变动和相对的概念，它由具体史诗演述决定，可以是一个诗章，也可指单个的诗所汇聚成的整体或集群。文章创造性地提出"演述中的诗行"的概念，突破了以往以文本的视角来定义一个口头诗歌的诗行的做法，并基于歌手的立场提出了"大词"的概念。"大词"是在歌手设定的参照框架内的"说话单元"，在他者眼中，它可能是诗行；但是在歌手眼中，它是一个"大词"。大词承载着比其文字更丰富的意义，它在漫长的岁月里从一个歌手传播到另一个歌手，组成了歌手共享的史诗语汇、片语和叙述模式。① "大词"的提出有利于更好地理解歌手口头创编的过程以及歌手如何利用"大词"进行思维，是口头诗学理论的重要发展。他的《"回到声音"的口头诗学：以口传史诗的文本研究为起点》对口头诗学的术语体系和理论方法进行了系统梳理，重点讨论了"声音"和"文本"两个要素。②《"多长算是长"：论史诗的长度问题》立足于史诗演述的理论与实践，对学界众说纷纭的"史诗长度"问题进行了辨析，反驳了著名史诗研究专家劳里·航柯对史诗长度的界定，提出形式上诗行的多寡，不是认定史诗的核心尺度。这对于如何认定史诗具有重要的参考价值。③ 另外，他与巴莫曲布嫫等学者积极学习和探讨如何推进"互联网+"时代的中国史诗传统数字化建档实践，凸显出口头传统未来的发展趋向。④

2002 年，学者尹虎彬出版《古代经典与口头传统》，系统地研究了口头诗学的程式、主题、文本等基本理论范畴，强调要从中国的材料出发，解决中国的问题，要在田野作业、学术概念运用、问题意识等各方面与国际学术接轨，进行面向世界的研究。⑤ 巴莫曲布嫫则认识到以往史诗研究中文本分析的学术困境在于文本与其口头传承语境的分离，主张从乡土社

---

① 朝戈金、约翰·迈尔斯·弗里：《口头诗学五题：四大传统的比较研究》，朝戈金《史诗学论集》，中国社会科学出版社 2016 年版，第 270—320 页。

② 朝戈金：《"回到声音"的口头诗学：以口传史诗的文本研究为起点》，《西北民族研究》2014 年第 2 期。

③ 朝戈金：《"多长算是长"：论史诗的长度问题》，《中央民族大学学报》（哲学社会科学版）2015 年第 5 期。

④ 巴莫曲布嫫、朝戈金、毕传龙、李刚：《蒙古英雄史诗的数字化建档实践》，《民间文化论坛》2015 年第 6 期。

⑤ 尹虎彬：《古代经典与口头传统》，中国社会科学出版社 2002 年版。

会的话语实践中发掘口头史诗自身的诗学规律和叙事法则。她对"传统指涉性"做了进一步学理性的概括，深入阐释了史诗的叙事构型、文本界限等传统法则。① 她以《勒俄特依》的文本制作为例，对以往文本制作过程及其实质性的操作环节中出现的各种弊端进行了深度探索，将之概括为"民间叙事传统的格式化"②，并积极主张通过田野研究，建立"以表演为中心的"史诗文本观和田野工作模型，进而提出了确定史诗演述场域的"五个在场"理论，即史诗演述传统、表演事件、受众、演述人、研究者五个要素的在场及其联动与同构。③ 巴莫曲布嫫对"民间叙事传统格式化"的概括是对以往史诗研究存在问题的透视，她提出的"五个在场"理论，建立了史诗田野工作的方法论原则，对之后的史诗调查和研究产生了深远影响。另外，阿地里·居玛吐尔地以史诗《玛纳斯》为对象，将"程式"的含义进行拓展，提出《玛纳斯》史诗的程式包括语言程式和非语言程式。所谓非语言程式是来自传统，歌手继承自前辈，在表演过程中使用的动作、手势、眼神、声调等非语言符号。④ 扎西东珠、马都尕吉、周爱明等运用口头诗学理论对史诗《格萨尔》进行研究。⑤ 当然，不仅在史诗研究领域，口头诗学还被运用到多民族口头文学、汉族民间叙事以及邻近学科的研究实践中，这里不再详述。

国内学界对口头诗学的翻译、借鉴以及阐释，对我国口头诗歌研究产生了深刻影响。在口头诗学的影响下，中国史诗研究界建立起了"活态"的史诗观念和范式。史诗研究突破了以文本为参照模式的文学研究框架，重新回归传统，深入史诗的"田野"，开启了"从文本走向田野，从传统

---

① 巴莫曲布嫫：《叙事型构·文本界限·叙事界域：传统指涉性的发现》，《民俗研究》2004 年第 3 期。

② 巴莫曲布嫫：《"民间叙事传统格式化"之批评（下）——以彝族史诗〈勒俄特依〉的"文本迻录"为例》，《民族艺术》2004 年第 2 期。

③ 巴莫曲布嫫：《叙事语境与演述场域——以诺苏彝族的口头论辩和史诗传统为例》，《文学评论》2004 年第 1 期。

④ 阿地里·居玛吐尔地：《〈玛纳斯〉史诗的程式以及歌手对程式的运用》，《民族文学研究》2006 年第 3 期。

⑤ 扎西东珠：《藏族口传文化传统与〈格萨尔〉口头程式》，《民族文学研究》2009 年第 2 期；马都尕吉：《他山之石 可以攻玉——对史诗〈格萨尔〉叙事程式的分析》，《西藏艺术研究》2006 年第 1 期；周爱明：《〈格萨尔〉口头诗学》，博士学位论文，中国社会科学院研究生院，2003 年，等等。

走向传承，从集体走向个人才艺，从传承人走向受众，从他观走向自观，从目治之学走向耳治之学"① 的转变过程。同时，中国活态史诗又以其独特的品格和多样的形态修正并丰富了口头诗学。如中国学者对"五个在场"的总结，对"语言程式"和"非语言程式"的提出与区分等，都是口头诗学与中国本土史诗研究相遇而促成的学术创新。当然，口头诗学理论"旅行"到东方中国，其理论的局限性也同样在与中国史诗的相遇过程中体现出来。就目前国内的史诗研究现状来看，英雄史诗研究多于创世史诗和迁移史诗等其他史诗种类研究。中国活态史诗的情况与希腊史诗有很大的不同，这一点在朝戈金、斯钦巴图等人的论述里都有体现。总之，理论和对象在不断地打破各自的视域，口头诗学理论成为开放的理论，而研究对象也成为动态的有生命力的对象。口头诗学从根本上，是探究史诗如何口头生成和传承的问题，而在我国大部分史诗仍以活态传承的情况下，国内学者更为关注史诗与语境的关系、史诗的口承性特点、史诗之于民族与国家的价值、史诗的传承与保护等问题。

　　本章把口头程式理论、民族志诗学与表演理论纳入广义的口头诗学进行研究。口头程式理论的核心命题是"表演中的创作"，以程式、主题和故事范型作为基本理论框架，对口头诗歌生成原理进行了全面阐释。民族志诗学的中心是通过探讨文本呈现的特点来解释口头诗歌的非语言特征及美学问题。而表演理论认为口头艺术是一种表演，是一种交流的模式。表演理论关注的是作为事象的民俗，注重文本与语境的互动以及民族志背景下的情境性实践。口头诗学的出现，为民间文学尤其史诗研究提供了重要的方法论依据和崭新的研究思路，成为史诗研究的轴心范式，也为国内史诗研究提供了学术资源和方法论指导。尤其自 21 世纪以来，口头诗学理论的本土化研究以及学界结合该理论进行的活态史诗研究实践得到深度推进。在口头诗学的影响下，国内史诗研究开启了从书面文本研究到口头范式的转换，史诗研究的中心从"文本"转向"演述"。

---

① 朝戈金：《从荷马到冉皮勒：反思国际史诗学术的范式转换》，《史诗学论集》，中国社会科学出版社 2016 年版，第 3—44 页。

第三章

演　述

　　20 世纪末迄今，中国史诗研究界开始出现从文本向史诗演述和"传统"的学术转向，人们的史诗观念发生了从"作为文本的史诗"到将史诗视为口传形态的叙事传统、动态民俗生活事象和口头表达文化形态的转变。史诗演述成为衡量史诗及史诗研究是否"在场的"重要论域。这其中，表演理论对史诗演述的研究具有直接的方法论意义。

　　表演理论将具有叙事过程的，带有对叙事效果评价的民间叙事活动视为表演。其代表人物理查德·鲍曼在《作为表演的口头艺术》导言中写道："口头艺术是一种表演。理解这一观念的基础，是将表演作为一种言说的方式（a mode of speaking）。"① "口头传统的形式、功能和意义无法通过将它们视为静止的、与现实剥离的文本而获得完全的理解；口头传统植根于生产和接受的过程当中。"② 演述是史诗的完整形态。"以表演为中心的（performance-centered）理念，要求通过表演自身来研究口头艺术。在这一方法中，对语言特征在形式上的巧妙操纵让位于表演的本质，而表演在本质上可被视为和界定为一种交流的方式（a mode of communication）。"③ 因此，活态的史诗演述既是"口头传统"，又是发生于特定时空中的"这一次"，是具有历史性的现场交流模式的呈现。秉持这样的观念，则史诗的艺术的、审美的特质不再仅仅体现于口头语言被用以建构文本的方式即史诗文本。鲍曼强调："对一个受欢迎的、具有权威

---

　　① ［美］理查德·鲍曼：《作为表演的口头艺术》，杨利慧、安德明译，广西师范大学出版社 2008 年版，第 2 页。

　　② ［美］理查德·鲍曼：《作为表演的口头艺术》，杨利慧、安德明译，广西师范大学出版社 2008 年版，第 110 页。

　　③ ［美］理查德·鲍曼：《作为表演的口头艺术》，杨利慧、安德明译，广西师范大学出版社 2008 年版，第 8 页。

性的文本不添加任何内容来进行表演，是理想主义者的虚构；表演常常会展示新生性的维度——不会有两次表演是完全相同的。"① 史诗演述提供了一个场域，使得传统、实践与新生性联结起来。

第一节　叙事语境与演述场域

作为一种民俗生活事象和口头传统，史诗演述首先是在一定的时空中发生的。狭义地看，"演述场域是指歌手和受众演述和聆听史诗的场所，这个场所通常是一个特定的空间。与其说它是一个地理上的界定，毋宁说它是特定行为反复出现的空间，更为重要的是它是一个设定史诗演述的框架"②。学者巴莫曲布嫫对上述观点作了进一步阐发，提出"叙事语境—演述场域"这一实现田野主体性的研究视界。她认为："演述场域"是研究主体在田野观察中，依据表演事件的存在方式及其存在场境来确立口头叙事特定情境的一种研究视界。它与叙事语境的关系在于，"后者是研究对象的客观化，属于客体层面；前者是研究者主观能动性的实现及其方式，属于主体层面"③。巴莫曲布嫫从研究者实现田野工作主体性的角度提出这一组概念，演述场域是一种研究视界，叙事语境是研究对象的客观化而非客观呈现，而研究对象是由研究者基于自身的研究视角、目的和方法"标定"的，这意味着叙事语境和演述场域都是研究者从主体性出发对演述的框定。而客观地看，史诗研究者在真实的、原生态的史诗演述中常常是不在场的，史诗叙事语境是先在的，并不因为研究者的预设、框定和阐释而改变。因此，在本书中，我们一方面借鉴巴莫曲布嫫提出的"叙事语境—演述场域"这一理论框架，另一方面又秉持着客观的态度，对这一理论的主体性视角进行纠偏。本书认为，叙事语境是客观的史诗演述赖以发生的场域，而演述场域如巴莫曲布嫫所言，是研究者确定叙事语

---

① ［美］理查德·鲍曼：《作为表演的口头艺术》，杨利慧、安德明译，广西师范大学出版社 2008 年版，第 67 页。

② John Miles Foley, *The Singer of Tales in Performance*, Bloomington: Indiana University Press, 1995, pp. 47-48.

③ 巴莫曲布嫫：《叙事语境与演述场域——以诺苏彝族的口头论辩和史诗传统为例》，《文学评论》2004 年第 1 期。

境的一种研究视界。这意味着，史诗的演述场域作为一种"研究视界"并不总是与叙事语境相吻合的。

语境是一个场域，而场域的基本属性就是"场所"。叙事语境是一个时空复合体，它首先是一个地理空间，一个显性的可以观察到的地点，是史诗演述人及其听众营造的一个演述舞台。如史诗《高皇歌》的演述场域主要集中于畲民村落的个体家户，根据人员多少、空间大小，划分出火炉塘与盘歌堂两种歌场①；如《勒俄特依》的仪式化叙事语境（婚丧嫁娶或祭祖送灵）；又如演唱《玛纳斯》的典型环境"是在柯尔克孜牧民的毡房中，玛纳斯奇坐在面对毡房门、背靠着叠落起的被褥这一上宾席位上"。"听众面对玛纳斯奇层层围坐在色彩艳丽的、具有柯尔克孜传统纹样的毛毡上。""演唱活动多在晚上进行，毡房门的上方吊着马灯。"②《江格尔》演唱没有特别严格的时间、地点和环境的限制，一年四季都可以演唱，主要的演唱季节和时间是在冬天的长夜里。③

同时，叙事语境又是展现特定族群在传统规约下演述史诗的文化空间。联合国教科文组织 1998 年发布的《宣布人类口头和非物质遗产代表作条例》是这样表述的："'文化场所'的人类学概念被确定为一个集中了民间和传统文化活动的地点，但也被确定为一般以某一周期（周期、季节、日程表等）或是一事件为特点的一段时间。这段时间和这一地点的存在取决于按传统方式进行的文化活动本身的存在。"④ 与此相似，在联合国教科文组织任职的木卡拉认为，"文化地"是人类学概念，指曾经被人类频繁使用于文化活动或传统仪式的地区。⑤ 这里的"文化地"就是指文化空间。上述学术概念，都秉持了"时间/空间""民间/传统"的并置认识观。中国政府及学界对"文化空间"的理解基本上与国际社会相似，如国务院于 2005 年出台的《国家级非物质文化遗产代表作申报评定暂行办法》将非物质文化遗产分为"传统的文化表现形式"和"文化空

①　孟令法：《文化空间的概念与边界——以浙南畲族史诗〈高皇歌〉的演述场域为例》，《民俗研究》2017 年第 5 期。

②　郎樱：《玛纳斯论》，内蒙古大学出版社 1999 年版，第 26 页。

③　仁钦道尔吉：《江格尔论》，内蒙古大学出版社 1999 年版，第 14 页。

④　联合国教科文组织（1998）：《宣布人类口头和非物质遗产代表作条例》，2010 年 4 月 21 日，https：//www.ihchina.cn/zhengce_ details/15719，2021 年 12 月 20 日。

⑤　木卡拉：《非物质文化遗产与我们的文化认同感》，《文明》2003 年第 6 期。

间"，后者即"定期举行传统文化活动或集中展现传统文化表现形式的场所，兼具空间性和时间性"①。文化空间往往是隐在的，常常不能通过观察就一目了然，而需要通过大量的田野作业，才能对其进行了解和标定。由此可见，史诗的叙事语境是一个时空复合体，它既是显在的场所，具有地理空间"物质性"的一面，更具有文化意义，是史诗演述在生活中的实际状态。

如前文所述，"演述场域"是研究主体在田野观察中，依据表演事件的存在方式及其存在场境来确立口头叙事特定情境的一种研究视界，是对口头叙事演述场所的学术化定位。巴莫曲布嫫进而提出，史诗演述传统、表演事件、受众、演述人和研究者等五个要素及其相互关系之"同构在场"是确定史诗演述场域的关键。②"五个在场"吸纳了国际史诗学的最新研究理念，同时结合了诺苏彝族的口头论辩和史诗传统的现实状况和真实材料，成为确定史诗演述场域的关键。

史诗演述传统的在场，是传统史诗的演述地区以及对史诗叙事行为传统规定性的要求。据巴莫曲布嫫的研究，对于彝族史诗来说，演述传统主要是指彝人丰富多彩的仪式生活和口头论辩传统，以及"史诗的叙事行为是合乎传统规定性的现实存在与动态传习"③。各类史诗传统的特点各不相同，因此"传统"的含义是广泛的，如果结合口头诗学理论，则除了巴莫曲布嫫上述概括外，"传统"的重要维度是与口头演述形成"互文"关系的文本。表演理论认为，"表演总是呈现出新生性的维度（emergent dimension）"④。帕里—洛德理论也强调"表演中的创作"。既然每次表演都是新的创作，就都会形成与以往表演有直接关系的新的文本，因而新文本和之前已经表演过的文本之间形成"互文"关系。鲍曼说："从以表演为中心的视角来看，互文性再一次呈现为创造性地达成。互文

---

① 详见《国务院办公厅关于加强我国非物质文化遗产保护工作的意见》（国办发〔2005〕18号）附件一：《国家级非物质文化遗产代表作申报评定暂行办法》，https：//www.wipo.int/edocs/lexdocs/laws/zh/cn/cn329zh.pdf，2021年12月20日。

② 巴莫曲布嫫：《叙事语境与演述场域——以诺苏彝族的口头论辩和史诗传统为例》，《文学评论》2004年第1期。

③ 巴莫曲布嫫：《叙事语境与演述场域——以诺苏彝族的口头论辩和史诗传统为例》，《文学评论》2004年第1期。

④ ［美］理查德·鲍曼：《作为表演的口头艺术》，杨利慧、安德明译，广西师范大学出版社2008年版，第79页。

性的联结是在表演中创造的，其间表演者会或明显或隐含地参照以往的表演来模塑一首歌谣或者故事。"① 这种互文关系在史诗中最突出的表现就是史诗文本中存在的那些具有规约性的程式、主题和故事范型，它们将"这一次"演述与历史上的任何一次史诗表演联结起来，使口传史诗长期保持相对稳定，也使史诗歌手表现出惊人的记忆力和非凡的现场创作能力。口头诗人不断地融合、再融合、添加和吸纳他们已经听来的史诗歌，而当一种语言或叙述程式频繁地在史诗演述中再现时，也就是其构成一种叙事传统的时候。史诗歌手的演述，是在吸纳传统的基础上进行创新。由此，从文本间的关系而言，与每一次具有新生性的史诗口头叙事具有同源性（多种版本或多种异文）的在其之前已形成的文本也构成了"这一次"演述的"传统"。与表演的新生性和创造性相比，程式、主题和故事范型体现了史诗演述的既成性与传统性维度，是史诗演述传统的重要组成部分。除此之外，还有学者提出在史诗演述中，歌手的身体语言可从形式上辨别，而且得到一定程度的公认，因此歌手的身体语言也起着标识史诗演述传统的作用。② 从"程式性"的角度看，歌手的身体语言确应成为史诗演述传统的组成部分。史诗的程式性实际上就是表演模式和内容的相对稳定性，从结构来讲，史诗歌手的"这一次"表演和他之前的不知多少次的表演是有一致性的，而且表演的有效性及其释放意义也是相似的。这就是传统的力量。人们的生活离不开传统，传统的力量随时规范着社会的文化建构和民众的日常行为。演述传统给每一次史诗演述以存在的机制和在场的激活，每一次的史诗演述都是传统的具有新生性的瞬间呈现，都参与了传统的承继和发展。

表演事件的"在场"，意指史诗演述是在传统规约下的行为，因此具体的演述内容应与所在的时空、表演事件相符合。巴莫曲布嫫以诺苏彝族史诗为例，说明史诗演述有着场合上的严格限制。诺苏彝族史诗的表演事件主要体现于仪式生活，其演述的场域也是特定社会群体聚合、举行仪式的空间。③ 从表演情况看，严格的"性属"和表演界域是诺苏彝族史诗得

① [美] 理查德·鲍曼：《作为表演的口头艺术》，杨利慧、安德明译，广西师范大学出版社 2008 年版，第 112 页。

② 冯文开：《多重标识：史诗演述中歌手的身体语言》，《民族文学研究》2010 年第 1 期。

③ 巴莫曲布嫫：《叙事语境与演述场域——以诺苏彝族的口头论辩和史诗传统为例》，《文学评论》2004 年第 1 期。

以传承的重要保障。如流传于楚雄彝族民间的史诗"梅葛",也有着极为严格的文本性属与表演界域,不同场合由不同的人表演不同内容的"梅葛"。例如,史诗中的"赤梅葛"只能由毕摩在丧葬和祭祀祖先活动中吟唱,其他人在其他场合不得演唱。男女青年在演唱"青年梅葛"时要远离长辈、村寨,到野外山上去打跳对唱,辈分不同的人不能对唱"青年梅葛",等等。①

受众的"在场"。每一次史诗演述都是传统叙事长河中的一个点,受到传统的规约,具有历史性,同时又属于群体当前接受、传播的行为,具有现时性。

演述人的"在场"。史诗歌手是演述和传承史诗的主体,若无史诗歌手的"在场",则史诗演述无从谈起,他们的"缺席"无疑意味着史诗演述的消失。

研究者的"在场","主要基于在田野研究中建立对史诗传统进行观察的客观立场,以免导致分析的片面性"②。研究主体的"在场"是由以上"四个在场"的同构性关联为出发点的。脱离任何一个要素,都不是真正的、完整的史诗演述的呈现。

演述场域这一概念,是巴莫曲布嫫在多年的田野调查经验积累中,从家乡彝族史诗的仪式化演述过程提炼出来的。它贴合了民族志诗学的核心思想,即"把文本置于其自身的文化语境中加以考察,并认为世界范围内的每一特定文化都有各自独特的诗歌,这种诗歌有着独自的结构和美学上的特点"③。将史诗研究定位于生活世界,在生活世界中才有真正的"活态"史诗的呈现。但是,田野作业的任务不只是对事象资料的完整收集,研究者必然要带着一定的问题意识,在一定的理论建构的基础上进入田野。因此,巴莫曲布嫫提出,对于研究者而言,应该提前考虑好怎样捕捉史诗演述的全部信息,如何设定经验框架,从而最大可能地减少研究者的主观性。若此,田野作业就不再是目的,而是理论建设的一个环节。在

---

① 李生柱:《表演理论视野下的史诗"梅葛"研究》,硕士学位论文,中南民族大学,2010年,第30页。

② 巴莫曲布嫫:《叙事语境与演述场域——以诺苏彝族的口头论辩和史诗传统为例》,《文学评论》2004年第1期。

③ 杨利慧:《民族志诗学的理论与实践》,《北京师范大学学报》(社会科学版)2004年第6期。

对史诗的田野作业做到"五个在场"的基础上，再对采录的史诗文本进行研究，即"在继续走向田野的同时，也要走向图书馆，去消化那日渐庞大的文本库，用这种诗性武器去解剖它们，探求其中呈现的普遍规律"①。这样就完成了研究者对"田野"的主体构建和理性思考，避免了"为田野而田野"的现象以及史诗文本迻译中的"格式化"等问题。这一学术建构，有助于史诗研究者正确把握并适时校正、调整史诗传统田野研究的视角，对于国内史诗研究产生了深远影响。

第二节　仪式中的史诗

仪式，是人类为了某种目的而创造并保持的具有例行性和神圣性的程式过程和行为方式。有的仪式可持续多年，有的仪式可能只持续几分钟，比如简短的祈祷。史诗与仪式有着密切的关系。仪式是史诗演述场域的重要组成部分，释放出丰富的文化意义，而史诗作为一种叙事方式也为仪式这种群体性社会行为，提供了丰富的表现场域。如彭兆荣先生所言，在史诗演述中，仪式、演述、身体、歌唱、程式等融为一体，表现为一种"大文学叙事"。②

一　仪式作为史诗的演述场域——结合与分离

史诗与仪式的密切关系在南方史诗演述中表现得尤为突出。大多数南方史诗需要在仪式中演唱，甚至有的史诗没有仪式就不能演述。例如，川南苗族史诗多数作为"礼俗歌"或"祭祀歌"在婚礼、丧葬、祭祀仪式上唱述。"史诗的唱述主要作为丧葬仪式、婚礼仪式、祖先祭司等仪式'礼词'或民俗元素融入其间。"③又如，彝族中盛行多神崇拜和祖先崇

① 陈建宪：《走向田野　回归文本——中国神话学理论建设反思之一》，《民俗研究》2003年第4期。

② 彭兆荣：《论身体作为仪式文本的叙事——以瑶族"还盘王愿"仪式为例》（主持人的话），《民族文学研究》2010年第2期。

③ 罗佳：《川南苗族丧葬仪式中的史诗唱述及音乐样态研究》，《民族学刊》2017年第4期。

拜，其宗教仪式、丧葬仪式和祭祖大典是史诗演述的最重要的场域。①《梅葛》《查姆》是彝族祭司毕摩的经典，都是渗透于当地彝族的民俗生活传统中的，既是毕摩主持的原始宗教仪式和丧葬仪式及祭祖大典上的祭辞，也是歌手在婚丧礼俗中用梅葛调、四季调及阿色调演唱的长篇古歌。有学者从仪式制约史诗演唱的角度出发，将仪式划分为民间信仰类仪式与非民间信仰类仪式。非民间信仰类仪式指婚礼及一些脱离信仰性质的节日，这些场合很可能演述史诗，但对史诗演述的制约性较弱。相反，民间信仰类仪式如丧葬仪式上，史诗的演述就受到较大制约，在每个环节演唱什么，都有严格的规定。② 比如，史诗《亚鲁王》是贵州麻山地区苗族丧葬仪式的重要组成部分，开路仪式上唱诵《开路经》，在砍马仪式上唱诵《砍马经》，可以说史诗《亚鲁王》是葬礼的灵魂。③ 当然，仪式也成为《亚鲁王》赖以传承的空间和土壤。事实上，西南少数民族许多活态史诗都与仪式有着密不可分的关系。彝族史诗《勒俄特依》在丧葬祭祀仪式上由祭司唱诵，独龙族史诗《创世纪》在祭祀天鬼的仪式上由主祭的祭司唱诵。还有学者通过调查发现，羌族口头史诗的演述与仪式紧密结合，史诗的焦点倾向于表达特定仪式的象征意义，即"仪式的题旨"。④

与多数南方史诗相比，三大英雄史诗与仪式的联系则没有那般密切。以《格萨尔》史诗演述为例：据石泰安在《西藏史诗与说唱艺人》中记载，《格萨尔王传》的史诗是在举行殡葬仪轨时说唱的。⑤ 平措在《〈格萨尔〉的宗教文化研究》中提到，格萨尔艺人在说唱前除了要焚香膜拜，诵唱精神的赞歌外，还要举行赞帽仪轨，即对他们所戴的"既是职业象征、又充当道具的帽子"加以赞颂。土族艺人在说唱前，要穿上礼服、煨桑、焚香、点燃佛灯，用酒和净水敬祭诸神。蒙古族艺人说唱《格斯

---

① 陈永香：《彝族神话史诗〈梅葛〉与〈查姆〉仪式化演述》，《中国社会科学报》2015年11月6日第6版。

② 吴晓东：《影像视域下的中国南方史诗与仪式》，《广西民族师范学院学报》2017年第5期。

③ 蔡熙：《史诗的仪式发生学新探——以苗族活态史诗〈亚鲁王〉为例》，《湖南科技学院学报》2014年第4期。

④ 陈安强：《羌族的史诗传统及其演述人论述》，《民族文学研究》2010年第2期。

⑤ ［法］石泰安：《西藏史诗和说唱艺人》，耿昇译，中国藏学出版社2012年版，第364页。

尔》前，要先默念祈祷词，吁请格斯尔大王同意本次说唱，等等。① 田野
调查还发现，有的格萨尔艺人手擎纸张说唱。例如，西藏昌都察雅县的说
唱艺人白玛多吉说唱《格萨尔》时，必手持一张有图案的纸。白玛多吉
不识字，并不知道纸上的内容，但其说唱时"一眼不离地看着这张纸，
类似看着藏文长条书，从左到右，一排一排地看，如同读书一样滔滔不绝
地说唱"②。有研究者提到，在新疆一些地方，有的江格尔奇演唱《江格
尔》前，要举行鸣枪驱鬼仪式。③ 在昭苏、特克斯和尼勒克的厄鲁特人
中，演唱《江格尔》前要点香，点佛灯，并向江格尔磕头祈祷。④ 相形之
下，史诗《玛纳斯》的演唱活动世俗性较强，既没有像演唱《格萨尔》
前的焚香、祈祷，也没有像演唱《江格尔》前的仪式。可见，史诗与仪
式的关系不仅是多样的，也是变化的。目前，三大英雄史诗大多可以随时
随地演唱，也就是说，如果原来有仪式语境，它们目前也已经脱离了这一
语境，成了一种表演。

　　演述禁忌也是史诗演唱民俗的重要内容，许多史诗都有各种各样的演
述禁忌。禁忌涉及人类生活的各个领域，它可分为神圣、圣洁和不纯、不
洁两大类，对于前者所涉及的事物不能使用，对于后者所涉及的事物不能
接触。据巴莫曲布嫫对四川凉山彝族诺苏支系的"勒俄"的调查研究，
"勒俄"的演述也有相应的禁忌，比如婚礼上不能演述关于阿鲁举弓射日
的内容，但在祭祖大典上要演述整部的"勒俄"。⑤ 对于史诗《格萨尔》
来说，史诗歌手实践着古老文明的规范和惯习，不仅要遵守广大藏族民众
的禁忌，也有一些行业内的禁忌。史诗歌手在被"认证"后，他们就被
认为与神灵有着密切的联系，不能再赴神山狩猎，或去圣湖游泳嬉戏，否
则会失去神力、遭受不幸。史诗歌手在演述史诗过程中若被打断，则被视

---

① 平措：《〈格萨尔〉的宗教文化研究》，西藏人民出版社 2009 年版，第 257 页。

② 甲央齐珍：《〈格萨尔〉演述艺人的另类面孔——试析白玛多吉的擎纸说唱形式》，《西
藏大学学报》（社会科学版）2021 年第 1 期。

③ 贾木查：《史诗〈江格尔〉探渊》，汪仲英译，新疆人民出版社 1996 年版，第 354—
355 页。

④ 仁钦道尔吉：《江格尔论》，内蒙古大学出版社 1999 年版，第 16 页。

⑤ 巴莫曲布嫫：《口头传统研究：建构田野》，中国社会科学院文史哲学部主办、中国社会
科学院民族文学研究所承办的第三期 IEL "国际史诗学与口头传统研究讲习班"上的报告，北
京，2011 年。

为不祥之兆，等等。① 玛纳斯奇居素普·玛玛依曾在梦里被告知 40 岁前不要把做梦的事说出去，不要在众人面前演唱，因为《玛纳斯》是神圣的，年轻时演唱会带来不幸。② 而且，《玛纳斯》也有严格的表演界域，在特殊的场合要限定演唱内容，一些关于爱情方面的内容，不能在隔代听众或异性听众面前演唱。③ 演唱《江格尔》绝对不能中途停止，无论是史诗歌手还是听众，一旦开始讲、听《江格尔》就要坚持到结束。特殊情况下，仪式中的史诗演述，还可以成为能实现功利目的的宗教活动，史诗不仅是人们审美娱乐的口头传唱方式，史诗歌手进行史诗演述和人们聆听的目的还在于史诗"有用"。当然，从具体演述来讲，仪式可以为史诗歌手赢得听众，史诗歌手通过举行降神仪式等程序来增加说唱的宗教性和史诗的神秘性，而且，神圣的仪式也是史诗歌手保持良好表演状态所需要的。如朱国云所言，仪式是被设计或构造而成的、在某种形式中被不断重复的行为方式。当仪式与宗教色彩的世界相联系时，日常的组织生活中举行的仪式就会被赋予重要性，参与仪式的成员就能从中掌握各种意义。④

当然，在史诗歌手的表演中，对仪式细节的娴熟掌握和完美呈现也在一定程度上满足了观众（听众）对表演的期待，史诗歌手忘我的表演方式会成为观众品评的对象，从而在更为深刻的层次上成为观众判断其是否是"神"的代言人甚至是"神"本身的标准。

二　史诗文本中的仪式

大部分史诗与仪式的密切关系不仅表现在它的演述过程中，也同时体现在史诗叙事内容中。例如，苗族口承史诗《亚鲁王》一般都是通过"东郎"在苗族丧葬仪式上唱诵出来。对英雄祖先亚鲁神圣性的崇拜统领着整个丧葬仪式。其中，亚鲁王射杀怪兽，意外得到龙的心脏，将之带回后，龙心"亮晃晃的像燃烧柴火""光闪闪的像烧起草火"。亚鲁王带着龙心去问预言神，得到答复："回去用红布包裹龙心挂上宫梁，它会保住

① 央吉卓玛：《〈格萨尔王传〉史诗歌手展演的仪式及信仰》，《青海社会科学》2011 年第2 期。

② 郎樱：《玛纳斯论》，内蒙古出版社 1999 年版，第 154 页。

③ 阿地里·居玛吐尔地：《〈玛纳斯〉史诗歌手研究》，民族出版社 2006 年版，第 101 页。

④ 朱国云：《斯默西奇对组织文化的研究》，《国外社会科学》1997 年第 1 期。

你领土，它会繁盛你疆域。"① 在这里，亚鲁"包裹龙心挂上宫梁"就是仪式行为的象征性再现，是苗族人祭祀龙神的一种仪式。史诗故事中的仪式和史诗演述过程中举行的仪式密切相关甚至达成"同构"。而且，这些仪式体现出苗族人的宇宙观和生死观，与人们的生活密切相关。史诗歌手和听众都笃信《亚鲁王》是本族群真实的历史，因而把唱诵《亚鲁王》视为神圣、庄严的活动。

史诗是通过口头方式流传，向来与神话、传说有着密切的关系。史诗叙事在长期传播中也积淀了大量神话和传说，自然也会形成"图释"神话的各种仪式，会在文本中形成有固定形态的与仪式相关的情节。当然，也有一些史诗传统随着时光流逝以及社会变迁，叙事内容朝着故事化和情节化发展，许多仪式逐渐被淡化和忽略了。

三　仪式与史诗——文化与诗学的双重变奏

史诗是一个民族的精神和理想的镜子，体现着一个民族的历史生活、思想深度和文化传承，承载着民众的情感和梦想。史诗巨大的包容性决定了它的规模。如前所述，史诗在民众心目中占有神圣的地位，神力崇拜观念与习俗、演唱仪式活动与禁忌，在史诗传承过程中普遍存在。史诗大都有着浓厚的宗教和神话色彩，史诗叙事中也存在大量的仪式与禁忌活动描写，史诗歌手有时会将仪式或禁忌作为手段借以表达自己的见解，这为通过仪式与禁忌透视史诗的价值提供了巨大的空间和可能性。

"仪式是在集合群体之中产生的行为方式，它们必定要激发、维持或重塑群体中的某些心理状态。"② 仪式具有一定的神圣性，个体通过仪式而认识到集体超越于个体的存在、并心甘情愿地将社会秩序内化于心灵中，同时，个体也因此感知到自己的存在，情感表达方式与自我意识得以形成。韩伟先生曾言，仪式是人与人之间（沟通行为）、人与"神"（自然）之间（崇奉行为）相互沟通的重要手段。③ 如史诗《格萨尔》描绘了藏族整个历史文化图画和精神世界，格萨尔王能上天入地，通晓变身术、分身术、隐身术，还能以各种法术改变自然、气候、事态发展的进程

---

① 中国民间文艺家协会：《亚鲁王：汉苗对照》，中华书局 2011 年版，第 106—109 页。

② ［法］涂尔干：《宗教生活的基本形式》，渠东、汲喆译，上海人民出版社 2006 年版，第 8 页。

③ 韩伟：《论〈格萨尔〉史诗的仪式性》，《西藏研究》2009 年第 6 期。

以及人的命运。又如，苗族人笃信"万物有灵"观，认为祖先逝世后，灵魂将永远与后辈同在，因而苗族盛行祖先崇拜。亚鲁在麻山苗人心中既是祖先又是神灵世界的王者形象，麻山苗族的丧葬仪式基本上是围绕英雄祖先亚鲁王展开的。丧葬仪式活动成为沟通人神的过程，而歌师（史诗歌手）则是沟通人神的一个重要角色。

　　蒙古族学者斯钦巴图也指出：青海卫拉特史诗带成为《格斯尔》中心型史诗带的一个重要标志就是："在这一地区以《格斯尔》史诗和格斯尔传说为依托，隐约形成了格斯尔保护神信仰；在一些地方，以这种信仰为核心，进而还形成了与当地敖包祭祀相结合的格斯尔祭祀活动。"① "史诗艺人请山神时的表演很像萨满巫师神灵附体时的那种情况。"② 除此之外，史诗歌手的表现也与一般的表演大异其趣，如玛纳斯奇 "演唱到高潮时，身体不停地晃动，手舞足蹈，口吐白沫"③。某些地区的《格萨尔》说唱艺人 "一旦进入因兴奋而狂舞的状态时，便会持续说唱数小时。一旦摆脱兴奋状态之后，他就再也不会演唱了。……惟有处于兴奋狂舞（鬼神附身）时的说唱方为'真正的'或完整的"④。新疆温泉县的江格尔奇加瓦、格尔布演唱《江格尔》前要烧香，点佛灯，遮掩好门窗，担心苍天会被史诗演述感动，下过多的雨雪造成灾害。⑤ 由此我们可以看出，史诗演述不是单纯的表演，而是带有某种宗教仪式的成分。这也体现了史诗演述、宗教、巫术与仪式相结合的文化功能，尤其体现了宗教从实践到理论两方面的功能，即 "对超人力量的信仰，以及讨其欢心、使其息怒的种种企图"⑥。这也是对巫术企图把愿望当作现实的文化本质的形象描述。可以说，史诗作为一种口头传统，是人类先民心理和社会生活的结晶。史诗演述及其叙事内容体现着人类原始心理的综合表现和世界观体系，也凝聚着文化命运的各种沉积。

---

① 斯钦巴图：《蒙古史诗——从程式到隐喻》，民族出版社 2006 年版，第 96 页。

② 斯钦巴图：《蒙古史诗——从程式到隐喻》，民族出版社 2006 年版，第 221 页。

③ 阿地里·居玛吐尔地：《〈玛纳斯〉史诗歌手研究》，民族出版社 2006 年版，第 127 页。

④ ［法］石泰安：《西藏史诗和说唱艺人》，耿昇译，中国藏学出版社 2012 年版，第 369 页。

⑤ 贾木查：《史诗〈江格尔〉探渊》，汪仲英译，新疆人民出版社 1996 年版，第 357 页。

⑥ ［英］J. G. 弗雷泽：《金枝——巫术与宗教之研究》上册，汪培基、徐育新、张泽石译，商务印书馆 2012 年版，第 88 页。

　　关于说唱史诗的功能，石泰安先生在《西藏史诗和说唱艺人》一书中谈道：由于史诗的巫文化特征和浓郁宗教色彩，史诗说唱已经与巫术结合，成为一项能满足听众功利要求的宗教活动。人们认为，说唱史诗有助于获得各种有利条件，尤其是能成功地狩猎和进行战争。在史诗《格萨尔》演述中，史诗歌手"不但是诗人、说唱家和音乐家，而且还是通灵人、占卜师和'萨满'"①。有学者提出，用图像代表降临的神是巫师举行请神仪式时常用的做法，史诗歌手举行仪式时也用图像作为降临的神的"依止"，从而使神形象化其实源于巫师的做法。② 正是由于史诗说唱成了具有功利目的的活动，宗教信仰与巫术文化交织，因此史诗说唱有了种种禁忌。

　　在史诗演述的过程中，各种仪式不仅是史诗歌手和听众表达和外化信仰的途径，更是史诗歌手宣告自己双重身份的隐喻表达。如前所述，史诗《格萨尔》说唱艺人说唱前要举行或简或繁的仪式。表面上观察，史诗歌手举行仪式是为了招请史诗中人物降临，获得说唱的智慧或灵感。从深层文化渊源来说，伴随史诗说唱的仪式实际上是史诗歌手举行的降神仪式，降神仪式渊源于巫教，衍生于巫师与神交往的方式之——请神附体，即巫师请鬼神附着在自己身上，代表鬼神说话。对于生活在史诗的本土语境、十分熟悉史诗叙事内容的民众来说，仪式作为史诗展演的重要组成部分，有时甚至比史诗说唱和叙述的内容更为重要。这也充分体现了史诗不是一种普通的口头传统，而是有着浓郁的巫文化特征。这些现象与史诗和神话的关系、史诗流传地区宗教文化背景等密切相关。史诗歌手，在传承史诗的过程中，一方面要从传统中汲取养分，另一方面，又依托神秘的原始信仰，实际上在族群中扮演着"行动中的宗教"角色。由于对史诗及其主人公超自然力的笃信，史诗歌手为获得庇护而邀宠于超人力量，同时为"抑制不祥"而遵守禁忌，从而完成与史诗文本的"神秘"同构，也体现了史诗在文化与诗学之间的双重变奏。

　　纵观人类文化发展史，史诗与仪式之间的一个共同点，就是其神圣性、庄严性。从亚里士多德的《诗学》到尼采的《悲剧的诞生》，都认为仪式是西方文艺的诞生地。亚里士多德说，"悲剧起源于狄苏朗勃斯歌队

① ［法］石泰安：《西藏史诗和说唱艺人》，耿昇译，中国藏学出版社2012年版，第352—354页。

② 徐斌：《格萨尔史诗图像在仪式中的使用及其文化认识》，《中国藏学》2005年第2期。

领队的即兴口诵，喜剧则来自于生殖崇拜活动中歌队领队的即兴口占"①。尼采则认为希腊悲剧起源于酒神音乐。② 酒神音乐就是酒神颂，最初是在祭祀酒神的活动中演唱的歌。同样，有学者提出，最早的史诗孕育于仪式，仪式中的表演化、程式化以及性格化特征，孕育了萌芽期的史诗。仪式陶冶了人类的情感，培养了人类的幻想和想象，激发人类用象征和隐喻的形式表达情感、渴望和理想。然后，当神话式微，艺术就从仪式中脱胎出来日渐走向成熟。③ 而"一种文化从其诞生之初起，就具备一种本性，它就是一种生命形式，虽然历经变化，但其本性与生命一直贯穿了全部的发展历程之中"④。史诗不仅是一种文艺样式和口头传统，更是与人类的活动融为一体的原生态文化。对史诗与仪式的探讨，可以促进我们深入理解仪式所蕴含的意义和文化知识体系，进而在这种文化知识体系中，充分地展示和重塑史诗传统的整体过程，对史诗的总体精神及整体风貌进行本质还原。

第三节　史诗演述与接受

从接受美学的视域观照，史诗演述人在传统的规约下进行演述中的创编，史诗文本在表演中生成，听众以其当下的、独特的、创造性的思维和先在的心理结构对演述进行新的理解和发现，使史诗获得新的当下的意义。史诗口头演述与接受、传统与当下、文本的物质性和表演的新生性、传承的恒固性与演述的张力在史诗演述中的冲突与融合，对于我们从多维度理解史诗演述具有重要的意义。

一　史诗演述与接受的方式

从史诗的发生来看，史诗最早是口语的，它应产生于还没有书面文

---

① ［古希腊］亚里士多德：《诗学》，陈中梅译注，商务印书馆 1996 年版，第 48 页。

② ［德］尼采：《悲剧的诞生：尼采美学文选》，周国平译，作家出版社 2012 年版，第 1—86 页。

③ 蔡熙：《史诗的仪式发生学新探——以苗族活态史诗〈亚鲁王〉为例》，《湖南科技学院学报》2014 年第 4 期。

④ 朱炳祥：《何为"原生态"？为何"原生态"？》，《原生态民族文化学刊》2010 年第 3 期。

字，或书面文字已经失传、尚未复兴或重新输入（至少尚不广泛流行）的时代。① 例如，史诗"梅葛"是作为毕摩的祭辞传承下来的，属于口传毕摩的毕摩经，因此没有文字记载，毕摩和歌手都是靠耳听心记史诗的内容和曲调。② 在原生口头文化时代，史诗演述人与听众以口语为最早的交流工具，史诗歌手要在一个敞开的环境中，通过口头演述，与一大群听众面对面地交流互动，这种以听觉为主的交流方式，塑造了史诗的存在样态，包括"听觉的沉浸、时间性的当下、衡稳的传统、情景式的在场和互动的交往"③。我们从国内多部活态史诗演述的现场可以观察到，当人类进入书写时代之后，史诗现场演述与无文字时代的存在样态并未发生明显的变化。

史诗演述的接受诉诸听觉，而声音会即时消逝，这决定了史诗演述必须是一种"情境式的在场"的活动。因为"声音的存在仅仅体现在它走向不存在的过程中。声音不仅会消亡，从本质上说，声音是转瞬即逝的，而且人也会感觉到声音是转瞬即逝的"④。瞬时性的声音是人们"不能第二次踏入的河流"，它不像文字，一旦书写，就是某种意义上固定的、封闭性的存在。而且，史诗演述以口语为载体，通过声音传递，也造就了其语言是特殊的诗的语言，属于有声之诗。所谓："诗为声也，不为文也。"⑤ 诗一般都是四、五、六、七言，整齐而无变化的句式，但是，活态史诗又呈现出不同的样貌。如《格萨尔》史诗就是一种散韵相间的口头叙事表演的诗，散韵是由长短句构成的叙事诗。而《玛纳斯》史诗，保持了古代突厥语民族诗歌的特点，每一个诗行由 7 至 8 个音节组成，轻重音节有规律地组合，每个诗行基本上为四顿。不过，史诗最大的共同点在于都是高度程式化的，程式、主题和故事范型等作为史诗歌手的"武库"，使歌手能够进行难度较大的临场吟诵和即兴发挥，也有助于听众在

---

① ［古希腊］荷马：《伊利亚特》，陈中梅译，花城出版社 1994 年版，第 5 页。

② 李生柱：《表演理论视野下的史诗"梅葛"研究》，硕士学位论文，中南民族大学，2010 年，第 64 页。

③ 乔基庆：《口语乌托邦：简论口语文化的特点与人们的存在样态》，《经济与社会发展》2011 年第 10 期。

④ ［美］沃尔特·翁：《口语文化与书面文化：语词的技术化》，何道宽译，北京大学出版社 2008 年版，第 23 页。

⑤ （宋）郑樵撰，王树民点校：《通志二十略》，中华书局 1995 年版，第 887 页。

聆听时保持连续性。

作为口头交流方式，史诗的演述是动态的、复杂的。史诗的形态甚至内容，在很大程度上取决于由史诗歌手、听众及民俗生活事象所构成的整体情境。史诗演述中常出现一些"冗余"或"赘词"，会重复刚说过的话，使听说双方得以跟上故事讲述的思路。史诗歌手需要适应不同听众的要求，每次讲述都有变异。[①] 以《玛纳斯》演述为例，如郎樱所说："玛纳斯奇对于史诗中上百个人物，几十个事件了如指掌。他像一架透视机，洞悉史诗人物的内心隐秘以及各种人物之间的微妙关系。"[②]《玛纳斯》史诗虽然是单人演述，但"任何一个玛纳斯奇，（在演唱时）都要关注语言、动作、声调的协调统一"，从而让听众体会到所唱内容的含义。[③] 任何高明的记录手段都不可能将史诗演述的信息完整地、全面地呈现出来，更不要说歌手与听众、听众与听众之间参与创编史诗的互动关系。没有什么东西能够代替史诗演述现场人们的在场体验与感受。[④] 即使出现了书写，史诗文本也不能代替或脱离史诗演述，史诗传统唯有通过口耳相承的演述过程才能被听众接受，而通过书写和阅读向口诵、聆听转化，静态的、凝固的文本将折射出生动鲜活的民俗生活表情和审美光泽。因此，无论口诵时代还是在书写时代，对于史诗而言，其功能和意义旨归只能通过歌手演述—观众聆听的双向互动交流全面实现。检验一部史诗是否是"活态的"，取决于它是否仍在被演述，而对于已经消失在演述现场的史诗来说，人们之所以称其为史诗，是因其曾经被活态演述过。

二　史诗演述中的创编与文本的生成

史诗的创作不同于作家创作，这是由口头传统的特点决定的。口头文艺没有具名的作者，荷马史诗的作者问题一直是文坛公案，而我国的史诗没有一部有确定的作者。这说明史诗的创作是集体性的。阿地里·居玛吐

---

① 卢永和：《语词技术与文学叙事》，《西南科技大学学报》（哲学社会科学版）2010 年第 5 期。

② 郎樱：《玛纳斯论》，内蒙古大学出版社 1999 年版，第 304 页。

③ 居素普·玛玛依：《我是怎样开始演唱〈玛纳斯〉史诗的》，《〈玛纳斯〉论文集》（柯尔克孜文），新疆人民出版社 1991 年版，第 31 页。

④ John Miles Foley, *The Singer of Tales in Performance*, Bloomington: Indiana University Press, 1995, p. 80.

尔地曾言，史诗是一种与民族息息相关、宏大而且具有深厚底蕴的文化现象。它不是一个人的创作，而是一个民族世世代代集体智慧的结晶。① 鲍曼提出"表演中的创作"观点，强调了表演者创新的一面，但这种"创作"，其实本质上是一种"创编"，并不能遮蔽史诗创作集体性的特点。帕里与洛德通过研究发现，职业吟诵者在现场创编口头史诗，"歌手同时是表演者、创作者和诗人，是一身而兼数职的"②。那么，在实际的史诗演述中，史诗歌手创编故事的情况是怎样的呢？或者说，口头诗学创编理论是怎样在现实的"史诗田野"中得到印证的呢？

如前所述，在《故事的歌手》中，洛德在追问"荷马问题"的基础上，提出了程式、主题和故事范型的概念，出色地解答了行吟诗人何以能够流畅地进行现场创作的问题。史诗是源于口头的，而程式化是其本质特征。③ 理查德·鲍曼也认为：歌手个人必须要掌握一定数量"套语"，套语的既成性使表演条件所要求的流畅性成为可能。④ 作为与书面文学迥异的语言艺术形式，口头史诗开放式的程式结构，在"限度之内的变化"原则下，可供史诗歌手在演述中随时自由组合、替换、调整和调用。⑤ 而当一种语言或者叙述程式频繁地在演述中出现之时，也就是其逐渐成为叙事传统之时。史诗演述发生于特定场域，这一场域是一个地区乃至民族的口头传统空间，是史诗演述人与受众共享价值认同和民众集体记忆的场域。演述是一个群体内部文化经验互动的手段，每个史诗演述人是史诗话语范畴中的一个个体，也是一个故事聚焦点，他们不断将已有的故事、听过的演述、已形成的传统汇聚于自己的"这一次"表演中。以史诗《玛纳斯》演述为例，在演述中，听众并不希望玛纳斯奇创作出崭新的作品，而是要求其遵循传统，在现成的结构、诗章、情节和语句等口头传统基础

---

① 王珍：《口头史诗只有在演述中才能存活》，《中国民族报》2010 年 11 月 12 日第 10 版。

② ［美］约翰·迈尔斯·弗里：《口头诗学：帕里—洛德的理论》，朝戈金译，社会科学文献出版社 2000 年版，第 19 页。

③ 朝戈金：《第三届国际民俗学会暑期研修班简介——兼谈国外史诗理论》，《民族文学研究》1995 年第 4 期。

④ ［美］理查德·鲍曼：《作为表演的口头艺术》，杨利慧、安德明译，广西师范大学出版社 2008 年版，第 43 页。

⑤ 阿地里·居玛吐尔地：《口头传统与英雄史诗》，中央民族大学出版社 2009 年版，第 90 页。

上对史诗进行再次加工和创作，最大限度地保持史诗的构成部件和传统材料。① 因此，玛纳斯奇的演述和创作才能集中体现在其对程式、主题以及故事范型的吸收消化和融会贯通能力。史诗歌手在演述史诗时要调用的口头传统及材料，就是其大脑中的口头文本与传统曲库。掌握一定的程式和规律，是史诗歌手记忆史诗的关键。南方史诗更是如此，如创世史诗的演述是仪式、音乐节奏、动作（舞蹈）词语等相结合的，原始宗教的神圣性不允许祭司在演述中随意创编，演述人只能遵循仪轨，按照祭祀对象去吟诵特定的祭辞。② 因此，传统的力量通过仪式，更进一步增强了。

史诗演述既受传统的规约，又具有"新生性"特点。表演具有新生性，这是由史诗演述与聆听的交流方式决定的。任何一次史诗演述都不仅仅是对于传统的"再现"，反之，史诗演唱者的每一次吟诵都是一种再创作，洛德提出，对口头诗人来说，创作就是表演，吟诵、表演和创作是同一行为的几个不同侧面。③ 史诗歌手根据社会历史语境、演述场域的不同以及听众聆听的状态与反应，在史诗表演过程中，不断地融合、添加和吸纳其听过的史诗歌，添加和丰富史诗的内容，对头脑中已有的大脑文本进行组合、取舍、加工和优化。"在每一次口头史诗的表演中都有一定程度的原创性，甚至同一歌手的表演也绝不按已有的相同方式进行；每一次表演都是独一无二的。"④ 而且，史诗演述并不局限于口头语言，史诗演述人的非语言符号也是绝无雷同的。阿地里·居玛吐尔地这样描述驾轻就熟的玛纳斯奇表演的情景："在演唱战争这种激烈场面时，为表现人物刀劈，歌手右臂伸直，并住五指，做出战刀劈砍的动作；表现英雄用矛枪刺杀时，身体前倾，双手握住矛杆刺向对手……"⑤ 姿势、表情、眼神、形体动作等非语言符号的可变性更强，也充分体现了"表演的新生性"特点。

---

① 阿米娜·叶尔垦：《新疆柯尔克孜〈玛纳斯〉表演及其变迁研究》，硕士学位论文，新疆师范大学，2016年，第22页。

② 陈永香、马红惠、李得梅：《简谈彝族毕摩和歌手对史诗的"演述"——以梅葛、查姆为中心》，《青海社会科学》2012年第5期。

③ ［美］阿尔伯特·贝茨·洛德：《故事的歌手》，尹虎彬译，中华书局2004年版，第17—18页。

④ 鲜益：《"口头诗学"理论中的史诗演述与文本流播——以彝族传统口头史诗为视角》，《理论与创作》2011年第1期。

⑤ 王珍：《口头史诗只有在演述中才能存活》，《中国民族报》2010年11月12日第10版。

　　史诗演述的过程就是史诗文本生成的过程，史诗的创编在演述中完成决定了史诗文本是不定型的。这不仅指一部口头史诗传统有不可穷尽的异文，也标示了史诗的结构具有无限的转换能力。每一次史诗演述都会生成新的文本，这一文本是传统中新的创作，又都属于该口头传统大量异文中的一个。同一（类）史诗生成的文本具有这种"互文性"特点的原因在于，史诗是一种口头传统，传统存在于史诗演述的场域内，规约着史诗歌手的表演，也同时为史诗歌手和听众共享，使听众能够与史诗演述保持"顺向相应"，从而与演述人展开交流与沟通。书面文学一旦定稿，尤其印刷出版以后，文本形态就固定了，而史诗演述是一代代史诗歌手通过演述中的创编传承下来的。"一个史诗文本来自一次现场演述，每一个史诗歌手都会依赖传统来演绎自己的文本。"① 表演的即兴特征带来文本的差异性，因此，每一次演述生成的文本都是具有独特性的"这一个"，它具有演述人自身个性化的印记，同时也是对传统的翻新和回归。史诗文本的形成和存在样态依赖于特定的史诗演述活动，从来就没有一个"最后的定稿"或文本"原型"，其形态具有多样化特征。如果说普罗普把有着万千差异的故事变成只有一个故事，那么鲍曼的表演理论则反过来把一个故事变成了千万个不同的故事。不过，史诗文本的原创始终是有限度的。"它们来自于细节、描绘的添加，修饰的扩充，行为的变异（比如伪装的变化）。这些变异来自于故事内在的张力……而故事的核心仍保持了原貌；这些变异并不是对故事的歪曲、破坏。"②

　　对于普通作家创作来说，重复和抄袭是被谴责的，而史诗演述却在某种程度上与之相反，史诗歌手和听众都一样避免脱离传统。如果说文学与读者的关系中蕴藏的历史含义是"第一个读者的理解将在一代又一代的接受之链上被充实和丰富，一部作品的历史意义就是在这过程中得以确定，它的审美价值也是在这过程中得以证实"③。那么，每一次特定的史诗演述与接受都是对特定史诗传统的充实和丰富，而在这一过程中，新的

---

　　① 阿地里·朱玛吐尔地、托汗·依萨克：《当代荷马——〈玛纳斯〉演唱大师居素普·玛玛依评传》，内蒙古大学出版社 2002 年版。朱玛吐尔地即居玛吐尔地。

　　② ［美］阿尔伯特·贝茨·洛德：《故事的歌手》，尹虎彬译，中华书局 2004 年版，第151 页。

　　③ ［德］H. R. 尧斯、［美］R. C. 霍拉勃：《接受美学与接受理论》，周宁、金元浦译，辽宁人民出版社 1987 年版，第 25 页。

意义、文本不断生成。对某个史诗传统来说，稳定性和变异性、传承性和史诗演述人的首创性，在史诗演述人每一次新的演述中得到有机结合。

三　史诗演述与接受——在场的交流与互动

"史诗演唱活动时时刻刻面对着听众。艺人的眼前、艺人的脑海里，就其史诗演唱行为而言，永远有着听众。这不是任何人的劝诫，而是史诗生成规律的一种自然法则。"① 口头史诗是传诵和演述的，其对象是听众，而书面文学是看与读的，对象是读者。如诺斯罗普·弗莱对于"文本"与"田野"的关系的阐释：在口头文学中，吟诵者或歌手、表演者、创作者、诗人等与其听众是面对面的，是"在场"的。而在书面文学中，作者及其笔下人物都不暴露在读者面前，是"不在场"的。② 听众与读者之差别，在于听众与史诗歌手是面对面的，可以当面展开交流与互动，演述与接受是共时性的。而书面文学的接受通常是历时性的，一般情况下，读者与作者不会碰面。从接受美学的角度考察，史诗演述中，史诗歌手要根据史诗的情节、听众的接受或者演述中交流的需要，通过潜在地在演述人、史诗人物间转换身份，自由地出入史诗情节内外，巧妙汲取和会通诸种主题、程式及故事范型乃至现成文本，一边演人物，一边述故事，一边与听众交流，形成史诗演述独特的交流和审美语境系统；如果从广义的文本观来看，史诗演述是综合言语、动作和歌唱等形式的"文本形态"。演述人与听众在演述语境中进行交流和互动，实现视界融合，而作为主体间相互交流对象化显现的史诗文本亦在此"会通"和生成。表演的部分本质正在于，它能使所有在场的人得到经验的升华和充分的交流互动，通过作为一种交流方式的表演，表演者牵引着观众的注意力和精力，观众既对表演进行品评，也为表演所吸引。③

史诗演述人在演述中对史诗进行"二度创造"，演述呈现为言语、动作和歌唱等多种形态。歌手演述的是早已流传于民间的诗，又是其创造性演述的新的史诗。阿地里·居玛吐尔地这样描绘居素甫·玛玛依演述史诗的动作和情态：居素甫·玛玛依声音洪亮、音调不断变化，身体随演唱声

---

①　萨仁格日勒：《蒙古史诗生成论》，中央民族大学出版社 2015 年版，第 270 页。

②　[加] 诺斯罗普·弗莱：《批评的解剖》，陈慧、袁宪军、吴伟仁译，百花文艺出版社 2006 年版，第 362—363 页。

③　[美] 理查德·鲍曼：《表演的新生性》，杨利慧译，《民俗研究》2008 年第 2 期。

调变化而晃动，手势丰富。"唱了一会儿之后，他更是激情高涨，就像发情的公驼一样晃动，口中不停地喷出白沫。我当时正好坐在他的对面，只见他眼睛不停地闪动，那目光犹如猎隼的一样，再加上他不停晃动的双手，那架势就像一个猎鹰要把我当成猎物捕获而去。"① 史诗演述的"新生性"不仅体现在史诗歌手对史诗叙事内容的"创编"上，也同样体现在歌手的动作、情态等"身体语言"方面，史诗的情节和人物通过演述被赋予新的生命力。史诗歌手表演史诗和作家创作需要情感投入本质上是一样的。如《诗艺》说过的："你自己先要笑，才能引起别人脸上的笑，同样，你自己得哭，才能在别人脸上引起哭的反应。"②

　　"在场"的听众与史诗演述人达到视界融合。书面文学的读者常常是隐在的，隐在的读者常常深深植根于文本之中，而史诗演述的听众是"在场"的。一次"日常的"③ 史诗演述常发生于演述人和受众熟悉的场域，这一场域的人们常常共享着具有一定稳定性和内聚性的文化，有着大致相同的民族心理、文化传统、阶层境况、认知结构甚至审美趣味，共享着大量的"内部知识"④，这些都会促成海德格尔所谓的"前理解"⑤，而这种"前理解"作为接受的起点，使史诗听众的心理体验和期待视野容易与史诗演述相契合。特定听众作为民族的一分子，他自然地期待在史诗演述中听到本民族的文化生活，期待在现实聆听和历史叙事中感受到本民族的共同记忆，从而体会到民族认同和自信，从心底里获得"寻根"般的精神愉悦。这是人们喜爱史诗和史诗得以流播的重要文化基础。在史诗

---

① 阿地里·居玛吐尔地：《〈玛纳斯〉史诗歌手研究》，民族出版社 2006 年版，第 99 页。

② ［古希腊］亚理斯多德、［古罗马］贺拉斯：《诗学 诗艺》，罗念生、杨周翰译，人民文学出版社 2008 年版，第 131 页。

③ "日常的态度"是吕微在《史诗与神话——纳吉论"荷马传统中的神话范例"》（《民俗研究》2009 年第 4 期）中提出的观点："从 mûthos 到 myth 的语用学史已经表明，'神话'这个词语在相当长时间里只是个日常用语，尽管学者们已花费了无数精力对其进行了语义学和语源学的考察，但在大多数时间里，学者们的努力与日常生活中的民众并不相干，民众总是在与学术语言'不相干的地平线上'使用'神话'这个词语并经营他们的日常生活。"本书认为，特定民族的人们对待史诗也如对待神话一样，持日常的态度。

④ 朝戈金：《口传史诗诗学：冉皮勒〈江格尔〉程式句法研究》，广西人民出版社 2000 年版，第 98 页。

⑤ 海德格尔言："真正准备去领会，首先是在合适的处境中或前理解中去领会。"［德］海德格尔：《对亚里士多德的现象学解释：现象学研究导论》，赵卫国译，华夏出版社 2012 年版，第 37 页。

演述现场，"歌唱者们有的正襟危坐，目不斜视；有的跪膝而坐，肃穆庄严；倾听者们注目凝神，耸耳聆听，屏声仰气，戛然无声"①。歌手的演述对听众造成强烈的冲击，与听众建立心理与情感的共振，听众不知不觉沉浸于演述的"场域"，对歌手施加影响。而在疾病、瘟疫和灾害等意外事件的触发下进行的史诗演述主要发挥避邪攘灾的巫术或宗教功能。这时，史诗不仅仅发挥审美娱乐作用，史诗演述人实际上发挥着宗教仪式主持的作用，听众则从艺术欣赏者和接受者转变成宗教仪式的参与者、信徒和受益者。② 总之，无论在怎样的情境下，史诗演述常常使所有在场的人之间处于一种互通互融的交流状态之中。这种以共同感受为基础的情感活动以及在史诗歌手与听众间不断循环往复的互动波，在史诗演述现场不断传递与反馈，构成共同的心理时空，并成为史诗艺术美产生的一种最基本的动力源和史诗得以世代传承的先决条件。

　　同时，在观众"在场"的情况下，听众对演述的影响是直接的、面对面的。姚斯指出，在作者、作品和大众的三角形中，大众不是被动的部分，并不仅仅作为一种反应，相反，它自身就是历史的一个能动的构成。③ 同样，史诗的听众，在演述过程中也并非被动的客体，而是面对面直接介入了史诗演述人的创编。他们反应积极，与史诗歌手交流互动，史诗歌手根据听众的反应"改写"、修正和改变史诗叙事的内容与结构。听众的可变性和不稳定性是影响诗歌形式的演唱场合的基本因素，其中，"最受听众的不稳定性影响的，是歌曲的长度"④。如果听众听得投入、热情高涨，史诗歌手就会越唱越有激情，叙事细节就会更丰盈。一些对歌手表演具有"共振器"作用的听众，还能够通过其行为态度影响史诗歌手演唱的质量。⑤ 这充分体现了观众的反应在史诗演述中的重要性，史诗歌手的状态、情绪很大程度上取决于其与观众的互动。郎樱在《玛纳斯论》

　　① 阿米娜·叶尔垦：《新疆柯尔克孜〈玛纳斯〉表演及其变迁研究》，硕士学位论文，新疆师范大学，2016年，第8页。

　　② 斯钦巴图：《〈江格尔〉与蒙古族宗教文化》，内蒙古大学出版社1999年版，第47页。

　　③ ［德］H. R. 尧斯、［美］R. C. 霍拉勃：《接受美学与接受理论》，周宁、金元浦译，辽宁人民出版社1987年版，第24页。

　　④ ［美］理查德·鲍曼：《表演的新生性》，杨利慧译，《民俗研究》2008年第2期。

　　⑤ ［德］卡尔·赖希尔：《突厥语民族口头史诗：传统、形式和诗歌结构》，阿地里·居玛吐尔地译，中国社会科学出版社2011年版，第119页。

中描绘了史诗演述的场面："他（玛纳斯奇）音调高昂，喜形于色；唱到英雄处境危险，壮烈牺牲，他声音哽咽，热泪盈眶。听众更是如醉如痴，忽而哄堂大笑，忽而饮泣吞声……他们的神思情愫，完全融入玛纳斯生活的年代，与玛纳斯同甘苦，共患难。"[①]史诗歌手、听众与史诗叙事完全融为一体。《江格尔》的演唱也是如此，人们在听史诗演唱时为史诗人物的事迹所感动，"甚至会激动得跳了起来，把帽子抛到地上"[②]。歌手与听众间存在一种默契的互动，使听众完全融入史诗演述的场景中。由此可见，史诗歌手和听众都对史诗演述投入了相当的精力。二者互相交流、互为对象，在时间、地点、精力投入等方面具有了某种同一性。

当然，史诗演述不会按均衡的速度进行，史诗歌手会随时调整其演述以适从听众的参与状况。因此，如果史诗歌手脱离了观众，脱离了日常生活中演唱的语境，而面对记录者或研究者演述时，其演述往往是断断续续的。没有听众，再天才的史诗歌手都会丧失激情与活力。因为听众的专注与否，反应热烈与否，直接影响到歌手的演唱效果。在这个意义上，听众也参与了特定"这一次"史诗演述，参与了史诗文本的生成。"仅有极少情况，民间史诗歌手或故事讲述人在第二次演唱或讲述作品时，与第一次的方法完全一样。"[③]而同一部史诗的两次或多次演述的异文，即使完全一样一字不差，其背后的语境和民俗信息也许还是会截然不同。[④]姚斯言，文学文本"更像一曲管弦乐，永远在读者心中激起新的回响"[⑤]，就是说文学作品的意义是作者赋予的意义和读者接受过程中赋予的意义的总和，而对于史诗这种特殊的文艺形态和文学样式而言，其演述与接受不同于一般书面文学的创作与阅读接受，它不是封闭的而是敞开的。世世代代的人民演述着世世代代的史诗。史诗的口头演述，是史诗歌手的表演，是一种交流，是史诗歌手和听众共同参与的过程，也是线性时间链上史诗传统不断拓展和丰富的过程。

---

① 郎樱：《玛纳斯论》，内蒙古大学出版社 1999 年版，第 73 页。

② 仁钦道尔吉：《江格尔论》，内蒙古大学出版社 1999 年版，第 22 页。

③ 刘魁立：《19 世纪下半叶俄罗斯北方的史诗歌手和故事讲述人》，《民族文学研究》2006 年第 1 期。

④ 乌·纳钦：《史诗演述的常态与非常态：作为语境的前事件及其阐析》，《民族艺术》2018 年第 5 期。

⑤ 朱立元：《接受美学导论》，安徽教育出版社 2004 年版，第 64 页。

　　随着人们的史诗观念从"作为文本的史诗"到将史诗视为口传形态的叙事传统、动态民俗生活事象和口头表达文化形态的转变，史诗研究的核心从史诗文本转向史诗演述。史诗演述综合了史诗歌手、口头文本、叙事语境与史诗听众，构成史诗的"世界"。本章对国内学界关于史诗"叙事语境—演述场域"的研究视界以及史诗演述场域的重要组成部分——仪式进行阐释，在此基础上，从接受美学的视域对史诗演述进行研究。"作家—作品—读者"在史诗演述中呈现为演述中创编、史诗文本生成以及受众聆听与接受共时发生的"全息图景"。史诗演述在特定场域中通过表演的方式（演述—聆听）发生，史诗演述人对史诗传统进行二度发现和创造，与听众进行面对面的交流与互动，而原初意义上凝固的史诗文本被启动、激活和重新生成，史诗传统传承的恒固性与演述的张力达成"冲突的和解"。

第四章

文 本

传统文学观念中的"文本"（text）概念以书写为中心。根据书面文学的标准，文本是独立自足的语言客体，是作者提供给读者阅读的文字符号，其书写遵循文学的惯例和准则。[①] 国内的民间文学研究界长期以来亦遵循着这种以文本为中心的研究范式，史诗研究也不例外。直至20世纪中后期，口头程式理论、民族志诗学及演述理论相继出现，揭示了口头文学异于书面文学的内在传承机制，为中国史诗研究范式的转换提供了理论资源，也从一定程度上促成了国内史诗研究的方法论自觉。如第三章所言，21世纪以来，许多史诗研究者开始纠偏以往对"作为文学文本的史诗"的研究——即以文本为中心的研究范式，转向对作为口传形态的叙事传统和动态民俗生活事象的史诗研究——即以演述为中心的史诗研究观念与范式。目前，以演述为中心的文本观念、以田野为中心的史诗研究观念已成为史诗研究的主流，史诗文本没有固定权威本的观念已成为学界共识。

然而，正如学者巴莫曲布嫫在研究彝族史诗汉译过程及从口述到书面的整理过程时所提出的："民族志诗学与民俗学在表演研究中共享某种学术关注的同时，他们的探讨也同样面临着一个阻碍着研究的方法论难题——民俗学文本（folklore text）。因为，仅次于民间口头艺术本身的，就是民俗文本，换言之，口头艺术的记录，是民俗研究的中心问题。"[②] 同理，我们可以说，在史诗研究中，仅次于史诗口头演述这一口

---

① 例如，沃尔夫冈·凯塞尔把一个作品文本提供的论据分解为四个层面：（一）内容的论据；（二）形式的论据；（三）语言和风格的论据；（四）思想内容的论据。[瑞] 沃尔夫冈·凯塞尔：《语言的艺术作品》，陈铨译，上海译文出版社1984年版，第41—42页。

② 巴莫曲布嫫：《"民间叙事传统格式化"之批评（下）——以彝族史诗〈勒俄特依〉的"文本迻录"为例》，《民族艺术》2004年第2期。

传叙事传统和动态民俗生活事象的，就是史诗文本。史诗文本不同于史诗演述，它的形成固然依赖特定的史诗演述活动，但当"史诗"以文本方式呈现时，史诗的存在样态就发生了改变——不再是作为演述的史诗，而成为超越其所在时空的、作为文本乃至作为文学、作为一种体裁的史诗。史诗口头叙事通过文字固定下来以后，叙事内容就与原有的语境分离，凸显出"文本性"。作为文本的史诗，其特殊性在于，它不同于仅仅传达作者意图的作家作品，它比普通文人书面作品的文本形态更为复杂和多样。当我们从文本的角度观照史诗时，至少仍有以下一些基本的问题需要思考、澄清和持续深化研究：一是关于"文本"的界定问题；二是史诗的文本化过程研究及其文本类型问题；三是史诗文本的口头性问题；四是史诗文本的传播及意义问题，等等。

第一节　"文本"与史诗的文本

一　什么是文本——对史诗文本进行界定的前提条件

要对史诗文本进行研究，需要先从"什么是文本"这一问题谈起。汉语中的"文本"翻译自"text"一词。据学者董希文考证，从词源学上看，"它的词根 texere 表示编织的东西，如在纺织品（textile）一词中；还表示制造的东西，如在'建筑师'（architect）一类的词中（霍兰德）"；但在一般意义上认为"文本就是由书写而固定下来的语言（利科）"。从语言学角度看，杜克罗和托多洛夫认为："文本可以是一个句子也可以是整本书，它的定义在于它的自足与封闭；它构成一种与语言学不同但有联系的体系。"① 伽达默尔则从诠释学的角度强调文本的历史性，他写道："'文本'在此必须被理解成一个诠释学的概念。这就是说，不要从语法学和语言学的角度来看待文本，亦即不要把它看作是完成品"②。文本又是与"作品"相联系的一个概念，文本总是在与作品和文学制度的关系

---

① 董学文、江溶主编：《当代世界美学艺术学辞典》，江苏文艺出版社 1990 年版，第 296—297 页。

② ［德］汉斯-格奥尔格·伽达默尔：《真理与方法》第 2 卷，洪汉鼎译，商务印书馆 2010 年版，第 428 页。

中加以定义的，它的职责就是保证作品的物质基础，也就是说维护作品的确定性：在西方文学批评中，文本，即作品之现象，是语文学的范畴；而作品，则意味着精神、美感、深度等。上述文本观念都是在书写与文字的层面界定文本，而在当代部分批评家那里，文本的内涵被无限放大，溢出了语言、文字与书写的界限，其所指既可以是音乐、电影、绘画等艺术种类，也可是所有具有语言符号性质的构成物，如饮食、服装、仪式以及历史，等等。如法国现象学符号理论家让－克罗德·高概（Jean－Claude Coquet）就认为，应把文本理解成一种任意的表达方式，可以是诉诸书写、人们称之为文本的东西，也可以是口头讲话、广告或广告画等。① 有学者提出："从符号学角度看，文本表示以一种符码或一套符码通过某种媒介从发话人传递到接受者那里的一套记号。"② 凡是生活中有表意功能的语言符号及类语言符号都被称为"文本"。

　　20 世纪 80 年代，"text"一词伴随着结构主义浪潮进入中国，学界一般将其直译为"本文"，即作品存在形态本身，也有学者将之译为"文本"。后来，国内学界达成共识，一律将"text"翻译为"文本"，以与"作品"概念相区别。冯寿农先生从文学的角度，认为"文本"就是"以文为本"，倡导文学和文学批评回归文本，以此区别于"以人为本"。学者黄鸣奋认为："如果我们将'文'理解为某种信息、将'本'理解为某种载体的话，那么，'文本'作为一个范畴是多意的，因为信息的范围可大可小，载体的类型多种多样。"③ 他提出了信息与媒介的问题，认为"文本"是运用一定媒介编织而成的"织体"，并进而指出文本主要有体语文本、物语文本、口语文本三种类型。推而广之，"文学文本"就是以语言文字为媒介创造出的语言织体，通常所说的"文本"主要是指"文学文本"。刘俐俐教授则明确指出，文学中的文本概念，就是指具有文学属性的具体语言形态本身，是未被任何审美阅读具体化的语言形态。④ 而在史诗研究中，"以演述为中心的"文本观念成为口传文学文本观念的主

---

　　① ［法］让－克罗德·高概：《范式·文本·述体——从结构主义到话语符号学》，《国外文学》1997 年第 2 期。

　　② 王先霈、王又平主编：《文学批评术语词典》，上海文艺出版社 1999 年版，第 168 页。

　　③ 黄鸣奋：《超文本诗学》，厦门大学出版社 2002 年版，第 24 页。

　　④ 刘俐俐：《经典文学作品文本分析的性质、地位、路径和意义》，《甘肃社会科学》2008 年第 3 期。

流。学者冯文开在梳理口传文学文本化观念的演进时提出，鉴于演述的语境和事件已被整体纳入文本制作的学术视野，因此，"演述就是文本"①。

综上所述，我们发现文本观念始终是动态的、开放的，新理论的出现往往会改变人们对文本内涵的理解和阐释。概而言之，人们最普遍的认识即狭义的文本观念认为文本是基于文字与书写的，而广义的文本观念将所有具有表意功能的语言符号及类语言符号甚至任何具有释义潜在可能的符号链都视为"文本"。若此，什么是史诗的文本呢？史诗研究者应该秉持什么样的文本观，才更有利于推进史诗学研究呢？

我们发现，如果"文本"可以囊括一切具有释义潜在可能的符号链，一个仪式、一个表情、一段舞蹈等都成为文本，"文本"无所不包，那么原初意义上的基于文字与书写的"文本"的边界将被消解。当我们把一切都泛化为"文本"时，原初意义上的"文本"概念将不复存在，各种所谓"文本"间的差别也就难以彰显。尤其在史诗研究中，如果我们秉持广义的文本观，则"演述"也就成了"文本"，"文本"也是"演述"，这样就会消弭演述与文本之间的界限，不利于澄明和厘清研究对象和论阈。仅以《格萨尔》为例，除了史诗演述以外，其传播载体还包括了格萨尔唐卡、经幡、石塔、藏戏等，若将上述多种载体都视为"文本"，势必给具体研究带来困扰。而且，除了研究目的以外，史诗文本是一种特殊的文学，如果我们反观西方文学文本观念的发展过程会发现，形式主义文论认为本文是陌生化的语言客体，"新批评"视文本为一个独立于外部现实的、封闭的语言有机体，结构主义者采用结构语言学方法研究文本的深层结构，后结构主义文论则重在对文本深层结构的颠覆与重构，到了20世纪70年代后，西方马克思主义则将文本的意识形态功能与文本语言结合，把文学活动视为一种意识形态生产。上述理论流派对文本的认识存在明显区别，但在一个关键问题上却达成共识，即文本是一种客观存在，文学研究必须立足于文本本身。

过于普泛化的文本观念不利于在史诗学研究中进一步明晰研究对象，文学研究必须首先立足于文本本身，而当史诗以文本呈现时，它就不再作为演述的史诗，而是作为文本乃至作为文学的史诗。这对于我们认识

---

① 冯文开：《口传文学文本化观念的演进：转向以演述为中心的学术实践》，《内蒙古大学学报》（哲学社会科学版）2016年第6期。

"什么是史诗文本"这一问题至关重要。

二　对"史诗文本"的辨析

中国学界对史诗的认识经历了三个阶段，20世纪50年代以前，中国学者的史诗观念确切地说是英雄史诗的概念，即西方古典诗学的史诗观念。20世纪80年代以来，学界开始把史诗作为民俗学的一种样式研究，重视探讨史诗的社会文化意义。90年代中期以后，人们接受口头诗学理论和方法，树立起"活形态"的史诗观。国内关于史诗的定义主要有以下两个角度：一是从民俗文化学的角度和口头诗学视域观照，史诗是一种口传形态的叙事传统、动态民俗生活事象、言语行为和口头表达文化形态；二是从文学文本的角度，认为史诗是一种古老的文学体裁。综合本书的论述不难发现，作为文学文本的史诗来自作为口头传统的史诗，也就是说，作为文学的史诗文本背后必然蕴含着一个特定的口头史诗传统，这是二者最为重要的关联，也是史诗作为一种体裁最重要的特点。不过，史诗文本并不都是文学的，在口头诗学理论的烛照下，国内学者对史诗文本进行了更多角度的发现和阐释。

朝戈金从版本、语言、结构、文本的整一性、文学接受、文学创造者等方面对口头史诗文本与书面文学文本之间的差异进行了辨析。他从广义的角度理解文本，认为"声音"也是"文本"，提出："口头诗学中的文本，是一系列声音符号串，它们在空气中线性传播，随着演述结束，这些声音的文本便消失在空气中。"[①] 这是典型的口头诗学的文本概念，即认为文本可以是显形的、书面的，也可以是声音的、口头的；它还是"表演中的创作"。事实上，口头讲述和所谓"声音的文本"，口头文学和书面文学，口头文学文本和书面文学文本是有界限的。"文本"常常是固态的、书面的，而"讲述"是声音的、口头的。史诗歌手演述的声音是独一无二的"这一次"，声音作为史诗演述的主要媒介，它是线性的、单向的、不可逆的，是人们无法同时踏进的一条河流，体现的是民间口头传统的多样性变异机能。而书面文本系统是在空间中铺陈的篇章，当演述被记录成为文本以后，它就拥有了书面文学的大部分特质，变成固定的、不因

[①]　朝戈金：《"回到声音"的口头诗学：以口传史诗的文本研究为起点》，《西北民族研究》2014年第2期。

阅读环境和受众不同而改变的存在。

朝戈金先生还提出："口头文学的创作、传播和接受是在同一时空开展和完成的，这是口头文学与书面文学最本质的区别。"① 但这种区别并不是绝对的。口头史诗也可以形成文本，形成文本之后，也可以跨越时空，以书面文学的方式进行传播和接受。他还认为："从文学文本的整一性而言，作家的写作一旦完成定稿，其意义制造就完成了。""读者不会参与制造和改变意义。"而民间歌手的创编没有完结，因为每一次讲述活动，都是一次新的"创编"，史诗演述传统、表演事件、受众、演述人、研究者等任何一个"在场"要素的作用都会引起特定故事"在限度之内的变异"。② 这里，他指出了史诗文本来源于"演述中的创编"，这明显不同于书面文学的作家创作，因为作家的文字书写缺少现场感，更多的是一种历时性的个体内省活动。然而，解释学和接受美学告诉我们，在文本意义的生成中，读者（受众）是极其重要的一维，读者对文本的理解是随着与作者和文本"视域融合"的情况不断变化的。不同的读者，不同地域和历史时期的读者，其所秉持的意识形态、文学审美和价值认同各不相同，这就决定了文本的意义不仅是丰富多样的，而且必然是流变不居的，正所谓"一千个读者就有一千个哈姆莱特"。因此，文本是个动态场，作者与读者通过文本进行互动，而作者与已经存在的文本之间也有互动。文本始终处于交流之中，总是有空白处，交流的过程不会停止。所以，从意义的生成来看，任何文本与史诗演述一样具有"新生性"。而且，人类语言并非产生于以编码符号为标志或传统意义上的语言系统中："事实上，语言不仅传达了可以传达的，也传达了不可传达的。"瓦尔特·本雅明在他的论文《语言和人类的语言》里这样说。③ 正由于语言这种特性，文学才能在图像和影射、暗示和比较中进行叙述。因此，如果从受众的维度来解析文本或演述之意义生成，显而易见，无论是文本的读者还是史诗歌手的观众，都会参与并影响文本或史诗演述的意义生成，文本没有确定的

①　朝戈金：《"回到声音"的口头诗学：以口传史诗的文本研究为起点》，《西北民族研究》2014 年第 2 期。

②　朝戈金：《"回到声音"的口头诗学：以口传史诗的文本研究为起点》，《西北民族研究》2014 年第 2 期。

③　参见 ［德］ 西格丽德·威格尔《文学、文学批评及文本可读性的历史指数》，薛原译，《文艺研究》2016 年第 8 期。

"真相"，正如史诗没有唯一的"定本"。其区别在于，史诗文本一旦生成，尤其以印刷的方式固定以后，就具备了作品的属性，其显在形态就不再变化，而在史诗演述中，任何"在场要素"的作用都会使特定歌手的演述出现进程中的、随机的、在限度之内的变异。

朝戈金认同劳里·航柯所说的，歌手的实地演述、创编故事的基础是源于其脑子里已有的"模式"，是一种"前文本"（pre-text），可称为"大脑文本"（mental text）。不过，我们要注意的是，"大脑文本"是劳里·航柯的一种推想，而国内学界却常常误将其当成一种"现象"，如朝戈金笃定地认为："大脑文本是歌手个人的，这一点毫无疑问。"① 冯文开也同意："大脑文本是一个庞大的系统，由已经被演述出来的部分、有待于演述的部分及可能永远不能被演述出来的部分组成。"② "大脑文本"的提出，确实在一定程度上解释了歌手演述故事时出现异文的现象，但这一概念仅仅是一种推想，而非"现象"。如果大脑文本的存在是一种现象，那这种现象应该具有一定的普遍性，然而，"神授"史诗歌手的情况就明显与"大脑文本"概念相抵牾。根据"神授"的说法，史诗文本是一次性灌注到歌手脑海中的，是有神圣来源的被客体化了的文本。因此，对于国内学界来说，"大脑文本"这一概念仍有待于在史诗田野作业中进一步考证。

如何认识史诗的文本，不仅关乎对史诗传统特有属性的认识，也直接决定着史诗田野调查的实践原则和判定标准。因此，在研究中，使用传统语言学和文学研究中的文本定义，有利于厘清"史诗文本"的边界，也有助于科学地进行史诗田野作业。

第二节　"以演述为中心"的文本与史诗的文本化

一　"以演述为中心的"史诗文本

1968 年，洛德提出"口头诗学"概念，强调研究口头诗歌，需要

---

① 朝戈金：《"回到声音"的口头诗学：以口传史诗的文本研究为起点》，《西北民族研究》2014 年第 2 期。

② 冯文开：《口传文学文本化观念的演进：转向以演述为中心的学术实践》，《内蒙古大学学报》（哲学社会科学版）2016 年第 6 期。

"探测"口头诗歌的所有因素隐含着的深奥之处，并从其他口头诗歌传统中汲取经验，否则，"口头"将沦为空洞的标签，而"传统"的精义也就枯竭了。① 国内史诗研究界基本上承继了洛德对"传统"的关注。21世纪初，朝戈金已敏锐地注意到，以往国内史诗研究的症结在于与民间口头传统相当疏离，偏重研究"作为文学文本的史诗"，而没有考虑到史诗是口头传统和动态的民俗生活事象。② 同样，巴莫曲布嫫也认识到，以往史诗研究中文本分析的学术困境在于文本作为被认识的对象与其口头传承的语境是分离的，书面化文本的分析无从阐释文本所承载的口头传承信息，③ 从而导致以往史诗研究或者说史诗文本研究成了一种"民间叙事传统的格式化"研究。由此，她主张建立一种"以表演为中心的"史诗文本观和田野工作模型，并进而提出了确定史诗演述场域的"五个在场"理论，即史诗演述传统、表演事件、受众、演述人、研究者五个要素的在场及其联动与同构。④ 巴莫曲布嫫关于"民间叙事传统的格式化"阐释和"五个在场"理论的提出，为学界建立了从田野反观、以演述为中心的史诗研究路径，具有重要的方法论意义。本节将对"以表演为中心的"史诗文本观进行辨析：首先，从形式而论，史诗文本能否做到"以演述为中心"？其次，受众层面，史诗演述的受众和史诗文本的读者，二者有何不同？最后，从意义观察，"以演述为中心的"史诗文本是否必要？

在"五个在场"要素中，除了研究者是作为特殊的受众存在，其他四个要素——史诗演述传统、表演事件、受众、演述人的共同在场构成完整的史诗演述活动。史诗的演述与史诗文本是两种不同的介质与符号象征系统，而"以演述为中心的"文本的实现必然意味着史诗文本要尽最大的可能呈现史诗演述，最起码上述四个要素不能缺失。第二章曾对口头诗学的实践进行探讨，将演述"转换"成文本并非易事。以民族志学者为

---

① Albert B. Lord, "Homer as Oral Poet", *Harvard Studies in Classical Philology*, Vol. 72 (1968), p. 46.

② 朝戈金：《从荷马到冉皮勒：反思国际史诗学术的范式转换》，《史诗学论集》，中国社会科学出版社 2016 年版，第 28 页。

③ 巴莫曲布嫫：《叙事型构·文本界限·叙事界域：传统指涉性的发现》，《民俗研究》2004 年第 3 期。

④ 巴莫曲布嫫：《叙事语境与演述场域——以诺苏彝族的口头论辩和史诗传统为例》，《文学评论》2004 年第 1 期。

例，为了真实完整地呈现口头诗歌演述，泰德洛克（Dennis Tedlock）、伊丽莎白·范恩（Elizabeth C. Fine）等许多学人竭力使用各种各样的印刷符号将演述事件誊写下来。伊丽莎白·范恩在《民俗文本：从表演到印刷》一书中探讨了以书面形式表现口头艺术的方法。她指出，民俗学等学科的研究对象——所谓"文本"，事实上并非客观存在的某种自足的事象，而是研究者制造的产品。如何通过迻译等手段，把鲜活的表演变成作为研究对象的文本，是民俗学科中的重要问题。如前所述，伊丽莎白·范恩发明了"多符号的翻译法"（intersemiotic translation），以此制作的文本则称作"以表演为中心的文本"（performance-centered text）。① 这种复杂的符号和标记方式，在一定程度上能够相对立体地将口头艺术呈现为书面形式。可是，许多史诗篇幅宏大，如西藏史诗的说唱艺人有时需要五至六天，甚至更长的时间才能演述完《格萨尔》，如果使用这种"多符号的翻译"方法誊录歌手的演述，那么得到的充斥着各种符号的文本，其可读性必然会大打折扣。

理查德·鲍曼也认为，表演绝非简单印刷在书本上的客观事象，每种艺术形式都是活态化的社会事件。他提出"以表演为中心"的理论范式，"以表演为中心的理念，要求通过表演自身来研究口头艺术。在这一方法中，对语言特征在形式上的巧妙操纵让位于表演的本质，而表演在本质上可被视为和界定为一种交流的方式（a mode of communication）"②。以表演为中心的观念颠覆了文本在民俗研究中的中心地位，基于与书面传统具有可比性而被"制造"的文本被放置回其原生的土壤中。而国内史诗研究界也在纠偏以往史诗研究"以文本为中心"的研究范式的基础上，提出了"以演述为中心"的研究范式。这一范式的合理性在于，在史诗演述中，故事通过特定歌手的口头表演而生成为演述文本，"口头传统—表演—文本"是史诗文本研究中有着内在关联的整体。在这一循环的过程中，口头传统是前提，表演是过程，文本则是演述中创编的结果，而且传统、表演和文本生成是融于同一过程之中的。从这个意义上看，演述是口头传统的中心。那么，这是不是就意味着我们应该建立"以演述为中心"

---

① Elizabeth C. Fine, *Folklore Text: From Performance to Print*, Bloomington: Indiana University Press, 1984, pp. 166-169.

② ［美］理查德·鲍曼：《作为表演的口头艺术》，杨利慧、安德明译，广西师范大学出版社 2008 年版，第 8 页。

的文本呢？

　　文本就是文本，一个文本要以演述为中心从逻辑上来说是不成立的。弗莱曾指出，文学批评的指向有两个方面，一个是文学的语言结构，即"内语境"，另一个是文学所赖以存在的社会历史及现实语境，即"外语境"。① 由是观之，史诗文本是独立的，它的阐释框架就在文本之中，而演述是史诗文本"外语境"的一个部分。这就好比，一个作家创作了文本，当文本出版发行成为作品以后，作品就是独立的，它仍然与作家的经历、创作意图等密切关联，但不能说，这部作品是"以作家为中心"的作品。这部作品的中心始终只能是作品叙述的中心。同理，当一部史诗的演述通过"转化"以文本形式呈现时，文本的主体就是词语、诗行和诗章等，这个文本的中心只能是某部史诗所描绘的"中心"，而不是演述。所谓"以演述为中心"，其实是以"演述的内容"为中心，代表以演述为前提、呈现演述、为了演述等诸多意义，而文本的核心只能是文本的，哪怕是完全忠实地对演述的声音符号进行的记录。另一方面，从理论上讲，演述的任何一方面要素都是不可能被穷尽的，因此也是不可能被文本"完整"呈现的。这意味着，研究者跟对象之间永远无法完全吻合，而只能无限接近。史诗演述作为特定的民俗事件，其所有的因素同样并不能"完全"呈现于研究者面前，反而大量的因素比如"语境""传统"等是研究者无法直接感知到的。也就是说，任何民俗材料的"文本化"最多也只是其真实"存在"的部分呈现，这就从本质上决定了文化的记录与分析内在地是不完整的。因此，"以演述为中心"的文本只是形式上的"以演述为中心"，从本质而言，文本是不可能做到以演述为中心的。回顾劳里·航柯那个著名的例子：歌手奈卡（Gopala Naika）给航柯演唱《库梯切纳耶史诗》用时 15 小时，史诗计 7000 行，而同一故事在印度无线广播仅用 20 分钟讲述完毕。劳里·航柯要求奈卡以电台方式再讲一次，结果奈卡用时 27 分钟。奈卡自认为他三次都是在"完整地"讲述这首史诗，史诗脉络和骨架皆在。② 奈卡用 15 小时演述史诗，重在演述，而电台播放的时长要求使他只演述了史诗脉络和骨架，电台的演述显然是

---

　　① ［加］诺斯洛普·弗莱：《批评之路》，王逢振、秦明利译，北京大学出版社 1998 年版，第 10 页。

　　② Lauri Honko, *Textualising the Siri Epic*, Helsinki：Academia Scinetiarum Fennica, 1998, p. 30.

"文本性"的。这三次演述时长不同，第一次是真实的演述，第二次演述受众不在现场，第三次演述是第二次演述的实证，其差别也是由其受众所决定的。

诚然，准确记录、描述史诗演述传统的基本事实，进而从事实出发，研究其客观规律，挽救一个民族的记忆遗产，是史诗研究者义不容辞的责任。然而，在使用录像和录音等方式完整录制口头演述日益普及且能够方便应用于研究的今天，超文本（hypertext）完全可以利用数字化技术将史诗演述更完整和真实地呈现出来，将文字、数据、图像、录像、摄影、声音等丰富而生动地组合在一起。处于这样的时代，史诗研究者力图通过文字来全面反映口头艺术表演特性的做法是否还有价值？"以演述为中心的"文本是否必要？这是值得商榷的问题。

"以演述为中心"是对之前史诗研究"以书面为中心"的研究范式的一种纠偏，但我们不能从一个极端走向另一个极端。理性的研究方式是摒弃以一端为中心，采取语境与文本相结合的范式将史诗学研究推向前进。史诗演述传统的中心毕竟是由词语、诗行、诗章构成的史诗文本，演述传统过程中出现的仪式、身体装饰、图像等，都是为了强化史诗口头叙事的有效传达和接受。以表演为中心是以社会文化为范畴的人类学研究路径，而史诗的跨地区、跨民族的流播更大程度上要通过史诗文本的媒介，这时的史诗文本更大程度上是一种文学样式，自然也离不开文学研究路径。因此，将人类学的研究方法与口头诗学相融合，重构诗歌原初的演唱活动与文字文本之间的内在联系，或许可以开启更有益的学术实践。

从受众层面，观察史诗演述的受众和史诗文本的读者，二者有何不同？史诗演述需要共时性的交流语境，本身就定向于演述活动和群体同时感知的视—听觉接受，受众一般是受族群叙事传统牵动的血缘、地缘、亲缘等关系。史诗歌手不但可以随时看到和接收到听众的反应，而且可以借这些反应改变传诵方式与内容，真正的史诗演述是一种"原生口语文化"①。史诗文本是建立在史诗演述基础上的。文字能够起到使思想从环境中分离出来的作用，书写文本的出现表示史诗的话语已成定稿，由多种可能变为了一种相对的终极形式。口头诗学告诉我们，在口头诗歌中，并

---

① 沃尔特·翁曾提出"原生口语文化"这一概念，"所谓原生口语文化，就是不知道文字为何物的文化"。[美] 沃尔特·翁：《口语文化与书面文化：语词的技术化》，何道宽译，北京大学出版社 2008 年版，第 2 页。

没有"权威本"或"标准本"。就同一个故事而言，演述者每次演述时，即是在"因循"传统，又在进行"演述中的创编"。因此，对所谓的"原初文本"或"母本"的构拟与追寻是徒劳的，根本不存在"原本"或"正宗文本"，口头诗人的每一次演述呈现的文本都是原创的。① 尽管如此，口语诗歌到底应不应该有相对的"权威本"，正如一个书面文学作品到底有没有所谓的"原义"一样，是值得商榷的。史诗演述是给受众聆听的，史诗文本是给读者阅读的。史诗起源于纯粹的无文字社会的传播形态，传承到文字在世界各地被发明和使用之后，不同的文明传统先后以各种方式进入口头传承与书面写作并行的阶段。在当今这样一个阅读占据支配地位的社会中，"中国的少数民族史诗如《格萨尔》《江格尔》《玛纳斯》更多只是在某个特定区域、特定族群还具有'活的传统'的意味，却无法对当代生活发言了"②。如果我们希望活态的史诗传统仍能"对当代生活发言"，那么，演述重要、文本传播亦重要，演述与文本是相互依赖、共生共存的。毕竟"以演述为中心的"文本并不是普通读者的旨趣，"以演述为中心"是史诗研究的一种观念和路径，不能因此就要求史诗文本也以演述为中心。当史诗成为文本后，它势必从口头演述中分离出来，成为史诗文学。而文学研究始终只有以文本或作品为起点和基础才可能是有效的和可靠的。在现代化、工业化、城镇化脚步日渐加快的今天，根植于民间土壤的口头传统面临着各种危机，或即将消失，或亟待抢救与保护。活态史诗的文本化、书面化乃至数字化是大势所趋，也正在成为其传承的最直接和有效的方式。

诚然，史诗文本在活态的史诗演述中生成，正如学者叶舒宪所言，"田野作业对口传文学的再发现有助于消解在文明社会中培植起来的文字膜拜和文本至上观念""从而把自己从不自觉的符号权力控制体系中解放出来，以清醒的批判意识去重新面对'文字暴力'所强加于人的异化现实"③。对演述的关注有助于对史诗文本的生产、流播以及意义有更深入

---

① ［美］阿尔伯特·贝茨·洛德:《故事的歌手》，尹虎彬译，中华书局 2004 年版，第145—146 页。

② 刘大先:《洞察现实与新时代史诗》，《文艺报》2018 年 1 月 8 日第 3 版。

③ 叶舒宪:《再论文本与田野的互动关系》，《辽宁大学学报》(哲学社会科学版) 1998 年第 4 期。

的理解，从而更准确、全面地把握史诗传统的鲜活样态。[1] 然而，正如上文所述，史诗文本的产生即意味着它与演述语境的分离，从而产生其独立的阐释框架，因此，在史诗研究的重点从"作为文本的史诗"转向"以演述为中心"时，史诗研究者仍然不能忽视史诗文本的独立价值和意义。

二　史诗的文本化问题

朝戈金等学者梳理了中国发现的史诗文本形态：以载体介质论，有手抄本、木刻本、石印本、现代印刷本；以记录手段论，有记忆写本、口述录记本、汉字记音本、录音誊写本、音/视频实录本等；以学术参与论，有翻译本、科学资料本、整理本、校注本、精选本、双语对照本乃至四行对译本。从传播—接受形态的角度，朝戈金认同美国史诗学者约翰·弗里和芬兰民俗学家劳里·航柯等学者的分类，将史诗文本分为口头文本或口传文本，源于口头的文本或与口传有关的文本，以及以传统为导向的文本。[2] 其中，"口头文本"属于口头创编、口头演述、听众通过听觉接受的"声音文本"，其实是演述的声音符号。史诗演述经过实地的观察和采集等各项田野作业，文本化以后才形成真正的口头文本。

从上述关于史诗文本的分类，可以观察到不同的史诗文本化过程。如第二章所述，格雷戈里·纳吉（Gregory Nagy）通过历时与共时两个维度的推演论证，揭示了荷马文本的形成历程："荷马史诗作为文本（text）的定型问题可以视作一个过程，而不必当作一个事件。"[3] 我国的史诗也正在经历着希腊史诗所走过的从口头文学到书面文学，直至成为史诗定本的过渡阶段。文本是史诗的内核。历时地看，史诗叙事从逐渐文本化至完全书面化、形成"定本"需要经历漫长的时期。而对于每一次具体史诗演述而言，史诗的文本化其实就是将元叙事意义上的故事根据人们各自的观念进行重构的过程。这一"文本制作"过程是理论问题，更是一个实践问题。在形成史诗文本时，应该遵循逐字逐句地忠实记录的原

---

① 巴莫曲布嫫：《叙事型构·文本界限·叙事界域：传统指涉性的发现》，《民俗研究》2004 年第 3 期。

② 朝戈金、尹虎彬、巴莫曲布嫫：《中国史诗传统：文化多样性与民族精神的"博物馆"（代序）》，《国际博物馆》（中文版）2010 年第 1 期。

③ ［匈］格雷戈里·纳吉：《荷马诸问题》，巴莫曲布嫫译，广西师范大学出版社 2008 年版，第 148 页。

则，还是为了文本的理想形式而允许修改和加工？中国学者曾反复讨论过类似的问题。刘魁立先生在《谈民间文学搜集工作》中提炼出民间文学记录工作的三个问题："记什么？""怎么记？""如何编辑？"他将"怎么记"的总体原则表述为"准确忠实，一字不易"，并坚决地指出："改写（不论与原作出入多少），这是作家的路，但绝不是民间文学工作者的路。"① 多年后，他再次对上述原则进行了有力的辩护：民间故事每时每刻都在变化着、丰富着，同一个人讲同一个故事，此时此地对此人讲和彼时彼地对彼人讲，讲法总不尽相同。记录者应该尽可能创造条件去记录每一个丰富多彩的故事叙述的瞬间，而不能脱离事物每个时期的具体表现形式去寻求事物的精神。②

　　以今天的学术伦理标准看，研究者用整理加工过的文本代替讲述人特定表演的"这一个"，显然是不行的；但如果采录人把诸种不够"理想的"异文合成为一个理想异文，作为某个民间文学体裁的"这一个"文本，是否具有合理性呢？针对当下"非遗"语境中口头传统文本整理工作中普遍存在的文本选择不完整、翻译不准确、演述语境失真等问题，有学者提出了评判口头传统文本整理工作的三个维度，即文本的完整性、翻译的准确性、语境的真实性。③ 这也反映了国内学界在口头诗学的启发下，对文本整理提出的进一步科学的认识。

　　当然，活态史诗的文本形态是不断随着其传播场域的变化而变化的。格萨尔学研究者丹珍草就提出，史诗《格萨尔》的文本流变可以阐释为三种：一是口述记录的文字写本，即演述的文字记录；二是介于口述记录本与作家文本之间的具有过渡性特色的神圣性与世俗性相互交织的文本，如格萨尔史诗的高僧翻译整理本、伏藏本或木刻本；三是改写和重塑的作家文本，即作家或僧人等对格萨尔史诗进行改写重塑的文学文本，如阿来的长篇小说《格萨尔王》，僧人兼格萨尔神授艺人旦增扎巴的《格萨尔》文本创作等，这些文本，有从口头到书面的文本化过程，也有从书面到书

---

① 刘魁立：《谈民间文学搜集工作》，《民俗学论集》，上海文艺出版社 1998 年版，第 157—171 页。

② 刘魁立：《再谈民间文学搜集工作》，《民俗学论集》，上海文艺出版社 1998 年版，第 172—183 页。

③ 杨杰宏：《口头传统文本翻译整理的三个维度——以〈亚鲁王〉为研究个案》，《民族翻译》2015 年第 3 期。

面的再文本化过程。① 当然，严格地说，由《格萨尔》改写或重塑的作家文本已经溢出了"史诗文本"的界限，其内容与史诗相关，属于广义的史诗文学，但并不是真正的史诗了。

对于史诗演述而言，史诗文本的意义在于，它能够不囿于演述的时空限制，储存可供未来研究的表演，同时以文本形态再度呈现史诗演述本身，从而使史诗更广泛而稳定地传承和传播。更确切地说，史诗文本成为史诗在搜集者、研究者与读者之间传播的一个媒介。史诗读者对于史诗演述的观念来源于文本的呈现，史诗文本研究的质量也在某种程度上取决于文本搜集和出版的质量，因此，从田野与文本之间的内在关联来说，文本是史诗研究的重要维度，怎样强调其重要性都是不为过的。

第三节　作为文学体裁的史诗

人们的史诗观念经历了从作为一般性的文学作品、作为一种体裁的史诗到特定口头传统中的史诗等诸多变化。那么，从文本的角度，抛却专为研究而形成的史诗演述记录，从文学研究的角度，作为一种文学体裁的史诗，其标志性特点是什么呢？

从文学研究的角度，除了钟敬文在其主编的《民间文学概论》对史诗进行的经典定义②，朝戈金先生曾明确提出，史诗就是长篇叙事诗。史诗关注英雄或历史事件，史诗常在口头文化的社会里得到发展，其描述的事件往往影响到普通人的日常生活，并往往改变该民族的历史进程。史诗的特点是篇幅宏大、细节充盈、风格崇高、结构严谨。③ 尹虎彬先生在《作为体裁的史诗以及史诗传统存在的先决条件》中，讨论了作为体裁的史诗以及史诗传统存在的先决条件，认为"史诗作为体裁，其根本力量来自于史诗所具有的超越性，史诗以其长篇的形式、诗学的力度、具有神话和历史沉重感的内容，易于多重意义的生成"。"在纯粹的形式和对象化的史诗作品之间，创造性的叙述者和受众是必要的前提，它是史诗传统

---

① 丹珍草：《〈格萨尔〉文本的多样性流变》，《民间文化论坛》2016 年第 4 期。

② 钟敬文主编：《民间文学概论》，高等教育出版社 2010 年版，第 204—206 页。

③ 朝戈金：《口传史诗诗学：冉皮勒〈江格尔〉程式句法研究》，广西人民出版社 2000年版，第 12 页。

作为历史过程得以延续的不可或缺的条件。"① 上述诸种关于史诗的认识，其实并不能回答什么是史诗作为一种体裁存在的先决条件。因为体裁主要是一个关于形式的概念，文本描述重大事件、细节充盈、风格崇高以及超越性的多重意义生成等都是从内容的角度观照史诗，而"长篇叙事诗"与"篇幅宏大"并不足以构成史诗与其他文学体裁相区别的条件。

首先，史诗不是普通的文学体裁，它连接着古老的口头传统，承载着特定民族原始思维的基本形态，反映着远比书面文化早得多的人类的一种文明形态。"史诗产生在各民族形成的童年期"，② 彼时，人类尚未学会书写。文本是将史诗演述流传于异时异地的一种方式。马克思谈到史诗存在的历史条件时提出，某些艺术形式如史诗，"只有在艺术发展的不发达阶段上才是可能的"③。"艺术生产一旦作为艺术生产出现"，个人从集体中分离出来单独从事艺术创作，史诗也就不能再被创作出来。即使有人按照传统的史诗样式"创造"出新内容的"史诗"，这种艺术产品也不再是马克思所说的"在世界史上划时代的、古典的形式"的史诗了。总之，史诗乃是人类发展早期阶段的艺术创作形式之一，"要是认为古代史诗在我们现代是可能产生的，那荒谬的程度就跟认为我们现代人类能由成年再变为儿童一样"。④ 以阿来创作的《格萨尔王》为例，作家文本使民间史诗以小说形式呈现出来，这种新的话语实践，固然能为当代读者体悟藏族传统的民间文化精神有所裨益，但小说《格萨尔王》是文人创作的，缺乏史诗口传的、民间的维度，因而不属于史诗。而马克思也正是从文学作品与其所处时代的关系的意义上，认为荷马史诗具有"永恒的魅力"，是一种"规范和高不可及的范本"。

叶舒宪先生曾论及全球化和文化变迁背景下人文知识分子面对"说"与"写"的表述困境所流露出的深刻忧患，并进行了颇具启发意义的发问："一旦缪斯女神学会了书写，她所写出的和她原来所唱出的东西还能

---

① 尹虎彬：《作为体裁的史诗以及史诗传统存在的先决条件》，《民族文学研究》2018 年第 2 期。

② 钟敬文：《民间文学概论》，高等教育出版社 2010 年版，第 204 页。

③ ［德］马克思：《〈政治经济学批判〉导言》，《马克思恩格斯选集》第 2 卷，人民出版社 1972 年版，第 113 页。

④ ［俄］别林斯基：《别林斯基论文学》，梁真译，新文艺出版社 1958 年版，第 195 页。

是一样的吗?"① 答案当然是否定的。从这个意义上看，现代不可能产生史诗，即使有"史诗式"的作品，那也是普通的文人创作，而非真正的史诗。史诗生成于口头演述的具体情境和过程，史诗演述是史诗文本存在的原初形态，也是其存在的基本状态。离开了表演过程，口头艺术文本便失去了其活态性。

从口头诗学的角度观照，史诗作为口头传统没有"最后的定稿"或文本"原型"。传统本身是"活态"的，史诗文本的创造性属于史诗传统本身，存在于每个史诗歌手的一次次演述中，其艺术审美和表达机制迥异于书面文学。只有充分研究史诗文本背后复杂的口头传统、民俗生活事象和文学活动过程，才能真正理解史诗文本的美学蕴涵。因此，研究者应该建立一种"活态"的文学观，即从流动的意义上来观照史诗文本。

其次，与作家创作不同，史诗文本产生于"演述中的创编"。口头诗歌的创作不是为了表演，而是以表演的形式来完成的，即史诗文本的生成与传播是在表演过程中进行的，是"二元同位"的。史诗文本是表演中的文本，表演决定着文本的性质。史诗演述本身是建构性的，史诗演述的意义和史诗的文本存在于"当下的"史诗演述中。正因为此，而且大量田野作业的实践也证明，对于那些篇幅较长的叙事诗尤其史诗而言，歌手每一次演述的，必定是一个新的故事，他们不是在逐句背诵，而是用诸多口头诗学的单元组合方式记住并创编故事的。正如洛德所言："每一个文本都代表一位歌手的一次表演，无论是以演唱的方式，背诵的方式，还是以口述的方式；而每一次表演都是独一无二的，都有歌手的参与。"②

史诗文本意义的生成，其审美特质的产生和展示，其功能的完成或实现都主要是在表演过程中进行的，或者依赖于表演过程的。因此，只有参与到史诗演述过程中，才能对史诗文本的生产、传播、意义和功能有更深入的理解，才有可能对影响文本生产的各种因素进行准确和全面的把握。

再次，史诗的文本定型是一个过程，而不是一个事件。史诗形成文本的过程尤其是文本定型的过程不同于普通文人创作。以史诗《格萨尔》

---

① 叶舒宪：《口传文化与书写文化——"民族志诗学"与人类学的表现危机》，《广东社会科学》2001 年第 5 期。

② Albert Bates Lord, *Epic Singers and Oral Tradition*, New York：Cornell University Press, 1991, p. 12.

为例，它是不同时代、不同地域藏族民间的集体创作，在长期的传承和流变中不断丰富，产生了多种异文，并形成了自己独特的修辞构成方式、意义表达方式和传播方式，以及特定的审美心理定式。作为民间口传文学，史诗《格萨尔》从来就没有一个最终的定本。文本化是一切叙事作品变异、演进的重要途径。叙事文学的文本化是由叙事文本的基本要素——故事和话语，在语境化的网络中根据叙述者的观念不断解构、转换和重新建构而形成的。史诗《格萨尔》从一个传奇性的、一鳞半爪的民间故事发展成为一个宏大的叙事传统与"本文化"有着密切关系，它先后经历了历史神话化、神话艺术化的过程。这种变迁既是表层性的，也是深层性的；既有故事层的转换，也有话语层的更迭。世界上很多史诗如印度史诗、荷马史诗，都经历了从口头到书面的历程，我国的活态史诗也正在走向"文本化"的过程中。尽管目前的语境下，我国的多数活态史诗是以口头和书面两种方式同时流播的，且活态演述是其主要传承方式，但我们不能忽略的是：史诗文本的整理和加工有其重要价值。口头诗学认为史诗没有"标准本"和"定本"无可厚非，但如果完完全全按照史诗演述的"声音文本"记录，不进行史诗的书面整理和加工，就不能形成有权威性的文学"定本"，相应的史诗文本就只能作为研究资料，因此也就不容易在读者中发挥其应有的价值和作用。

史诗的"文本化"过程包括了记录、编辑、翻译、档案化与出版等诸多环节。这一过程，生成于史诗表演过程中，通过田野工作者、翻译者、编辑者以及开发商而得以延续，最后，"符码化"（Codification）的文本被制作完成，获得广泛的传播。然而，事实上，这一文本只是该口头史诗无数可能的版本中的一种而已。从史诗文本化的整理语境和过程来说，史诗文本的特殊性在于它是"被建构的"，这一建构的过程涉及民间表达性传统的文本化过程、民俗学的田野作业、民俗现象的档案化过程，从搜集到出版的整体过程中所涉及的"文本化的政治"——民俗材料以及民俗过程是政治的，以及相关过程中的个人经验等多方面的因素。

最后，史诗容纳了多种体裁。体裁是构成文学形式的基本要素之一，它是文学作品呈现在读者面前的具体样式，是读者认识和把握文学作品的依据。从作品的形式与内容而言，体裁主要属于形式要素，是作品形式的最外层。正如巴赫金所言："体裁是整个作品、整个表述的典型形式，作品只有在具有一定体裁形式时才实际存在。"① 而史诗不是孤立的体裁，它是一种容纳多种体裁的体裁。史诗在形成、发展的过程中，吸纳了神话、传说、故事等诸多民间叙事文学的元素，从而形成独特的题材内容、艺术思维方式以及诗学等方面的体系。不过，"史诗虽然在一定程度上具有有机综合的特点，但却不能用其中任何一个体裁的标准，也不能用所有这些体裁的特点拼凑在一起而得出来的标准，去衡量它"②。

　　史诗依靠神话和历史来编织，史诗包含了传说的内容，也包含了英雄故事模式，尤其与神话关系密切。钟敬文在其主编的《民间文学概论》中，承认史诗和神话存在着"不完全相同的思想倾向"，同时强调："史诗在神话世界观的基础上产生，而它的发展最终又是对神话思想的一种否定——这就是史诗与神话的辩证关系。"③ 西方学者伯克尔特认为：神话是一种传统的叙事，往往用作现实的一种指归。神话是实用的叙事。神话描述了一种意味深长而且非常重要的现实，而这种现实适用于整个集体，进而超越着个体。④ 潜明兹在《史诗探幽》中详尽地论述了史诗与神话的关系。她首先认为，史诗在形式上集民间文学之大成。创世史诗主要是神话的继承和发展，而英雄史诗是英雄传说的继承与发展。继而，她又提出，史诗是在神话、传说、故事、歌谣、谚语等的基础上发展形成的，只是不同类型的史诗，融合运用其他体裁的作品时有所侧重。⑤ 徐国琼则通过分析《格萨尔》，认为史诗的主人公以及内容都是半历史性、半神话性的，提出"英雄史诗《格萨尔》是历史和神话的结晶"⑥。《玛纳斯》在柯尔克孜族民间文学根基上逐步发展，其内容除丧葬歌外，还含纳了"加尔恰柯茹（仪式前奏歌）""巫楚拉术（见面歌）""阔舒托舒（诀别歌）""玛克托（颂赞歌）""阿尔曼（哀怨歌）"等多种形式的柯尔

---

　　① ［苏］巴赫金：《巴赫金全集》第 2 卷，李辉凡、张捷、张杰、华昶等译，河北教育出版社 1998 年版，第 283 页。

　　② 刘魁立：《民族传统文化和民间叙事文学》，仁钦道尔吉、郎樱编《阿尔泰语系民族叙事文学与萨满文化》，内蒙古大学出版社 1990 年版，第 5—8 页。

　　③ 钟敬文主编：《民间文学概论》，高等教育出版社 2010 年版，第 206 页。

　　④ ［匈］格雷戈里·纳吉：《荷马诸问题》，巴莫曲布嫫译，广西师范大学出版社 2008 年版，第 158—159 页。

　　⑤ 潜明兹：《史诗探幽》，中国民间文艺出版社 1986 年版，"前言"第 3 页。

　　⑥ 徐国琼：《论〈格萨尔〉史诗的神话色彩》，中国少数民族文学学会编《神话新探》，贵州人民出版社 1986 年版，第 594—605 页。

克孜民间歌谣。①

史诗与叙事诗关系密切。冯文开曾著文探析史诗和叙事诗的关系，他分析了民间文学领域已有的关于"叙事诗"的定义，认为史诗与民间叙事诗共享一些核心要素，如长篇韵文体、完整故事情节及生动的人物等，因此很难将二者区分开。② 钟敬文在《民俗学概论》里将史诗当作民间叙事诗的一个亚类，认为与史诗并列的是世俗生活叙事诗。二者产生年代不同，内容也迥异，史诗描绘关涉民族乃至人类命运的重大事件，具有宏伟性，而民间叙事诗的其他亚类描绘的是世俗的、生活的事件。由此，把史诗划入叙事诗的范畴逐渐为中国学术界所接受。③

尹虎彬曾辨析了史诗与小说的区别，认为史诗是全部世界的叙述，全部世界包含世俗世界与神秘世界、实在的世界与超验世界、内在世界和周围的世界，而用私人声调叙述"私人世界"叫作长篇小说。史诗是关于天地万物本原、关于人类社会和神灵世界的宏大叙事，是"大言"，要宗经载道，而小说则尽男女琐碎之闲谈。④ 但恰是在全部世界的叙述和宗经载道这一"内容"维度，史诗与小说并非判然有别，可以列出无数部"史诗性"的小说作为例证。小说与史诗的真正区别在于，如巴赫金所总结的：史诗的特征，其一是它以一个民族的"绝对的过去"为描写对象；其二是它渊源于民间传说而不是个人的经历；其三是史诗的世界远离当代。⑤ 相比于杂语的、未完成的、紧贴当下的小说，史诗是源于民间传说、讲述过去而远离当代的。

史诗并非永恒的体裁。世界上大部分有史诗传世的国家，如希腊、芬兰、印度等已无史诗歌手可寻，仅有《伊利亚特》《卡勒瓦拉》《摩诃婆罗多》等各种史诗的书面定本传世。我国当前的时代语境下，虽仍有诸多活态史诗，但多部史诗面临着"人亡歌歇"的状况。随着科学文化的

① 阿地里·居玛吐尔地：《〈玛纳斯〉史诗的早期演述：以厄尔奇乌鲁为中心》，《民族文学研究》2020 年第 4 期。

② 冯文开：《史诗与叙事诗关系的诠释与思考》，《民族文学研究》2012 年第 2 期。

③ 钟敬文主编：《民俗学概论》，上海文艺出版社 2005 年版，第 276—280 页。

④ 尹虎彬：《作为体裁的史诗以及史诗传统存在的先决条件》，《民族文学研究》2018 年第 2 期。

⑤ ［苏］巴赫金：《小说理论》，白春仁、晓河译，河北教育出版社 1998 年版，第 513—515 页。

发展以及书写文明的扩张，史诗正在逐渐成为人类文明中的一缕暮色和晚霞，最终会走向流变和衰落。不过，按照弗里的见解，口头传统是古老而常新的信息传播方式，在新技术时代也获得了新的生命力，表现在网络空间中、日常生活中、思维链接中，所以是不朽的。①

如前文所述，20 世纪 90 年代中期以后，国内史诗研究界开始纠偏以往对"作为文学文本的史诗"的研究——以文本为中心的研究范式，转向对作为口传形态的叙事传统和动态民俗生活事象的史诗研究——以演述为中心的史诗研究观念与范式。而在史诗研究中，仅次于史诗口头演述这一口传叙事传统和动态民俗生活事象的，就是史诗文本。

本章关注的焦点是：当史诗以文本方式呈现时，它的存在样态、特殊性质以及史诗作为体裁的先决条件。首先梳理了学界对于"文本"的认识，重点对"演述就是文本"这一观念进行了辨析，认为广义的文本观消弭了演述与文本之间的界限，不利于澄明和厘清研究对象和论阈，而当史诗以文本呈现时，它就不再作为演述的史诗，而是作为文本乃至作为文学的史诗。因此，主张使用传统语言学和文学研究中的文本定义，对史诗文本的研究要立足于文本本身。第二节对"以表演为中心的"史诗文本观进行辨析，认为演述是口头传统的中心并不意味着学界应该构建"以演述为中心"的文本。史诗文本是独立的，它的阐释框架就在文本之中，同时论述了史诗的文本化问题。第三节，与学界相关观点进行商榷，论述了史诗作为一种体裁成立的四个条件：史诗连接着古老的口头传统；生成于"演述中的创编"；史诗的文本定型是一个过程，而不是一个事件；史诗容纳了多种体裁。

---

① 朝戈金：《"回到声音"的口头诗学：以口传史诗的文本研究为起点》，《西北民族研究》2014 年第 2 期。

第五章

歌　手

　　史诗，是"一种民族精神标本的展览馆"①。从人类意识的黎明时期，多才多艺的史诗歌手就是一个非常重要的群体，他们是史诗最直接的创造者和忠诚的传承者，对人类精神和智慧的成长做出过巨大的贡献。不同时代和地域的史诗歌手用创造性的劳动吟诵传唱史诗，不断为史诗增添新的内容和活力，使史诗具备旺盛的生命力而得以延续和传承。

　　如第四章所述，世界上大部分有史诗传世的国家已无史诗歌手可寻，仅有各种史诗的书面定本传世。我国多部史诗面临着"人亡歌歇"的状况，因而，史诗歌手成为史诗传统的"活化石"。史诗歌手既是活形态史诗的最好例证，也为史诗研究提供了广阔的空间和进行田野作业的鲜活材料，对我们深入研究口传艺术的创作、演变规律，研究艺术发生学，认识民间文学与精英文学、口传文学与书面文学之间的关系，都有着重要的意义。

　　本章将对史诗歌手进行研究，史诗歌手既包括自然的、口头传统语境中的史诗传承者，也包括在现当代语境下逐渐半职业化乃至职业化的史诗传承者。文章对史诗歌手的称谓、类型与特征，史诗歌手在史诗的控制、利用、编定和传播过程中的作用，史诗歌手的才能及相关阐释、时代语境与史诗歌手身份的重构等问题进行研究，目的在于进一步科学地解释史诗歌手的特质、贡献与价值。

---

① ［德］黑格尔：《美学》第 3 卷下册，朱光潜译，商务印书馆 1981 年版，第 108 页。

第一节　史诗歌手的称谓、类型与社会功能

一　史诗歌手的称谓与类型

众所周知，在史诗研究中，学界常使用术语"歌手"或"艺人"来指称史诗传承人。传承人通常指长期直接参与民间文艺活动，并通过自身进行演唱或讲述民间作品的传承者，包括故事讲述家、（史诗）歌手、说唱艺人、戏曲表演家等。① "歌"的用法有广义和狭义两种。它通常指歌唱行为或者歌唱艺术，也指歌曲或诗歌。在文学领域，"歌"作为术语与抒情诗关系紧密。在诗学中，"歌"又以多样的方式与音乐相关联，因而有着很宽泛的含义。1856 年，探险家乔坎·瓦里卡诺夫在柯尔克孜民间搜集民间作品时记录了当地人演唱的史诗《玛纳斯》，并用"歌手"之称代替了"演唱艺人"的称呼。② 20 世纪中叶以来，帕里—洛德理论的秉持者在"歌"的名目下，囊括了史诗、民谣、抒情诗等多种有韵律和旋律的、可能有乐器伴奏的语言艺术样式。阿尔伯特·贝茨·洛德的著作《故事的歌手》所研究的对象——故事的歌手，正是史诗的传承人。洛德在该著引言即谈到，该著是关于荷马的书，也是关于荷马以外的所有歌手的书，荷马代表了从古至今所有的故事歌手，而即使最平庸的一位史诗歌手，也和其中最具天才的代表荷马一样，属于口头史诗演唱传统的一部分。③ 石泰安在《西藏史诗和说唱艺人》中对史诗《格萨尔》的说唱艺人名称进行了梳理，他所谓的"说唱艺人"实际指那些能够神通地、创新地进行《格萨尔》史诗说唱的人。④《格萨尔》史诗歌手的研究专家杨恩洪则称演述《格萨尔》史诗的歌手为"格萨尔艺人"⑤。另外，学者巴

---

① 张紫晨：《民间文艺学原理》，花山文艺出版社 1991 年版，第 106 页。

② 巴合多来提·木那孜力：《当代柯尔克孜族史诗歌手类型探析》，《新疆社科论坛》2016 年第 4 期。

③ ［美］阿尔伯特·贝茨·洛德：《故事的歌手》，尹虎彬译，中华书局 2004 年版，"引言"第 38 页。

④ ［法］石泰安：《西藏史诗和说唱艺人》，耿昇译，中国藏学出版社 2012 年版，第 354 页。

⑤ 杨恩洪：《民间诗神——格萨尔艺人研究》，中国社会科学出版社 2017 年版。

莫曲布嫫在对彝族史诗传统与史诗歌手进行概念界定时，提出彝族史诗演述有较强的表演特征，史诗表演与器乐的运用截然分离，而且"说史诗"和"唱史诗"都有相对独立的叙事语境，没有出现边说边唱、韵散兼行的说唱风格，因此用"史诗演述人"这一汉语表述，用以涵盖诺苏史诗演述中的表演规范与叙事法则。① 综上，史诗研究者以及具体史诗传统中的人们对史诗歌手的称谓各不相同。考虑到对史诗传承人名称的准确界定，是为了达到学术研究与民间观念的契合，而史诗传统多具有"歌唱"与"演述"的特征，史诗歌手的演述具有"表演中的创编"的特点，兼顾学术表达的规范，文章将史诗传承人统称为"史诗歌手"，在涉及具体的史诗传统时，则遵照学界已形成的通用称谓，如称格萨尔传承人为史诗艺人，而将彝族史诗传承人称为演述人。

《格萨尔》说唱艺人，藏语一般称为仲堪（sgrung mkhan）、仲哇（sgrung ba），意为故事家，或精通故事的人。"仲"泛指各种神话、传说和故事，在藏语里指"长篇叙事故事"。学者杨恩洪自 1986 年起，长期到藏族地区寻访艺人，开展田野调查。她提出，藏族《格萨尔》说唱艺人大概可以分为神授艺人、闻知艺人、掘藏艺人、吟诵艺人和圆光艺人五种类型：（1）神授艺人，藏语称"巴仲"，多数自称童年时做过奇特的梦，曾梦到史诗的情节或史诗故事中的神或者英雄指示其说唱《格萨尔》，梦醒后开始说唱史诗，随着说唱部数逐渐增多，慢慢成为史诗歌手。这类艺人把自己具有说唱能力归结为受神的指示，所以被称为神授艺人。他们多有超于常人的记忆力，多生活在祖传艺人家庭或《格萨尔》广泛流传地区。（2）闻知艺人，藏语称"退仲"，通过听别人的史诗说唱，不断学习直至学会说唱，顾名思义为闻而知之的艺人，即闻知艺人。（3）掘藏艺人，藏语称"德尔仲"，即能发掘出伏藏故事的史诗艺人。掘藏或伏藏，是藏传佛教和苯教所使用过的宗教术语，主要是指从地下掘出的佛经或苯教经典，掘藏或伏藏物除了经典以外，还有佛像、法器等。宁玛派视格萨尔为莲花生和三宝的化身，认为可以通过格萨尔的故事教化群众，由此出现了发掘《格萨尔》故事的掘藏师，他们被称为掘藏艺人。掘藏艺人为数不多，主要居住在宁玛派广泛传播的地区。他们靠手中的笔

---

① 巴莫曲布嫫：《在口头传统与书写文化之间的史诗演述人——基于个案研究的民族志写作》，《北京师范大学学报》（社会科学版）2008 年第 1 期。

来写史诗，有的人写出来之后，才能照着本子唱。（4）吟诵艺人，藏语称"丹仲"，有一定文化水平，起码能够阅读藏文，能拿着史诗文本进行现场诵读，其说唱内容和情节大多千篇一律。（5）圆光艺人，藏语称"扎堪"。"圆光"本为巫师、降神者的一种占卜方法，即借助咒语通过铜镜或拇指看到被占卜者所想要知道的一切。通过圆光的方法，从铜镜中抄写史诗《格萨尔》的艺人，被人们称为圆光艺人。圆光艺人在藏区较为罕见。① 学者吴子林提出，在上述五类艺人之外，还有撰写艺人（"酿夏"）、传授艺人（"曲仲"）和指画说唱艺人（"仲唐"），等等，并认为"神授艺人"是天才般的诗人、歌唱家，体现了典型的"口传文化"特征。② 央吉卓玛在对青海玉树地区史诗歌手进行田野调查的基础上，将格萨尔史诗歌手分为神授史诗歌手、掘藏史诗歌手、圆光史诗歌手、习得史诗歌手、依物史诗歌手五类，在"习得史诗歌手"下涵盖了闻知史诗歌手（听人说唱后习得史诗）、传承史诗歌手（将家中祖传史诗传授给后代的人）和吟诵史诗歌手（即看着抄本而说唱的艺人），而"依物歌手"指在说唱史诗时戴着说唱帽，或身后悬挂说唱唐卡或手持佛珠的歌手。③ 学者诺布旺丹认为，目前学界关于格萨尔艺人的一些概念缺乏科学依据，称谓方面不够准确，而且没有涵盖格萨尔艺人的全部类型。他提出，被学界称为"神授艺人"的扎巴、玉梅、昂仁等艺人说唱时不戴说唱帽、不着神服，甚至不用祈祷、呼唤神灵、进入神幻状态，因此不属于神授艺人，应归为"顿悟艺人"。而且，根据口头诗学理论，真正的史诗歌手是集吟诵者、表演者和创作者于一身的人，而吟诵艺人根据史诗文本进行诵读，并未进行"演述中的创作"，因此，他们仅仅是表演者，不能称之为艺人，更不能视其为口头艺人。④

柯尔克孜族人们过着游牧生活，逐水草而居，不方便随身携带纸笔，

① 杨恩洪：《民间诗神——格萨尔艺人研究》，中国社会科学出版社 2017 年版，第 55—62 页。

② 吴子林：《"安尼玛的吟唱"——〈格萨尔〉神授艺人的多维阐释》，《小说评论》2013年第 5 期。

③ 央吉卓玛：《〈格萨尔王传〉史诗歌手研究：基于青海玉树地区史诗歌手的田野调查》，中国社会科学出版社 2015 年版，第 31—38 页。

④ 诺布旺丹：《艺人、文本和语境——文化批评视野下的格萨尔史诗传统》，青海人民出版社 2013 年版，第 30—37 页。

所以，以口头形式即兴创作诗歌是柯尔克孜族文化常见的表现形式。郎樱在著作《〈玛纳斯〉论》中言，柯尔克孜人民把演唱史诗的歌手称为"交毛克奇"，称大歌手为"琼交毛克奇"。20 世纪 30 年代开始，人们将演唱《玛纳斯》的歌手称作"玛纳斯奇"，将演唱史诗第二部《赛麦台依》的歌手称为"赛麦台依奇"。一般又将"玛纳斯奇"分为"琼玛纳斯奇"和"科契克玛纳斯奇"。琼玛纳斯奇是大玛纳斯奇，一般能够演唱三部或以上《玛纳斯》，能说清史诗中主要人物的身世、家谱及史诗中重要事件的来龙去脉；科契克玛纳斯奇是小玛纳斯奇，仅会演唱第一部《玛纳斯》和第二部《赛麦台依》的主要片段。大玛纳斯奇人数非常少。[1] 柯尔克孜族本土学者阿地力·朱玛吐尔地和托汗·依萨克在其合著的《〈玛纳斯〉演唱大师——居素普·玛玛依评传》一书中将玛纳斯奇分为"恰拉玛纳斯奇"（《玛纳斯》初学艺人）、"真玛纳斯奇"（熟悉《玛纳斯》的全部故事和人物，尚不能创造出自己独具特色的优秀的史诗变体）和"琼玛纳斯奇"（对史诗故事和人物非常熟悉，有超凡的记忆力、想象力和即兴创作能力的著名玛纳斯奇）三种类型，并且对这三种类型的界定标准做了详细说明。[2] 近年来，有学者提出，上述研究者的大部分研究成果以调查研究 20 世纪中期至 21 世纪初的《玛纳斯》史诗歌手资料为基础，只限于史诗《玛纳斯》的演唱艺人而忽略了民间其余史诗歌手类型。因此，对柯尔克孜族史诗歌手进行了新的分类：一是根据史诗演唱的内容将柯尔克孜族史诗歌手分为玛纳斯奇和赛麦台奇、库尔曼别克奇、叙事诗歌手等类型。二是根据史诗歌手的技能即其所知道的内容多少、表演能力、唱本由来、演唱内容的独特性、歌手在民间的影响力等因素，将当今史诗歌手分为大史诗歌手和史诗演唱艺人两种类型。[3]

演唱《江格尔》的歌手，蒙古语叫作"江格尔奇"。除了"江格尔奇"外，卫拉特或卡尔梅克的民间艺人还有"道乌奇"（歌手）、"叶如鄂勒奇"（祝辞家）、乌里格尔奇（故事家）和"陶兀里奇"（史诗演唱

---

① 郎樱：《玛纳斯论》，内蒙古大学出版社 1999 年版，第 150—151 页。

② 阿地里·朱玛吐尔地、托汗·依萨克：《〈玛纳斯〉演唱大师——居素普·玛玛依评传》，内蒙古大学出版社 2002 年版，第 7—8 页。

③ 巴合多来提·木那孜力：《当代柯尔克孜族史诗歌手类型探析》，《新疆社科论坛》2016 年第 4 期。

艺人）等。在这些民间艺人中，江格尔奇影响最大。[1]

二　史诗歌手的社会功能

史诗歌手是一个特殊的、重要的群体。优秀的史诗歌手一般都具有非同常人的记忆力，具备较强的语言表达能力和即兴创编能力。玛纳斯奇居素普·玛玛依 18 岁时就将八部 20 多万行的《玛纳斯》熟记于心，若加上其他柯尔克孜族史诗，他所演唱的史诗篇幅达 40 多万行。国内外许多著名玛纳斯奇都能演唱数十万行以上。[2] 江格尔奇加甫·朱乃能说唱 25 章《江格尔》，计 2.4 万行。皮尔来·冉皮勒能说唱 1.5 万诗行。[3] 优秀的《格萨尔》艺人可以做到应听众随机要求唱史诗的某一部，就像从计算机中提取一样立即开始说唱。同时，他们口齿伶俐、歌喉动听、思维敏捷。不少艺人具有天才的表演才能，将众多人物演绎得活灵活现。一些指画（格萨尔唐卡）艺人的说唱融入视觉媒介，效果更佳。[4] 史诗的即兴创编要求史诗歌手熟知民族的历史、文化及民风民俗，恰当调配词语、选择程式、构建诗行，与史诗的观众密切互动，从而保证史诗的稳定性与新生性在每一次具体的演述中达成"冲突的和解"。优秀的史诗歌手无疑都做到了这一点。赵秉理先生曾这样称赞《格萨尔》史诗歌手："那些具有非凡的聪明才智和艺术天赋的民间艺人们，对继承和发展藏族文化做出了不可磨灭的贡献，永远值得我们和子孙后代怀念和崇敬。"[5] 多才多艺的史诗歌手是史诗最直接的创造者和忠诚的传承者，不同时代和地域的史诗歌手用创造性的劳动吟诵传唱史诗，不断为史诗增添新的内容和活力，使史诗具备旺盛的生命力而得以延续和传承。

史诗歌手是史诗的创造者和传承者。如黑格尔所言："史诗作为一部实在的作品，毕竟只能由某一个人生产出来。"尽管一个时代和民族的精神是史诗的有实体性的起作用的根源，但这种精神毕竟要通过诗人的天才

---

① 仁钦道尔吉：《江格尔论》，内蒙古大学出版社 1999 年版，第 24 页。

② 阿地里·居玛吐尔地：《口头传统与英雄史诗》，中央民族大学出版社 2009 年版，第181 页。

③ 贾木查：《史诗〈江格尔〉探渊》，汪仲英译，新疆人民出版社 1996 年版，第 295 页。

④ 杨恩洪：《民间诗神：格萨尔艺人研究》，中国社会科学出版社 2017 年版，第 17 页。

⑤ 降边嘉措：《杰出的民间艺术家——浅谈〈格萨尔〉说唱艺人》，赵秉理编《格萨尔学集成》第 3 卷，甘肃民族出版社 1990 年版，第 1769 页。

将其集中掌握，使之意蕴渗透于诗人的意识，进而作为诗人的观感和作品呈现出来。① 对于国内史诗研究来说，人们对于史诗歌手在史诗产生、传播与发展中的重要作用的认识，是随着抢救史诗工作的不断深入与推进而逐渐获得的。尤其口头诗学被译介到国内以后，人们越来越达成的一个共识就是：口头说唱史诗产生于书面文本之前，史诗歌手的演述比已经搜集到的史诗文本更加全面和丰富。已被记录的史诗文本与史诗歌手在民间的传唱相距甚远，史诗不仅仅是文学，更是与演述场域、表演、歌手与受众的情感互动密切相关的口头传统和民俗生活事象。以史诗《格萨尔》为例。青海是格萨尔的故乡，史诗中描写的"花花岭国"就是青海黄河两岸的藏族聚居区，是格萨尔当年活动的场景。藏族人民能歌善舞，藏族民间文学丰富。最重要的是，藏族人民勤劳智慧，尤其是优秀的史诗歌手具有超常的聪明才智和惊人的记忆力。这些有利条件，促成了《格萨尔》作为口头传统的形成以及"格萨尔王"等艺术典型的生成。从口头诗学的角度看，也可以说，《格萨尔》史诗的"传统"就是藏族人民古老的神话、传说、故事、民间诗歌等民间文学的丰厚土壤，而说唱史诗的民间艺人，是史诗最直接、最主要的创造者，《格萨尔》史诗凝聚着民间艺人的聪明才智和伟大创造力，是他们的智慧的结晶。他们就是鲁迅先生所说的"不识字的作家""不识字的小说家"和"不识字的诗人"②。"歌手是介于神和听众之间'通神的'凡人。通过他们，听众了解发生在以往的重大事件。这批人司掌陶冶民族精神的教化，坚定人们仰慕和服从神明的信念。如果说《伊利亚特》里征战疆场的勇士们集中体现了古代社会所崇尚的武功，《奥德赛》里能说会道的诗人们则似乎恰如其分地突出了与之形成对比和相辅相成的'文饰'。"③ 从史诗的传播来看，《格萨尔》的传播有两种途径：一是说唱艺人口头传播，二是通过手抄本和木刻本的流传传播，即书面传播。口头传播是史诗流传的主要途径，而且它贯穿于史诗从产生、发展直至呈现为书面文本的全过程。以《玛纳斯》为例，《玛纳斯》描绘了玛纳斯家族八代英雄的故事。玛纳斯奇因受到时间和空间的限制，分成几个部分演唱。又因为史诗《玛纳斯》具有口头表述的特点，能够超越时间和空间的限制，在任意时候再结合，最终组成一个完整的系

---

① ［德］黑格尔：《美学》第 3 卷下册，朱光潜译，商务印书馆 1981 年版，第 114 页。

② 鲁迅：《门外文谈》，上海天马书店 1936 年版，第 22—24 页。

③ 陈中梅：《神圣的荷马——荷马史诗研究》，北京大学出版社 2008 年版，第 18 页。

统。因此，每一个玛纳斯奇都起着传播作用，即玛纳斯奇一边学习《玛纳斯》，一边传授《玛纳斯》。一代代玛纳斯奇在传承前辈演唱传统的同时，不断在演述中对史诗进行创编和雕琢，不仅使史诗在艺术上更加完美，而且产生了各种风格的演唱变体。正因为有了玛纳斯奇的演唱、传承与创编，《玛纳斯》才可能流传至今。可以说，史诗歌手是史诗最直接的创作者、继承者、传播者和创新者。

史诗歌手是史诗发展的动力。以《格萨尔》来看，在高原上有这样一句俗语："每个藏人口中都有一部《格萨尔》"，充分说明《格萨尔》源于群众，是群众的《格萨尔》。每个《格萨尔》艺人的说唱都迥然不同，这种差异表现在说唱风格、部数多少以及篇章的长短简繁等各个方面。即使几位可以说唱整部史诗的艺人，他们对于史诗诸分部的安排以及18大宗包含的内容也不尽相同。如扎巴分为大、小宗41部，玉梅分为74部，才让旺堆分为148部，格日坚参分为120部，等等。歌手说唱史诗的风格也无一例外地受到其家庭出身、自然环境、社会阶层、受教育程度等背景的影响。说唱艺人中，有的人既是说唱艺人又是民间歌手，或是故事家、斋呼艺人。如才让旺堆会说唱史诗，同时可以兼及其他形式，尤其是民歌；云南德钦县艺人索南次仁是史诗艺人也是当地出名的故事家，讲述的藏族故事凸显德钦地方特色，等等。因此，长于民歌的史诗艺人唱词比较丰富，可以融入民歌语调；擅长讲故事的艺人说唱的史诗向着散文化、故事化方向发展，等等。不仅如此，有的史诗歌手还运用自身专长，为丰富、发展史诗做出了一些特别的贡献。如果洛州书写艺人昂亲多杰是藏医，精通藏族医药知识。他书写的《格萨尔》《扎日药宗》就显示出其与众不同的才能。他将丰富的藏医药知识注入史诗之中，使史诗同时包含藏医学的宝贵知识。① 在漫长的历史变迁中，史诗歌手即兴创作的余地很大，他们既可以对史诗"整枝修叶"，使之变得精干挺拔，也可以对史诗传统不断地进行丰富和加工，通过口口相传、代代相继，使史诗逐渐变得篇幅宏大、内容深刻、艺术精美。这是民间史诗歌手的杰出功绩。如阿地里·朱玛吐尔地所言，《玛纳斯》史诗是"柯尔克孜古代生活的百科全书""柯尔克孜族精神文化的巅峰"。而那些杰出的玛纳斯奇如居素普·玛玛依等，见多识广，是"整个柯尔克孜文化的传承者"，是"掌握了柯

---

① 杨恩洪：《〈格萨尔〉说唱艺人的社会地位及贡献》，《西北民族研究》1992年第2期。

尔克孜族的生活、习俗、文学、历史、哲学、医学、天文等知识，博学多才的学者，一部活的百科全书"①。史诗歌手在推动和发展民族文化方面起着重要的作用，做出了杰出的贡献。

史诗歌手对史诗成为群体的精神文化也做出了贡献。有学者这样评价玛纳斯奇："玛纳斯奇即使遇到来自主客观因素的打击，他们都会始终不渝、坚持不懈地保持对事业的追求，把史诗说唱作为自己生活的乐趣，减轻痛苦的源泉和净化心灵的途径，从而加倍地投入到提高自己的史诗表演才能，深化史诗的内容之中，最终使自己成为柯尔克孜'魂'的守护者。"② 其他史诗歌手也莫不如是。特别在藏族社会，95%的人不能享受文字的好处，口头传统在普通民众中具有绝对张力，史诗歌手对于民众心理及智识的培植和滋养功能，其效应是无论怎样评价都不为过的。史诗《亚鲁王》的唱诵者被人们称为"东郎"。他们是亡灵的领路人，兼巫师、歌师、巫医等多重身份，既是民间艺术家，又是族群的精神导师。从这一角度分析，史诗歌手从事的工作是一项净化群体灵魂、弘扬群体精神的伟大事业，具有十分重要的历史意义与现实价值。

上述主要论及三大英雄史诗中史诗歌手的情况。不同史诗特质不同，史诗歌手的身份、功能等也相异。如彝族史诗歌手的身份就较为特殊。因彝族史诗吟唱属于彝族宗教仪式的组成部分，史诗歌手即毕摩的任务则主要是主持宗教仪式，因此兼具仪式主持者和民间歌手的双重身份。③

总之，如民俗学家刘锡诚先生所言："传承人是非物质文化遗产的重要承载者和传递者，他们以超人的才智、灵性，贮存着、掌握着、承载着非物质文化遗产相关类别的文化传统和精湛技艺，他们既是非物质文化遗产的活的宝库，又是非物质文化遗产代代相传的'接力赛'中处在当代起跑点上的'执棒者'和代表人物。"④ 史诗歌手是具有特殊才能的民间口头艺人，是口头史诗的创作者、表演者和传承者。

---

① 阿地里·朱玛吐尔地、托汗·依萨克：《〈玛纳斯〉演唱大师——居素普·玛玛依评传》，内蒙古大学出版社 2002 年版，第 176 页。

② 阿地里·居玛吐尔地：《"玛纳斯"史诗歌手研究》，民族出版社 2006 年版，第 107 页。

③ 肖远平：《彝族"支嘎阿鲁"史诗研究》，人民出版社 2015 年版。

④ 刘锡诚：《传承与传承人论》，《河南教育学院学报》（哲学社会科学版）2006 年第 5 期。

第二节　史诗歌手的才能及相关阐释

史诗歌手和他们的才能与技艺是个古老的文化现象。各民族对于这一现象，都有自己神话式、传说式的或历史、哲学的解释。口头诗人如何记忆和创编史诗，一直是国际国内史诗学研究关注的重要问题。在国内学界，围绕该问题的研究主要体现在三大英雄史诗的研究上，研究的角度各不相同。在史诗《格萨尔》研究方面，人们着重对"神授艺人"现象进行阐释，史诗《玛纳斯》《江格尔》研究方面，研究者更多借鉴口头程式理论，深入到史诗歌手创编诗行的程式，继而从程式上升到主题，从程式化的诗行、程式化的主题等方面，试图解析史诗歌手"表演中的创作"的成因。

一　对史诗《格萨尔》"神授艺人"现象的阐释

《格萨尔王传》是一部章部众多、卷帙浩繁的英雄史诗。它在西藏民间以口头文学形式流传千余年，已整理成书的就有120多部，100多万行诗，2000多万字，被认为是世界上最长的史诗。[1] 学者杨恩洪言，神授艺人每人都可以流利地说唱史诗一二十部，甚至几十部。[2] 哪怕最保守估计，平均每部五千诗行，20部就是十万诗行的篇幅。这样的一部巨著，是怎样为史诗歌手尤其"神授艺人"所掌握的呢？王兴先先生在《〈格萨尔〉学史稿》中对截至21世纪国内学者的种种阐释进行了辨析，从歌手的生存环境、天赋与知识积累等方面都有论述。[3] 本章择其要者，结合21世纪以来学者们的各种观点，对史诗歌手"神授"现象进行研究。

杨恩洪在《民间诗神——格萨尔艺人研究》中对神授艺人现象进行了这样的解析：她认为人们应该相信神授艺人所说的，他们曾梦到史诗的若干情节或史诗故事的神或英雄指示其说唱《格萨尔》，梦醒后开启说唱史诗的生涯这一事实。不过，她又提出：从梦是现实生活在头脑中的反映

---

① 杨新涯、达央：《世界上最长的史诗——浅谈〈格萨尔王传〉及其整理研究工作》，《华夏文化》2010年第3期。

② 杨恩洪：《民间诗神——格萨尔艺人研究》，中国社会科学出版社2017年版，第56页。

③ 扎西东珠、王兴先：《〈格萨尔〉学史稿》，甘肃民族出版社2003年版，第520—534页。

上来看，所谓托梦神授而得来故事的说法是唯心的，所谓"神授之梦"是史诗《格萨尔》的表象在艺人头脑中长期积累的结果，实际上来源于人类精神生活的历史积淀，是一种潜意识的表现。同时，"梦中神授"也主要源于藏族的传统观念和信仰。藏族人们笃信轮回转世，认为对精神来说死亡即是新生——再度进入自由自在的世界。因此，她提出，"在没有得出令人信服的科学结论之前，作为一个唯物主义者，他的首要任务是尊重事实，即藏族人民传统观念及艺人存在的这个事实，客观、如实地记录、反映，为今后的研究提供可靠的第一手资料。"①

从环境因素来说，降边嘉措提出，格萨尔艺人之所以能够凭记忆进行长篇说唱，主要是自然及文化环境的陶冶。从自然环境来说，艺人较集中的地方多为牧区、高寒地区，经济和文化教育不发达，文化生活贫乏，交通闭塞，生活节奏缓慢，口头史诗广为流传。因此，悠久的藏族文化传统是产生《格萨尔》的"河床"。《格萨尔》是由人民群众创造，通过集体无意识，在藏族人民当中代代相传，因而并非"神授"，而是"人授"，并非靠"神的启示"来传承，而是依靠人民群众——尤其人民群众中最具有艺术天赋和聪明才智的说唱家来传承的。② 而且，许多史诗艺人自小就和说唱艺人有亲密接触，在史诗环境中耳濡目染。比如玉梅，她的父亲是在当地颇有名气的说唱艺人，她从小就耳闻目睹《格萨尔》史诗。如吉如坚赞，他从小就寄养在舅舅家，舅舅昂仁是说唱艺人，因此吉如坚赞从十八九岁开始书写《格萨尔》。《格萨尔》在扎巴老人的家乡广泛流传，说唱艺人不少，由于从小就聆听《格萨尔》说唱，到十一二岁时，扎巴已经能独立说唱一些史诗故事。《格萨尔》艺人生于斯长于斯的环境给其提供了接触史诗并成为格萨尔艺人的基本条件。③ 史诗艺人长期生活在史诗文化氛围中，自小受到熏陶，无意识地记下史诗的神奇故事，而当他进入梦境的时候，就会不自觉地依据已经熟悉的史诗素材、民间史诗故事加以整理、加工。如果参照口头诗学理论，我们发现，《格萨尔》史诗继承

---

① 杨恩洪：《民间诗神——格萨尔艺人研究》，中国社会科学出版社 2017 年版，第 66—71 页。

② 降边嘉措：《怎样破解〈格萨尔〉说唱艺人的"记忆之谜"》，中国民俗学网，2010 年 12 月 10 日，http：//www. chinesefolklore. org. cn/web/index. php? Page＝4&NewsID＝8021，2021 年 12 月 10 日。

③ 顿珠：《神奇的〈格萨尔〉艺人》，《西藏研究》1988 年第 2 期。

藏族古老叙事传统的同时，大量运用连词重叠、交叉重叠、甚至全句重叠等修辞手法，看似结构繁复，实则内部结构有独特叙事规律。地域和文化实际上就是"口头传统"的重要组成部分，史诗艺人从小听到的史诗说唱，就是史诗艺人的"传统"。而故事的框架、主要人物和地点信息以及诸多套语，正是口头诗学的"程式"。优秀的史诗艺人，从小就生活在丰富的民间文学、口头传统的海洋里，汲取着民间流传的神话、故事、传说及身边群众丰富词汇的养料，经过时间的沉淀，能够流畅地说唱长篇史诗是可信的。

有学者认为，《格萨尔》史诗歌手的说唱能力来源于"注意"，其实是一种"记忆"。如，歌手玉梅说唱《格萨尔》，唱了连续七天，仍想继续说唱。玉梅不识字，无法照本吟诵，而能做到脱口而出，连贯地说唱，这如不是神的因素，就应归结于记忆的结果。扎巴和玉梅从小喜欢听人说唱《格萨尔》，扎巴甚至"一听就像着了魔似的，把吃饭、干活都忘得一干二净"。这也能说明他对史诗的注意力高度集中。史诗通过注意进入歌手的心灵，从而产生识记，是一种无意识记。①

还有学者提出，对于格萨尔艺人说唱能力的探索，万万不能忽视宗教寺庙的存在与影响。藏族人民几乎全民信教，尤其在西藏，宗教和寺庙无处不在。寺庙多年以来一直是西藏政治、文化、社会、宗教、历史的聚焦点，正是在寺庙里，有一定迷信色彩的西藏社会历史——《格萨尔王传》的素材和语言词汇，通过诵经、朝佛、传记文学等渠道，输入到史诗歌手的大脑。打开扎巴、桑珠等人脉门的是喇嘛高僧就充分说明了这一点。② 而且，在宗教氛围浓厚和交通不便的双重影响下，很多事物被披上了宗教的外衣，史诗歌手自认为是"神授"，也以此得到周围人的认同，迎合听众的文化心理需求，从而吸引更多的观众、找到更多的说唱机会。据记载，青海玉树藏族自治州曾成立格萨尔说唱艺人之家，召开艺人鉴定会，会上聘请专家学者对16位说唱艺人进行"鉴定"，这16位艺人都认为自己是"神授"艺人，结果，16人中只有1位被认定为"神授"艺人，有两位圆光艺人，剩下的均为顿悟艺人。③ 除此之外，学者诺布旺丹

---

① 徐莉华：《说唱艺人、大理论家与无意识》，《西藏民族学院学报》（社会科学版）1996年第2期。

② 顿珠：《神奇的〈格萨尔〉艺人》，《西藏研究》1988年第2期。

③ 郭晓虹：《格萨尔说唱艺人说唱音乐心理结构解析》，《群文天地》2012年第9期。

认为：神授艺人的"文本"，实际源于一种艺人的深层的心理结构，艺人完全被非理性的思维所维系，即处于"原始智"状态下，尚未被尘世凡事所侵袭和缠绕；他们所演述的故事，是一种超越时空的大智慧的产物，是智态化思维的灵光。①

"神灵梦授"也是玛纳斯奇普遍的一种观念。据阿地力·居玛吐尔地言，著名玛纳斯奇居素普·玛玛依 10 岁梦见史诗英雄人物玛纳斯及其勇士，在梦里史诗中勇士兼歌手额尔奇吾勒教会他演唱《玛纳斯》史诗。除此之外，歌手巴勒瓦依、朱素普阿洪·阿帕依等都做过类似的梦。阿地力·居玛吐尔地认为，"神灵梦授"的观念能够使玛纳斯奇触发灵感、焕发激情，有助于其掌握史诗演唱技艺，而且"神灵梦授"观念的传播也会对史诗故事主干和传统章节的传承与保存起到重要作用。在信仰伊斯兰教之前，柯尔克孜族人曾长期信仰原始的萨满教。萨满文化元素渗透到他们生活的各方面。因此，"神授"观念也属于柯尔克孜族古代萨满信仰文化的遗存。② 柯尔克孜的交莫克楚群体自古就一定程度笃信"神灵梦授"观念。③ 许多知名玛纳斯奇都曾拜师学习《玛纳斯》演述，但却将自己的演述能力归结为"梦授"，说曾在梦中遇见史诗中的英雄将史诗传授给自己，从而将史诗演述阐释为一种超自然力的干预，增加了史诗演述的神秘性和神圣性。④ 郎樱则认为，玛纳斯奇演唱《玛纳斯》的高超本领主要源于其家传、师承，源于玛纳斯奇对《玛纳斯》的热爱及其个人的勤奋记诵，同时，不能忽视确实有一些玛纳斯奇具有特异的、超常的记忆能力。⑤ 总之，玛纳斯奇"梦授说"是在漫长的历史进程中形成的文化现象，有着文化、心理等多方面渊源。

回溯学界对史诗歌手何以具有说唱能力的阐释，我们发现，我国活态史诗尤其史诗《格萨尔》的情况确实不同于帕里—洛德理论所观照的南

---

① 诺布旺丹：《〈格萨尔〉伏藏文本中的"智态化"叙事模式——丹增扎巴文本解析》，《西藏研究》2009 年第 6 期。

② 阿地里·居玛吐尔地：《玛纳斯奇与江格尔奇比较研究》，《口头传统与英雄史诗》，中央民族大学出版社 2009 年版，第 186 页。

③ 阿地里·居玛吐尔地：《玛纳斯奇的"萨满"面孔》，《民族文学研究》2004 年第 2 期。

④ ［哈］M. 阿乌埃佐夫：《吉尔吉斯民间英雄诗篇〈玛纳斯〉》，马昌仪译，阿地里·居玛吐尔地主编《世界〈玛纳斯〉学读本》，中央民族大学出版社 2018 年版，第 42—104 页。

⑤ 郎樱：《玛纳斯论》，内蒙古大学出版社 1999 年版，第 160—161 页。

斯拉夫史诗表演，虽然从口头诗学的角度，我们也可以从多民族史诗说唱中找到传统和程式。对于"史诗神授"现象最为普遍的格萨尔史诗而言，从学界关于格萨尔艺人的分类来看，除了闻知艺人和吟诵艺人，神授艺人、掘藏艺人以及圆光艺人要么是通过"做梦神授"、要么"掘藏得诗"或者通过铜镜写诗，这些令人难以相信的特异方法都可以归结为"神授"——一种神秘经验和被动式的习得过程，口头诗学是难以对此进行解释的。神授传承的方式也见于其他民间演唱传统及其艺人。据调查，哈萨克族民间演唱艺人自述，他们的神授传承方式也大体分为托梦、托物和患病三种，与《格萨尔》的神授传承有相通之处。黄中祥认为，"神授"传承具有明显的"虚伪性"，是艺人为了迎合社会群体的好奇心而"编造的谎言"。因为群众需要的是带有神秘色彩的演唱艺人，只有神乎其神的艺人才能唱出有灵性的诗歌。① 这对于我们认识《格萨尔》史诗的"神授"现象有一定的启发意义。

从上述分析可知，无论如何，史诗歌手都是在底蕴深厚的民族文化母体中孕育、成长并渐趋成熟的文化质素。因此，除了进行田野作业，对藏族人民的传统观念和艺人现象进行如实地、客观地记录和反映，以及从理性角度对这一现象进行多维度阐释，我们也必须反思理性的局限性，尊重"艺人神授"现象的神秘性和奇特性——毕竟，史诗歌手的"神性"也是史诗在传统社会传承的重要原因之一。总之，对"神授梦传"之"谜"进行令人信服的科学阐释，仍是摆在《格萨尔》史诗研究者面前的重要课题。

二　对《玛纳斯》《江格尔》等史诗歌手演述能力的阐释

口头诗人如何记忆和创编史诗，是国际史诗学一直关注的重要问题。在对史诗歌手记忆以及演述史诗的规律方面，口头诗学理论深入到艺人创作诗行的程式，再从程式到主题，认为史诗艺人主要靠程式化的诗行、程式化的主题记忆和演绎史诗，形成了系统的理论体系，可以说抓住了问题的要害，大体上揭示了记忆和演绎方式与方法问题。国内学者运用口头诗学理论对史诗《玛纳斯》《江格尔》演述现象进行了多方面探索。

---

① 黄中祥：《传承方式与演唱传统：哈萨克民间演唱艺人调查研究》，民族出版社 2009 年版，第164—174 页。

史诗《江格尔》研究方面，朝戈金先生以蒙古史诗文本作为研究材料来源，结合史诗田野作业，对江格尔奇冉皮勒演唱的《江格尔》中的一章"铁臂萨布尔"的程式句法进行研究，提出"程式是口承史诗的核心要素，它制约着史诗从创作、传播到接受的所有环节"。[①] 学者阿地里·居玛吐尔地运用口头程式理论对《玛纳斯》史诗以及歌手对程式的运用进行了分析，认为《玛纳斯》是活态词语程式、主题以及固定程式化的结构所组成的口头传统，其程式化体现在文本和活态演唱双重语境中。他以居素普·玛玛依为例，说明玛纳斯奇对史诗整体框架及结构了如指掌，对史诗人物的样貌性格、衣饰和坐骑、战争及生活情境等十分熟悉，且充分掌握了关于史诗的程式化词组、场景和故事范型，说明了《玛纳斯》史诗作为口头传统的程式化特点。[②] 学者斯钦巴图通过研究蒙古史诗传统，揭示了蒙古史诗艺人记忆和分类演绎史诗的提示系统、特征及构成规律，认为史诗名称、分部名称、分章名称、大主题、主题、亚主题、微主题等要素，构成蒙古史诗艺人演唱史诗的提示系统。这些要素以主题的不同层级为主线，层层深入至具体的史诗细节，导出程式化诗句，直至完成全部鲜活的史诗篇章。除此之外，作者提出了两个概念，一个是"演唱单位"，即"艺人一次演唱的单位"，在蒙古族史诗演述中，一次完整的中小型或长篇史诗的演述就是一个演唱单位，而对于超级长篇史诗以及并列复合型史诗而言，分部就是其演唱单位。另一个概念"记忆单位"，实际是口头诗学的"程式"。[③] 郎樱提出，玛纳斯奇学习《玛纳斯》演唱时，不是逐行逐句地记诵，而是记忆史诗的主体框架和重大事件框架、史诗人物的身世及相互间的关系、武器及战马的来历与特性，以及塑造人物和描绘战争场面惯用的套语。至于史诗的细节，则由玛纳斯奇在演唱过程中即兴创作。玛纳斯奇，尤其是大玛纳斯奇，大多民间文学功底深厚，知识丰富，即兴创作能力极强，常常在原有的史诗框架中增添新的内容，从而使史诗逐渐由简至繁，情节不断丰富，人物不断增加，艺术性

[①] 朝戈金：《口传史诗诗学：冉皮勒〈江格尔〉程式句法研究》，广西人民出版社 2000 年版。

[②] 阿地里·居玛吐尔地：《〈玛纳斯〉史诗的程式以及歌手对程式的运用》，《民族文学研究》2006 年第 3 期。

[③] 斯钦巴图：《史诗歌手记忆和演唱的提示系统》，《民族文学研究》2017 年第 4 期。

也日臻成熟、完美。① 上述对于史诗歌手能力的阐释，都是在口头诗学的层面上进行的。

南方史诗方面，学者巴莫曲布嫫通过多年的田野调查，提出史诗演述人是"勒俄"史诗传统得以传承的中坚力量。诺苏彝族史诗演述人的成长，得益于书写和口承两种传统的教授与学习相得益彰、始终相伴的内驱力。② 祭师、巫师等原始宗教职业者和歌手在史诗的整理加工中起了很大的作用。他们把零碎的、分散的祭词、咒语、远古歌、神话、传说等串联起来，并拢起来，形成完整的、有系统长篇幅的史诗，并在整理的过程中有自己的加工。③

对于史诗歌手说唱、演述史诗的能力的探索，不仅仅是要建立一种口头诗歌创作论，而且对于我们进一步深入研究口头传统的产生、演变及发展的历史过程，认识史诗歌手及普通群众在口头传承中的主导和能动作用具有重要的理论意义和实践价值。在当代语境下，随着各种媒介的发展和递进，数码媒体和书面文本齐步并进，史诗本身开始从传统的民间口头传统向社会公共文化转变。而如洛德所说，史诗如果"脱离了口头传承的过程"，即"意味着口头传承的消亡"④，德国学者卡尔·莱希尔也说："史诗只有在演述中才能存活。"⑤ 那么，在新时代语境中，如何看待史诗歌手身份的重构必定是当代史诗研究无法回避的问题。

第三节 时代语境与史诗歌手身份的重构

史诗的传承与语境有着密不可分的关系。21 世纪以来，在现代文化的冲击下，各种传媒介入，史诗赖以传承的民间语境发生了变化。同时，随着《格萨尔》《玛纳斯》先后进入"世界非物质文化遗产名录"，非物

---

① 郎樱：《〈玛纳斯〉论析》，内蒙古大学出版社 1991 年版，第 101—105 页。
② 巴莫曲布嫫：《在口头传统与书写文化之间的史诗演述人——基于个案研究的民族志写作》，《北京师范大学学报》（社会科学版）2008 年第 1 期。
③ 刘亚虎：《南方史诗论》，内蒙古大学出版社 1999 年版，第 299 页。
④ ［美］阿尔伯特·贝茨·洛德：《故事的歌手》，尹虎彬译，中华书局 2004 年版，第 198 页。
⑤ 王珍：《口头史诗只有在演述中才能存活》，《中国民族报》2010 年 11 月 12 日第 10 版。

质文化遗产保护成为重要的社会话题，史诗保护工作越来越引起公共机构、学术界、企业、媒体等各方面的关注，使得史诗文化传播与接受的范围逐步扩大，史诗歌手身份也随之发生重构。

一　时代语境的变化

传统的表演时空受到现代生活方式的影响而改变。以著名玛纳斯奇居素普·玛玛依的故乡——玛纳斯之乡哈拉布拉克为例。从前，村落是史诗歌手演绎史诗的特定场域。史诗歌手活跃在哈拉布拉克的每个角落，史诗演述调节着人们的精神生活，构成当地人有意蕴的文化空间。而且，"在柯尔克孜族的社会生活中，从古至今，玛纳斯奇都扮演着歌手和萨满的双重职能……这种特殊身份使他们在传统社会话语场中占据显赫位置"[1]。到20世纪八九十年代，人们仍可看到，玛纳斯奇典型的演唱环境是在"白色柯尔克孜毡房里"，也有在"绿草如茵的草原上"。据居素普·玛玛依所述，"只要一听到演唱《玛纳斯》，男女老幼都赶来听，妇女背着孩子，年轻人扶着老人也都赶来，冬天从太阳落山开始唱，通宵达旦，直到太阳升起来。唱到哪里，就在那里停下来，到了晚上再接着唱"[2]。足见人们对史诗的重视与喜爱，对玛纳斯奇的尊敬与爱戴。史诗歌手与听众构成和谐的表演体系。听史诗演唱，是柯尔克孜牧民的放松和娱乐方式，他们通过聆听史诗演唱，受到教育和鼓舞。然而，21世纪以来，哈拉布拉克已很难看到牧民围坐毡房欣赏《玛纳斯》演唱的热闹场面。交通改善使人们生活更加便利，乡民流动加速，多元文化交流变多，史诗口头传统受到外来文化的冲击，口头传承在很大程度上被削弱甚至瓦解。有研究者在对史诗歌手的访谈中发现，如果谈到有关"演唱《玛纳斯》不如从前兴盛了"的话题，问及原因，"听众少了"几乎是每个歌手首先提及的。哈拉布拉克大部分年轻人外出工作、求学，即使在家的人也赶时髦，不愿听老人唱《玛纳斯》。随着老一代史诗歌手逐渐离去，尤其是电视普及后，人们唱听《玛纳斯》的就更少了。

史诗《格萨尔》情况也是如此。格萨尔说唱艺人的存在，是当今的一大奇观。这是居住在青藏高原上的藏族部落社会形态的超稳定性造成的，

---

① 阿地里·居玛吐尔地：《史诗〈玛纳斯〉歌手研究》，民族出版社2006年版，第61页。

② 郎樱：《玛纳斯论》，内蒙古大学出版社1999年版，第26—27页。

有些地方两千多年来的社会经济文化进化相当缓慢，至少在 20 世纪 50 年代青藏高原上还有三百多个部落社会组织存在。艺人生活在史诗《格萨尔》的氛围中，滔滔不绝地说唱格萨尔的故事是他们的生存方式。[①] 而且，《格萨尔》表演形式灵活多样，很少受时间、地点和条件的限制。然而，随着现代文明的推进，尤其伴随信息社会的到来，电视、收音机、录音录像等现代媒体进入到草原的千家万户，草原融入现代化生活方式，现代娱乐生活几乎替代了相对单调的说唱表演，网络更吸引了庞大的青少年群体。新的生活方式覆盖了民众的审美想象和空间。加之说唱艺人经济贫乏、居无定所，年轻一代对成为传承人失去兴趣。在这样的时代境遇下，"在一个没有听众和史诗氛围的地方，面对的是周围人对说唱艺术的冷漠态度，史诗歌手感觉到的是孤独"[②]。因此，随着老一辈的说唱艺人逐渐老去，史诗的传承出现了后继无人的现象。这就意味着，史诗歌手逝去，其身上承载的史诗口头传统作为非物质文化遗产就会消亡。而当下的语境中，传承环境的丧失、史诗歌手的失语及听众的锐减给藏族的古老民间文化带来了逐渐消亡和毁灭的命运，迫使藏民族原有的古老文明在现代文明的强势冲击下迅速地瓦解、消失、涣散甚至泯灭。[③] 虽然，杨恩洪也提到，在西藏的那曲、昌都地区以及青海的果洛、玉树地区，交通不便，受外来文化冲击较少。地理、人文环境依然处于藏族传统文化的氛围之中，而且 21 世纪初藏区涌现了一批年轻艺人，其说唱形式、说唱内容以及通过所谓梦授得到故事的方式等，都继承了《格萨尔》口头传统。[④] 但这仅仅是个例，随着现代文明的推进，产生《格萨尔》说唱艺人的社会大环境终将会结束。

据调查，在过去，江格尔奇表演无论在普通百姓中间还是贵族中，都受到普遍尊敬。在新疆，20 世纪 50 年代，家家户户到晚上都要讲《江格尔传》的故事。[⑤] 而当前语境下，作为文化消费主体的年轻人更注重和欢

①　孙明光：《活形态史诗的档案连接——兼评格萨尔说唱艺人的记忆之谜》，《档案与建设》2005 年第 2 期。

②　郭建勋：《〈格萨尔〉说唱艺人阿尼生存现状调查》，《民间文化论坛》2005 年第 4 期。

③　田频：《说唱艺人：作为文化传承者的当代命运——以阿来〈格萨尔王〉与次仁罗布〈神授〉为例》，《西藏大学学报》（社会科学版）2014 年第 2 期。

④　杨恩洪：《超越时空的艺术传承——揭开〈格萨尔王传〉说唱艺人田野调查的新篇章》，《艺术评论》2008 年第 6 期。

⑤　加·巴图那生：《〈江格尔传〉在和布克赛尔流传情况调查》，王清译，《民族文学研究》1984 年第 1 期。

迎现代流行文化，与传统文化的隔阂不断扩大，而且史诗传承学习难度大，往往使"人亡艺绝"成为常态。[1]

面对史诗传承的新的民间及社会语境，面对史诗口头传统日趋式微的情况，作为"非遗保护"活动的举措之一，部分史诗传承人被政府认定为非物质遗产传承人，远离其本来熟悉的生活和演唱空间辗转来到城市或者乡镇，成为职业的演唱人员。

二　史诗歌手身份重构

自21世纪初以来，非物质文化遗产保护运动方兴未艾。传承人是"非遗"传承传播发展过程中最宝贵的人力资源。将优秀说唱艺人转移至城市，对其进行重点保护，是以往保护和抢救史诗传统采取的主要措施之一。但是，随着十余年保护实践的不断深入和扩展，对艺人的特殊保护措施却出现了诸多问题。[2] 随着史诗逐步书面化以及史诗歌手的专业化，在大的时代语境下，如何保持史诗传统的民间性所带来的种种活力，成为一个微妙复杂的课题。

以《格萨尔》为例。20世纪50年代后，我国开始关注民族民间文化的抢救、搜集和整理工作，至80年代上半叶，北京及全国大部分地区建立了抢救、搜集、整理和研究《格萨尔》的专门机构。这样，自古以来就在偏远的山区云游四方、说唱《格萨尔》的众多半职业艺人中，玉梅、桑珠、才让旺堆、次仁占堆、巴嘎、格日尖参、达瓦扎巴、丹增扎巴、斯塔多杰等一批艺人相继进入地方政府的相关部门工作，从半职业化艺人正式成为职业化艺人，其中很多人生活的环境也从牧区转变为城市。然而，就藏族地区而言，城市是后现代文化的前沿阵地，艺人身份和社会角色的转变以及城市化生活的开始，使他们不得不面对一个全新的社会语境及后现代文化思潮。经过20多年的城市生活的洗濯，来到都市的首批格萨尔艺人们，逐步适应了都市生活，其思维方式和精神生活也日趋被"都市化"。人们不难发现"都市化"带给他们精神层面和演述活动层面的种种影响。学者诺布旺丹以格萨尔史诗艺人才让旺堆、玉梅和旦增扎巴为例，

---

① 黄适远：《英雄史诗〈江格尔〉的传承及其面临的困难》，《新疆艺术学院学报》2015年第3期。

② 诺布旺丹：《〈格萨尔〉向何处去？——后现代语境下的〈格萨尔〉史诗演述歌手》，《西藏研究》2016年第3期。

指出了艺人身份重构后带来的弊端：后现代消费文化消弭了格萨尔艺人进行艺术创造的原动力，城市化空间使艺人的诗性思维颓败，而标准化教育和书面至上观念稀释了口头传统的纯洁性，并使史诗文本固化。[①] 在阿来的小说《格萨尔王传》中，有这样一句话：神说"一个'仲肯'该在人群里，在他的听众中间"[②]。其实正影射了现实中史诗歌手的境遇。

千百年来，歌手的世代传唱是史诗最主要、最根本的存在和传承方式。纵观世界著名史诗，如希腊的荷马史诗、印度的《罗摩衍那》等现在只有史诗定本传世，而我国的多民族史诗大都依然"活在"民间，有大量的史诗歌手传承，这是举世罕见的现象。"活态"使我们有条件和可能走进史诗的社会文化语境和表演现场，对史诗口头传统进行"原生态地"欣赏和追问，探究一些没有活态史诗的佐证难以回答的问题，这是已经完全文本化、凝固了的史诗所不能提供的，这也是我国学者的研究最有可能发生突破和创新的地方。

在"非遗"保护的呼声日益高涨的今天，史诗歌手的生活方式、思想观念及文化活动随着现代化浪潮发生着变化，口头传统正面临着日趋式微的境况。正如冯骥才所断言："中华大地的民间文化就是凭仗着千千万万、无以数计的传承人的传衍。他们像无数雨丝般的线索，闪闪烁烁，延绵不断。如果其中一条线索断了，一种文化随即消失；如果它们大批地中断，就会大片地消亡。"[③] 如何因地制宜，保持和呈现作为非物质文化遗产的史诗的"真实性"，如何不断激活史诗歌手们的文化创造力以及表现力，怎样更好地保护这些用生命说唱《格萨尔王》的"活化石"，是我们应该思考并设法妥善处理的问题。同时，从史诗研究上来讲，史诗歌手的存在，有着重要的实践价值和理论价值。我们要进一步利用好我国活态史诗的资源，进一步对史诗歌手展开研究，这对于深入研究文艺发生学，深刻认识人民群众在艺术创作中的作用，都具有十分重要的意义。

---

① 诺布旺丹：《艺人、文本和语境——文化批评视野下的格萨尔史诗传统》，青海人民出版社 2013 年版，第 221—242 页。

② 阿来：《格萨尔王》，重庆出版社 2009 年版，第 225 页。

③ 冯骥才：《活着的遗产——关于民间文化传承人的调查与认定》，花山文艺出版社 2009 年版，第 307 页。

第六章

文化记忆

近年来，人们越来越关注记忆研究对于历史建构与文化认同的意义，记忆研究的重点从个人记忆转向集体记忆对历史建构的价值，记忆"似乎要取代历史在那些决定历史认同的行为中所处的核心位置"[1]。而在国内学界，"历史记忆与族群认同的研究已然成为民间文学研究视阈的新焦点"[2]。文化记忆有特定的载体、固定形态和极为丰富的象征意义，它涉及一个民族或国家的创始神话、奠基史，构成特定社会和时代的集体记忆，相关的人群通过"重温"集体记忆确认和强化自己所属身份，从而建立认同。史诗是民族历史文化的百科全书和口头传统的集大成，是特定民族之族群记忆、地方知识、民间习俗以及宗教信仰的重要载体。从"记忆"的角度来看，史诗与文化记忆有着天然的联系。

首先，我国的大多数史诗仍以活态演述方式传承，以史诗演述和独立文本形态构成史诗文化记忆的两种形式；其次，文化记忆研究所要回答的是"我们是谁"和"我们从哪里来、要到哪里去"的文化认同性问题，史诗往往建立在真实历史事件的基础上，包含悠久的历史和文化信息，有着一定的历史真实性，因此，在强化族群记忆、维护族群文化认同方面具有独特功能。在我国多民族多元文化语境中，多民族史诗承载着中华文化，蕴含着中华民族的思想、精神与文化意识。史诗的活态演述及其文本流播，将加深个人对族群的记忆及个人身份认同的构建，进而通过记忆进行国家形象构建，从而建立起了中华民族认同与国家认同，这体现了史诗作为"中国记忆"的重要功能；最后，文化记忆涉及文化连续性问题，

---

[1] ［德］耶尔恩·吕森：《序》，［德］扬·阿斯曼：《文化记忆：早期高级文化中的文字、回忆与政治身份》，金寿福、黄晓晨译，北京大学出版社 2015 年版，第 2 页。

[2] 杨兰、刘洋：《记忆与认同：苗族史诗〈亚鲁王〉历史记忆功能研究》，《贵州大学学报》（社会科学版）2018 年第 4 期。

即传统的确立和维系。这就涉及史诗作为非物质文化遗产的保护与传承问题。综上，史诗演述与文本形态构成史诗文化记忆的形式，族群记忆与国家认同成为史诗文化记忆的重要功能，而非物质文化遗产视域下的史诗非常关注的方面——传统的形成与当下文学生活的关联则是史诗文化记忆得以传承的先决条件。以上三个方面构成了史诗与文化记忆之间的联结，使二者之间形成天然的共振。

第一节　史诗演述与史诗文本

纵观人类历史，可以说记忆与人类历史共生，东西方文明自远古时期就曾对记忆进行过探索。现代记忆研究可追溯至 19 世纪末 20 世纪初的弗洛伊德、亨利·柏格森等人，他们的主要关注点是个人记忆。20 世纪 20 年代，法国社会学家莫里斯·哈布瓦赫提出"集体记忆"的概念。[1] 他认为："人通常正是在社会之中才获得了他们的记忆的。也正是在社会中，他们才能进行回忆、识别和对记忆加以定位。"在这一意义上，存在一个集体记忆和记忆的社会框架。[2] 简言之，莫里斯·哈布瓦赫认为记忆具有社会性，所谓"集体记忆"就是唤起、建构和规范记忆的文化框架。20 世纪 90 年代，德国学者扬·阿斯曼等人在对莫里斯·哈布瓦赫的记忆理论进行扩展和完善的基础上，明确提出"文化记忆"这一概念。

扬·阿斯曼认为，集体记忆的形式有交往记忆和文化记忆两种。交往记忆是以个体生平为框架所经历的历史，贴近日常生活，持续时间较短，[3] 而文化记忆则是由特定社会机构借助文字、纪念碑、博物馆、节日、仪式等形式创建的记忆。文化记忆涉及对一个社会或时代至关重要

---

① 德国学者扬·阿斯曼在《文化记忆：早期高级文化中的文字、回忆与政治身份》中谈道：20 世纪 20 年代，莫里斯·哈布瓦赫提出"集体记忆"的概念，主要见于《记忆的社会框架》（1925）、《福音书中圣地的传奇地形学：集体记忆研究》（1941）、《论集体记忆》（1950，写作时间可追溯至 20 世纪 30 年代初）。[德] 扬·阿斯曼：《文化记忆：早期高级文化中的文字、回忆与政治身份》，金寿福、黄晓晨译，北京大学出版社 2015 年版，第 27 页。

② [法] 莫里斯·哈布瓦赫：《论集体记忆》，毕然、郭金华译，上海人民出版社 2002 年版，第 68—69 页。

③ [德] 扬·阿斯曼：《文化记忆：早期高级文化中的文字、回忆与政治身份》，金寿福、黄晓晨译，北京大学出版社 2015 年版，第 51 页。

的有关过去（发生在绝对的过去的事件）的信息，相关的人通过背诵、庆祝等形式重温这些记忆，并在上述活动中意识到共同的属性和其所属集体的独特性，从而确认并强化自己的身份。① 在不断回忆的过程中，基于事实的历史被转化为回忆中的历史，"过去"逐渐变成"神话"。

史诗完全符合文化记忆的上述特点。"文化记忆"对外部的存储媒介和文化实践有一定的依赖性，"记忆的对象在一个特定的空间内被物质化，也需要一个特定的时间使其被现时化"②。扬·阿斯曼明确提出："在一个特定的社会形式的框架下，英雄史诗不失为一个用来进行文化记忆的首选文学类型。"③ 在扬·阿斯曼看来，史诗作为一种文学类型，是特定民族以文字为载体的文化记忆。而我国的史诗多为活态史诗，仍在特定场域中以演述的形式传承着，因此，史诗文化记忆呈现为史诗演述与史诗文本两种形态。

对于史诗来说，史诗歌手、演述场域、史诗文本等是史诗文化记忆得以传承的主要载体，而史诗演述、观众聆听、演述人与观众之间的互动等方式是一种确立和习得文化记忆的实践。以《格萨尔》为例，千百年来，史诗《格萨尔》就是在青藏高原和喜马拉雅山周边地区演述和流传，至今仍在藏族群众尤其是农牧民中保持着活态演述的形态。学者诺布旺丹提到，他通过长期在青海果洛州甘德县德尔文部落进行田野作业发现，史诗演述传统在三江源地区仍然保存完好。该部落的神圣传统就是唱诵《格萨尔》，人们将祖先追溯至格萨尔王，常自称是"岭国某某人的化身或转世"。人们常举行与史诗《格萨尔》有关的活动和宗教仪式，譬如举办"煨桑节（祭山会）""赛马会"，并伴以史诗说唱、艺人竞赛等内容。人们还常常借助于节日和仪式庆典将文化记忆现时化。在诞生礼、婚礼、葬礼等人生仪礼和传统节日活动中说唱相关的史诗段落，是人们重温文化记忆的重要方式，比如，在新生儿降生的时候，吟唱史诗中格萨尔王从天

---

① ［德］扬·阿斯曼：《文化记忆：早期高级文化中的文字、回忆与政治身份》，金寿福、黄晓晨译，北京大学出版社 2015 年版，第 370 页。

② ［德］扬·阿斯曼：《文化记忆：早期高级文化中的文字、回忆与政治身份》，金寿福、黄晓晨译，北京大学出版社 2015 年版，第 31 页。

③ ［德］扬·阿斯曼：《文化记忆：早期高级文化中的文字、回忆与政治身份》，金寿福、黄晓晨译，北京大学出版社 2015 年版，第 297 页。

国降生人间的段落；赛马节上吟唱格萨尔王赛马称王的段落，等等。① 这充分展示了作为文化记忆的史诗和传统民俗生活之间的时空联系。而且，从文化记忆的地形学"文本"或"记忆的场域"来看，《格萨尔》流传地区有众多的《格萨尔》风物遗迹，如阿尼玛沁雪山被认为是格萨尔大王的寄魂山；黄河源头的扎陵湖、鄂陵湖、卓陵湖，分别是嘉洛、鄂洛、卓洛三大部落的寄魂湖；德格县的阿须乡传说是格萨尔的故乡，等等。这些特定的空间作为史诗文化记忆的延伸物，体现了人们对自己族群记忆中的属地空间的认同。同样，彝族的史诗"梅葛"也突出体现了史诗作为文化记忆的功能。《梅葛》讲述了创世、造物、婚姻恋爱、丧葬四个部分的故事。梅葛的表演能够表现彝族人民共同的"历史记忆"，当地彝族民众以是否会唱"梅葛"作为和外族区分的标志，认为"梅葛"只有彝家人才有，会唱"梅葛"的才是彝家人。史诗"梅葛"在当地人心中是神圣的，有通天和通神的能力，人们利用史诗"梅葛"表演来树立权威和秩序，维护村寨的正常运行。除此之外，"梅葛"还是人生礼俗的通行证，人们凭借"梅葛"表演顺利通过各种人生"关卡"。② 因此，史诗反映了一个地方和民族的特殊历程、集体性格和记忆，又深刻关联着广大民众的生活方式，可以说史诗是一个地方或民族的标志性文化。

从史诗演述的内容即史诗文本的角度上来看，史诗从本源上讲述的是广大人民的生活，承载着一个民族的心路历程和思想情感的历史。如扬·阿斯曼所言："对于文化记忆来说，重要的不是有据可查的历史，而只是被回忆的历史。"③ 以英雄史诗为例，英雄史诗的发展与民族、古代国家的形成关系密切。随着民族的形成、种族的融合和国家的出现，人们的民族意识逐渐生发、觉醒和强化，史诗中的神话式人物逐渐被历史人物替代。因此，"史诗永远是历史性的。即使那些神话式的人物也是人民历史

---

① 诺布旺丹：《〈格萨尔〉史诗的集体记忆及其现代性阐释》，《西北民族研究》2017 年第3 期。

② 李生柱：《表演理论视野下的史诗"梅葛"研究》，硕士学位论文，中南民族大学，2010 年，第 55 页。

③ ［德］扬·阿斯曼：《文化记忆：早期高级文化中的文字、回忆与政治身份》，金寿福、黄晓晨译，北京大学出版社 2015 年版，第 46—47 页。

观的体现者，而不是古代神仙的变体"①。

　　从史诗文本中，我们可以观察到文化记忆的呈现，仍以《格萨尔》为例。一是它再现民族历史风貌。史诗常以真实事件为基础，传递"来自于绝对的过去"的历史和文化信息，在漫长的历史中逐步形成。"从某种意义上说，一部民族史诗，往往就是该民族在特定时期的一部形象化的历史。"②藏族人民集体创作的英雄史诗《格萨尔》，其背景是远古时青藏高原上纷繁的部落战争，它展示了古代藏民族生活的各个方面，根植于民间文化的沃土肥壤，在神话、传说、故事、民歌等的基础上不断积累和丰富，至今仍在相关民族地区活态演述着。正如《伊利亚特》《奥德赛》之于古代希腊人一样，史诗《格萨尔》叙述的是藏民族的部落历史，是三江源地区部落成员对自己部族以及祖先历史的一种集体记忆。二是突出民族文化符号。作为"史"的一面，史诗《格萨尔》与藏族社会的现实以及历史发展密切相关，史诗中常常出现藏族历史上有记载的真实存在过的部落、邦国、氏族等名称，以及很多真实存在的山水河流的名称等，甚至史诗中某些段落是与藏族史籍相契合的。比如《格萨尔》分部本中叙述的许多战争都曾是藏族历史上真实发生过的。也正因为此，《格萨尔》史诗历来被藏族人视为格萨尔王的真实故事。诺布旺丹考据，格萨尔并不是一个纯粹虚构的人物，其原型应该是一个生活在公元11至12世纪的有血有肉的历史人物。③他通过对不同时代的《格萨尔》文本进行比较发现，虽然早期的史诗文本富有故事性和传奇色彩，但较接近客观现实，稍后产生的文本神话色彩浓郁，而晚近产生的文本则具有浓郁的佛教色彩。他据此认为，《格萨尔》史诗的文本在整体上曾经历了历史传说化、传说神话化和神话艺术化几个阶段。④这也体现了扬·阿斯曼所说的："在文化记忆中，基于事实的历史被转化为回忆的历史，从而变成了神话，神话是具有奠基意义的历史，这段历史被讲述，是因为可以以起源时期为依据对当

---

　　①　程金城：《英雄史诗研究的理论突破和学术贡献——梅列金斯基〈英雄史诗的起源〉解读》，《贵州社会科学》2008年第11期。

　　②　钟敬文：《民间文学概论》，高等教育出版社2010年版，第204页。

　　③　诺布旺丹：《叙事与话语建构：〈格萨尔〉史诗的文本化路径阐释》，《西藏研究》2015年第4期。

　　④　诺布旺丹：《〈格萨尔〉史诗的集体记忆及其现代性阐释》，《西北民族研究》2017年第3期。

下进行阐释。"① 史诗是一种口头传统，它既然是普通群众和史诗歌手通过口头方式进行传承的，那在这一过程中，传承者对史诗的加工和再创造是必不可少的，某种程度上，史诗作为一种文化记忆不断经历着被重构的过程。

史诗《江格尔》记载了蒙古民族当时社会的文化精神与风貌，凝聚着蒙古民族的文化记忆。史诗中的那达慕、婚礼习俗、沙力搏尔式摔跤、祝赞词、服饰、蒙医药等记载，展现的是蒙古族人民的传统文化，体现着历史的印记，也标示着民族的身份，更是蒙古民族世世代代的精神财富。史诗《玛纳斯》的民族起源说很早就被《元史》记录，进入国家正史。它的几个区别于西方史诗学关注的核心类型和母题系列，早在我国先秦汉魏典籍的记载中，包括《列子》《搜神记》《大唐西域记》等都有史存。从那时到现在，这些历史性部分已成为少见的书面文献与口头传统胶合文本。② 哈萨克族民族志学家乔坎·瓦利汗诺夫（Chokan Chingisovich Valikhanov）曾做过这样的评价："《玛纳斯》史诗是将吉尔吉斯（柯尔克孜）所有神话、故事、传说融于一体，集中体现在一个人，即英雄玛纳斯身上的一部百科全书式的集成。它恰似一部草原上的《伊利亚特》。吉尔吉斯（柯尔克孜）的生活形式、民间习俗、道德规范、地理、宗教和医学知识、他们与各民族之间的关系都在这部宏大的作品中得到了反映。"③ 这段论述得到学界普遍认同。史诗《玛纳斯》演述本身是鲜活的民俗事象，其文本中也大量记载了柯尔克孜族的许多古老的习俗，如"萨达阿"：在英雄出征或外出归来时，宰羊或宰牛，取其肺，用肺敲打英雄的头部，以祈福禳灾，带来福运。又如英雄出征前的发誓仪式，上阵交锋之前的"血染战旗"仪式以及丧葬仪式等。与三大英雄史诗一样，创世史诗叙事内容丰富，也体现着民族文化记忆的作用。在我国纳西族、瑶族、白族流传的《创世纪》，彝族的《梅葛》《阿细人的歌》，以及《苗族古歌》等史诗中，我们可以看到古代人所设想和追忆的天地日月的

① ［德］扬·阿斯曼：《文化记忆：早期高级文化中的文字、回忆与政治身份》，金寿福、黄晓晨译，北京大学出版社 2015 年版，第 46 页。

② 董晓萍：《跨文化民俗体裁学——新疆史诗故事群研究》，中国大百科全书出版社 2017 年版，第 6 页。

③ 阿地里·居玛吐尔地：《乔坎·瓦利哈诺夫及其记录的〈玛纳斯〉史诗文本》，《民族文学研究》2007 年第 4 期。

形成，人类的产生，家畜和各种农作物的起源，以及早期社会人们的生活。

总而言之，作为口头传统，史诗通过普通民众和史诗歌手的口头演唱传承，在神话、传说、民间故事、民歌及谚语等的基础上创作，是现实和历史的投影，也是线性化的语言艺术创作。史诗记载了劳动生产、家庭婚姻、风俗习惯等各方面的各种材料。史诗虽然不是编年史一样的历史实录，但可以说它的历史印记是非常明显的。正如有学者言之："史诗之所以称为'史诗'，即因它从本质上来说乃是用诗体写下的古代历史。"① 从更广泛的意义上来讲，文学无不是记忆，而史诗更是一种特殊的文化记忆。

中国有 56 个民族，因而有着天然的多样性文化资源，为人熟知的《江格尔》《格萨尔》《玛纳斯》三大史诗以及各式各样的其他史诗与口头文学传承不仅是特定族群的文化记忆，更是承载"中国记忆"的非物质文化遗产，是中国文化多样性的最直观的体现。史诗的传承方式也在不断地多样化。以《格萨尔》为例，其文化记忆的载体除了史诗演述和书面文本之外，还有风物遗迹、文物、说唱曲调、藏戏、圣山圣湖、故事传说、绘画、文化活动基地等"活资料、活版本"。② 从文化记忆角度看，史诗展示着族群内部对文化记忆的能动选择，构建了本土的地方知识体系，浸透着一个民族的审美意识和厚重情感，承担着历史记录和文化记忆的功能，同时也体现出寻求国家认同的精神诉求。而文化的融通与创变是中华民族文学与文化复兴的思想与精神资源，多民族史诗可以与汉语文化之间相互借鉴、彼此促进。

第二节　族群记忆与文化认同

如前所述，史诗是文化记忆的一种方式。而文化记忆在历史发展中定位和促成身份的功能是非常重要的。扬·阿斯曼说，文化记忆涵盖的知识只是那些与身份和身份认同相关的部分。文化记忆有一个相对固定的时间

---

① 陈来生：《史诗·叙事诗与民族精神》，上海社会科学院出版社 1990 年版，第 43 页。

② 索南卓玛：《〈格萨尔〉文化资源的普查及其保护》，岗·坚赞才让、伦珠旺姆主编《格萨尔文化研究》，甘肃民族出版社 2010 年版，第 42—51 页。

视域，它可以长达两千年甚至三千年，因为它建立在特定的基点上。以古代西方文化上来说，这个基点就是《荷马史诗》和《圣经》。① 《荷马史诗》《圣经》属于西方人的文化记忆，因为它们构成了西方人确立身份时的坐标。在我国，《江格尔》《格萨尔》《玛纳斯》三大史诗以及各式各样的其他史诗的活态演述与文本流播是中国多民族多元文化丰富性的重要体现，发挥着传承族群记忆、建立文化认同的功能，也是我国文化输出和发生影响的重要资源。

一　史诗文化记忆与族群认同

在后现代语境中，"口头叙事"与"历史文献"的截然对立被打破，其本质都是历史记忆，只不过一种是口头的传承，另一种是被固化的历史。史诗具有庄严、神圣的特点，凝聚着特定民族（或族群）的人们共同的精神需求，表达着民众心底最真实的历史。根据劳里·航柯的定义，史诗是关于范例的伟大叙事，它在传统社会或接受史诗的群体中具有认同表达源泉的功能。② 就此而言，史诗可谓是"特定群体自我辨识的承载物"，其意义超越了史诗叙事直接传递的信息，并与群体认同、社会核心价值、行为规范等诸多超越史诗文本的意蕴关联密切。

民族认同是特定民族的成员对所属民族的起源、历史、文化、宗教、习俗等的接纳、认可和支持，并由此产生的一种独特的民族依附感、归属感和忠诚感。③ 简单地说，"民族认同即是社会成员对自己民族归属的认知和感情依附"④。在史诗演述中，熔铸着人们对人和事的臧否态度，以及对过去的记忆、对当下的体认和对未来的期许。史诗产生的时代，民族信仰与个人信仰，民族的意志、感情与个人的意志、感情尚未分裂。因此，史诗人物特别是史诗中的主要英雄，往往都是民族精神、民族情感、民族性格、民族意志的体现者。在我国的少数民族史诗里，随处可见族群认同的表达。

①　［德］扬·阿斯曼：《"文化记忆"理论的形成和建构》，金寿福译，《光明日报》2016年3月26日第11版。

②　劳里·航柯：《史诗与认同表达》，孟慧英译，《民族文学研究》2001年第2期。

③　刘俐俐：《汉语写作如何造就了少数民族的优秀作品——以鄂温克族作家乌热尔图的作品为例》，《学术研究》2009年第4期。

④　王希恩：《民族认同与民族意识》，《民族研究》1995年第6期。

以史诗《格萨尔》为例。藏族人自古就有祖先崇拜和记忆的传统。藏族历史文献常常先从人类的氏族起源讲起，《格萨尔》史诗中也一再提及格萨尔所在的氏族谱系。《格萨尔》产生于青藏高原群雄割据、部落兼并、征战频繁的时代，加之他们所处高寒地区偏僻贫瘠，水深火热中的人民盼望结束战乱、安邦治国。《格萨尔》叙述英雄的故事，与进犯和掠夺岭国的几十个部落作战，贯穿着"惩恶扬善、为民除害"的主题。同时它还记述了古代藏民族部落社会的生产劳动、社会生活等方方面面的民族史。广大民众通过演唱和聆听《格萨尔》得到精神的慰藉和情感的陶冶，文化记忆不断得到强化，文化上乃至血缘上的寻根和认同得到了实现。藏区广泛存在的《格萨尔》风物传说和文化遗迹也都是基于族群认同的表达，反映了史诗在藏族民众历史记忆中的重要位置。平措在《〈格萨尔〉的宗教文化研究》中言：《格萨尔》是"显现不同藏族历史时期的明镜""藏族各种题材的民间文学的汇总""藏族不同历史阶段宗教信仰的历史老人"，同时又汇集了藏族独特特色的民风民俗和藏区民间语言的精髓。① 可以说，史诗《格萨尔》是藏民族文化记忆和族群认同的载体，在强化族群记忆、维护族群文化认同方面发挥着重要功能。

《玛纳斯》史诗被国内外学术界称为"柯尔克孜族古代生活的百科全书"。史诗围绕英雄的横空出世——这个开天辟地的大事，整个民族古老的历史文化生活长卷徐徐展开，英雄的出世和他戎马倥偬的一生，实际上反映着一个民族古老的文化。玛纳斯英武豪壮，除暴安良，打击邪恶，拯救人民于水火，是柯尔克孜人顶礼膜拜的崇高形象和执着追求的精神境界。对于柯尔克孜人而言，史诗《玛纳斯》是一种文化符号，它集中体现着民族文化传统，蕴含着柯尔克孜族人民特有的精神价值、思维方式及艺术想象力，而民族文化尤其是社会生活习俗为中心的精神文化被本民族全体成员体认、内化、弘扬、升华的过程就是民族认同的过程。

苗族史诗《亚鲁王》，也具有极为类似的认同功能。在贵州麻山地区，一些讲着苗语西部方言的民众，长久以来传承着《亚鲁王》这一大型叙事传统。对于这个边界相对清晰的亚文化圈中的民众而言，《亚鲁王》的每一次演述，都在强化着他们内部的认同。但是，内部认同又因为在描述苗族迁徙历史时所采用的树形结构，而令这种认同具有更为复杂

---

① 平措：《〈格萨尔〉的宗教文化研究》，西藏人民出版社 2009 年版，第 21 页。

和脉络清晰的线索——不仅是姓氏和家族的，也包括更大群落的彼此关系，被精心编织在一个枝权纷繁的谱系中。于是，认同被细致地区分出许多层次来。

赫尔德认为："一个有前途的民族的真正的基础，恰恰是该民族人民的诗歌传统。正是通过民众的诗，比如歌谣、故事、传说等，一个民族的精神才能得到表达，才能够代代传承。因此，民众的口头传统被称作'人民的资料库'（archive），它是民族认同的一种重要表达方式，是民族文化内聚性和连续性的结构模式，也是该民族社会生活与政治生活的根本依据。"① 赫尔德强调了传统对于政治合法性及社会延续的重要意义。在构筑民族认同的过程中，文化是一个民族的身份证明，它无处不在，文化认同是民族认同的基石。正因为此，对于外来人来说可能冗长乏味的、重复的史诗叙事，却能在族群成员中得到欣赏、热情和认同。朱光潜也认为，原始诗歌表现的大半是某部落或某阶级的共同的感情或信仰，所以每个歌唱者都不觉得他所唱的诗是属于某个人的。如果一首诗歌引不起共同的情趣，违背了共同的信仰，就不能传播出去，就会立即消失。② 由是观之，史诗传统在现代复杂社会中依然保持着强大的生命力。

二　史诗文化记忆与中华民族认同

费孝通先生曾指出，中华民族是多元一体的格局。具体来说，56 个民族是多元，中华民族是一体，二者都被称为民族，是因为它是建立在民族认同的基础上，但这种认同不是单一的，而是多层次的，即各民族自己民族认同的基础上，还都具备了高一层次的"中华民族认同意识"。③ 族群的认同是通过包含在各种神话、记忆、象征和价值观之中的文化亲和力脉络来延续的。特定民族的人们通过史诗文化记忆建构族群感受，进而建立起中华民族认同，乃至国家认同。史诗叙事，体现着特定民族的文化记忆，包含民间传统文化，它所蕴含的知识和智慧，所传达的文化精髓和价值，也凝聚着中华民族传统文化之内核，在各族人民乃至全人类生活中都

---

① ［美］理查德·鲍曼：《作为表演的口头艺术》，杨利慧、安德明译，广西师范大学人民出版社 2008 年版，第 210 页。

② 朱光潜：《诗论》，江苏文艺出版社 2008 年版，第 14 页。

③ 费孝通：《代序：民族研究——简述我的民族研究经历与思考》，《中华民族的多元一体格局》，中央民族大学出版社 1999 年版，第 13 页。

是非常契合的。

以英雄史诗为例。三大英雄史诗在民众中广泛流传，已成为这些民族文化生活的重要元素。英雄史诗从总体上反映了民族的思想和命运，诗中的英雄则是民族精神的化身。在这些史诗中的英雄形象的身上，维系着各民族认同的情感和价值的取向，包含了人类最初的历史意识。

《格萨尔》所叙述的一连串事件，是现实生活的高度提炼，艺术地再现了藏族社会的历史发展。在藏族人眼里，《格萨尔》就是一部藏族历史。无论是史诗艺人，还是藏区群众都坚信史诗说唱的是真实的历史，相信格萨尔是藏族历史上一位真实存在过的神勇无敌的大英雄。他们认为，格萨尔王南征北战、降妖伏魔，把各"宗"的"运"带到了岭国，才有了后世藏族百姓的安居乐业和幸福生活。英雄格萨尔这个形象，深刻地体现了藏族人民勤劳智慧、万难不屈、自强不息、勇于开拓、敢于创造的民族精神，因此它就必然在藏族人民心灵深处有着强烈的共鸣。《江格尔》里出现的那些动荡的社会状况、战争的性质和目的、社会军事政治制度、社会各阶层的结构、人们的思想愿望以及经济文化状况与明代蒙古族封建割据时期西蒙古卫拉特地区社会现实基本相符。史诗的人物群像，是主人公江格尔和他的六千又十二位勇士。史诗的核心内容，是江格尔和他的勇士们如何英勇地保卫美丽富饶的宝木巴国，同形形色色凶残的敌人进行惊心动魄的战斗历程，展示了蒙古族人民保卫家园、抗击外来侵略和追寻生活理想的历史遭际，以及他们敢于斗争、敢于胜利的坚毅、勇敢的民族共性，歌颂了百折不挠的民族精神。

与三大英雄史诗相对照，南方史诗着重展示了南方民族与自然和强权斗争的坚韧不拔的民族精神。创世史诗在中国南方地区的蕴藏量极为丰富，它以"创世"（各民族心目中的历史）为主线，描述天地万物的生成及人类的产生、民族的起源，即从开天辟地、日月形成、造人造物、洪水泛滥、族群起源、迁徙定居、农耕稻作等，形成了一个完整的创世纪序列，反映了各民族先民在特定历史时期所特有的宇宙观、进化观、历史观、信仰观、道德观、伦理观。创世史诗大都具有强烈的历史性，被各民族人民视为"根谱""古根"和"历史"。例如，史诗《梅葛》通篇叙述开天辟地、创造万物，但实际上，《梅葛》中的"神"是高度人格化的，是按彝族先民的形象塑造出来的，他懂彝人的习俗，有感情，就是普通彝族先民的形象。在史诗中，我们可以看到，格滋天神的所有创世活动，都是历经艰苦的劳动、备受挫折后才获得成功。至于取火、找铜铁、造农具、寻种子、狩猎、找盐、种荞、养蚕等无不展示彝族社会生产实践的基本内容；找人种、兄妹婚配、分虎肉、盖房子、分民族等都是彝族社会生活的真实写照。从人文精神的主题来看，创世史诗体现的是我国古代南方少数民族对万物起源的求索和触探；从具体内容观照，它反映了人类改造自然的历史，而从史诗的深层精髓观照，史诗是少数民族文化记忆在历史发展过程中不断积累的结晶。

扬·阿斯曼的文化记忆理论打破了"神话"与"历史"之间的对立，将神话和历史不加区分地纳入文化记忆，"过去，如果被固定和内化成起到奠基作用的历史，那就变成了神话，这一点和它的虚构性或真实性毫无关系"①。文化记忆并非借助基因继承，它通过文化的手段一代代地传承。② 从这里，我们可以看到史诗传承与族群建构、族群认同之间的关系。史诗是先民在特殊的历史背景和社会环境中所建构的一种集体记忆和历史表述。族群建构基于族群认同，族群认同强化族群构建。以彝族创世史诗为例，彝族及其各支系的创世史诗，在继承族群口头传统的基础上，历经了漫长的口头传承过程。没有超强的集体记忆遗留功能和稳定结构的族群，史诗很难在如此之长的历史发展过程中，在口头相传过程中，被完好地保留下来。所以，相对稳定的民族族群结构，相对单一的族群记忆，是形成史诗的温床。许多拥有史诗的民族如藏族、蒙古族等，都具备这类特征。

史诗是一种口头传统，史诗演述承载着各民族的历史经验、诗性智慧和文化精髓，而传统的力量是巨大的。一个民族的传统能够嵌入民族深层精神生活，从而支配其成员的观念与行为。而在中国这样一个多民族国家中，各民族通过史诗建立的认同绝不是相互独立的认同，而实质上是你中有我、我中有你的有机体。例如，史诗《格萨尔》是藏族人民集体创作的，然而它在国内四川、云南、西藏、青海、甘肃、宁夏、内蒙古、辽宁、新疆等九个省区的藏族、蒙古族、土族、裕固族、撒拉族、普米族、

---

① ［德］扬·阿斯曼：《文化记忆：早期高级文化中的文字、回忆与政治身份》，金寿福、黄晓晨译，北京大学出版社 2015 年版，第 72 页。

② ［德］扬·阿斯曼：《文化记忆：早期高级文化中的文字、回忆与政治身份》，金寿福、黄晓晨译，北京大学出版社 2015 年版，第 87 页。

纳西族、白族、傈僳族等九个民族和摩梭人中都有流传。① 而且，许多地方还有大量的关于格萨尔及其家族的遗迹、遗物与风物传说，这也反映了史诗拥有广泛的群众性价值。因此，从本质上讲，史诗传统的传承过程就是族群文化意义和精神层面的文化认同过程。

换言之，史诗从内容上反映特定民族的历史、社会生活与民族精神，在艺术形式上顺承特定民族的审美情趣和文化传统，其历史内涵和表演形式是具有鲜明的民族风格和特点的。然而，优秀的史诗同时不乏人类文化的共性，是全人类的精神财富，它的意义和价值是超越民族和历史的。从这个意义上来说，揭示史诗叙事中所蕴含的精神文化因素，不但对于增进本民族认同、弘扬本民族精神，而且对于建设中华民族共有的精神家园具有重要的理论和现实指导意义。更进一步讲，许多史诗不仅是多民族共享的，而且可以成为中国和相关国家文化交流的重要媒介。比如，史诗《格萨尔》流布在中国和蒙古国、俄罗斯、阿富汗、巴基斯坦、尼泊尔、印度、不丹、锡金等环"世界屋脊"九个国家的藏族后裔和蒙古族等其他民族中。② 《玛纳斯》长期在柯尔克孜族和新疆，以及境内外多民族流传，德国、俄罗斯、法国、英国、伊朗、日本等外国学者很早就对它做过搜集和研究。③

史诗作为一种文化记忆，不管是史诗演述还是史诗文本，也只有当人们传播史诗的时候，其意义才具有现时性。譬如一个文本，当它一旦停止使用，它便不再是意义的承载体，而是其坟墓。④ 史诗真正的生命在于其活态性，它的活力存在于普通百姓的文学生活中，而非仅仅保存在文学的陈列馆里，供人鉴赏。因此，对于史诗来说，如何传承显得尤为重要，这就牵涉史诗作为非物质文化遗产的保护和史诗经典化两个问题。

---

① 曼秀·仁青道吉：《〈格萨尔〉学与民族学研究方法——记〈格萨尔〉学学科创立人王兴先研究员》，王兴先《格萨尔研究论文集》，中国藏学出版社 2013 年版，第 535 页。

② 曼秀·仁青道吉：《〈格萨尔〉学与民族学研究方法——记〈格萨尔〉学学科创立人王兴先研究员》，王兴先《格萨尔研究论文集》，中国藏学出版社 2013 年版，第 535 页。

③ 董晓萍：《跨文化民俗体裁学——新疆史诗故事群研究》，中国大百科全书出版社 2017 年版，第 7 页。

④ ［德］扬·阿斯曼：《文化记忆：早期高级文化中的文字、回忆与政治身份》，金寿福、黄晓晨译，北京大学出版社 2015 年版，第 89—90 页。

第三节　"非遗"视域下的史诗

"非物质文化遗产"是 21 世纪以来的学术关键词之一，它本身也是我们这个时代具有象征意义的文化样式。中国于 2004 年 8 月 28 日成为第六个批约国，史诗《格萨尔》《玛纳斯》于 2009 年被联合国教科文组织批准列入人类非物质文化遗产代表作名录。随着口头诗学的本土化与非物质文化遗产保护的深度融合，非遗保护成为研究史诗的重要视角和聚焦点。而史诗作为非物质文化遗产，其特殊性在于，对于它的传承和保护，不是静态的"遗址"保存，而是记录和传播文化，是"文化记忆"的延续与呈现。学者毛巧晖从地方政府、学者和民众三个方面阐释了非物质文化遗产作为文化记忆的展示、保护与实践，① 文章在此基础上，从史诗作为文化记忆的一种特殊方式以及它作为非物质文化遗产的重要组成部分的角度，重点探讨非物质文化遗产视域下，史诗的传承和保护实践、相关问题及建议。

根据《保护非物质文化遗产公约》的表述，非物质文化遗产是指被各社区、群体，有时是个人，视为其文化遗产组成部分的各种社会实践、观念表述、表现形式、知识、技能以及与之相关的工具、实物、手工艺品和文化场所；这种非物质文化遗产世代相传，在各社区和群体适应周围环境以及与自然和历史的互动中，被不断地再创造，为这些社区和群体提供认同感和持续感，从而增强对文化多样性和人类创造力的尊重。② 我国早在 2006 年就明确提出非物质文化遗产是文化遗产的重要组成部分，是我国历史的见证和中华文化的重要载体，蕴含着中华民族特有的精神价值、思维方式、想象力和文化意识，体现着中华民族的生命力和

---

① 毛巧晖：《非物质文化遗产：文化记忆的展示、保护与实践》，《西北民族大学学报》（哲学社会科学版）2016 年第 4 期。

② 2003 年 10 月 17 日，联合国教科文组织第 32 届大会通过了《保护非物质文化遗产公约》，本书所引内容为《保护非物质文化遗产公约》2006 年 10 月 8 日订正本，参见巴莫曲布嫫《从语词层面理解非物质文化遗产——基于〈公约〉"两个中文本"的分析》，《民族艺术》2015 年第 6 期。

创造力。①

《格萨尔》史诗申遗成功后，我国各级政府、研究机构和民间开展了多层次、多角度的史诗保护工作，史诗研究呈现出繁荣局面，各地"研究中心"形成，出版著作得到更多资助，研究领域逐渐拓宽，实地调查与保护工作成为研究热点。2017年3月17日，史诗《格萨尔》发祥地玉树启动史诗抢救五年计划，规划包括开展经典文本整理和译制、整理出版音乐汇编和史诗生态文化汇编、编纂方言词典、编制《格萨尔》史诗书法珍藏版等多项内容。在艺人的保护方面，"及时将艺人们所演述的内容以文本的形式进行抢救、整理和出版，并用现代手段整理、保存，是此规划的重点"②。21世纪以来，随着《玛纳斯》申遗成功，新疆各级政府部门一方面加强史诗保护工作，在原有的新疆文联《玛纳斯》研究室的基础上，先后成立了新疆克孜勒苏柯尔克孜族自治州及县级《玛纳斯》保护中心，并在新疆大学成立了新疆《玛纳斯》研究中心；另一方面倾力打造《玛纳斯》文化品牌，提高史诗知名度。③蒙古族英雄史诗《江格尔》2006年被列为第一批国家级民间文学类非物质文化遗产，目前仍在申报世界非物质文化遗产的过程中。

活态苗族史诗《亚鲁王》于2009年在贵州麻山地区被发现，同年被列入中国民间文化遗产抢救工程重点项目，被文化部列为2009年中国文化的重大发现之一，并于2011年被国务院列入第三批国家级非物质文化遗产名录。2011年，《亚鲁王》第一部由中华书局出版，并在人民大会堂举行了首发式。文艺评论家刘锡诚认为，苗族英雄史诗《亚鲁王》的发现、记录与出版是21世纪我国非物质文化遗产保护工作的重大成果，使《亚鲁王》在"自然生命"——口传的方式之外获得了"第二生命"。④

从上述史诗保护与研究工作实践中可以发现：一是非物质文化遗产保

① 《国务院关于公布第一批国家级非物质文化遗产名录的通知》，新华月报社编《时政文献辑览》（2006年3月—2007年3月），人民出版社2007年版，第811页。

② 尼玛永泽：《〈格萨尔〉发祥地玉树启动史诗抢救保护五年规划》，《中国民族报》2017年3月31日第10版。

③ 阿地里·居玛吐尔地：《从民间走向人类非物质文化遗产的巅峰——〈玛纳斯〉史诗在中国的命运》，《"史诗之光—辉映中国"——中国"三大史诗"传承与保护研讨会论文及论文提要汇编》，新疆克州阿克陶县：中国民间文艺家协会，2012年，第14页。

④ 陈永娥：《苗族乡愁——〈亚鲁王〉的传承研究》，《学术探索》2015年第8期。

护工作对于史诗的传承有非常大的促进作用。申遗的过程首先是对史诗的宣传过程，能够让更多人了解、喜爱和参与到保护史诗传统的工作中，同时也能促进社会各界对文化遗产的保护、传承和发展，提高世界各国对中华民族优秀文化遗产的关注和认知，进一步增进中国史诗文化和世界各地文化间的对话与交流，从而促进和保护世界文化的多样性。二是我国对于史诗的保护，主要有两个举措，要么出版书面文本，开展经典文本整理和译制、加强史诗研究等，要么则由国家或政府出台措施，改善非遗传承人的生活条件，使部分史诗歌手从乡村来到城市或城镇，成为职业歌手。国家和各级政府是非物质文化遗产保护工作的主体，具有强大的行政资源、经济实力、话语权，能够调动社会各界，运用专业的保护技术，使史诗在相当程度上抵御外来文化的冲击。其中有一个悖论是：在非物质遗产的视域下，史诗作为口头叙事诚然是"非物质的"，然而保护和传承史诗的手段和方式却不可避免有物质性的方面，甚至很大程度上是"物质性"的：大而言之，国家和各级政府推进史诗挽救、保护和研究工作，具体层面，史诗歌手通过大脑和身体演述史诗，文本或音像载体保存史诗的内容、声音和演述场景。如果"缺少了这一物质的维度，非物质文化遗产项目就无法被共享，也无法存续"①。因此，在对史诗进行保护和传承时，要提升对史诗的认识，将精神和物质两方面都纳入考量。

从史诗作为一种传统和文化的角度上来看，要尊重史诗原本的文化形态，文化遗产的保护和传承是一个复杂的问题。由于现代化和城市化的巨大驱动力，史诗传承区域生产生活方式发生改变、农耕聚落不断瓦解、史诗艺人青黄不接，加上现代传播方式强力入侵，依附于口头传承的史诗演述确实面临着"人亡歌歇"的情况，但作为非物质文化遗产，史诗也不会那么轻易地、彻底地消失和泯灭。

传承与保护活态史诗的主要载体和媒介首先是史诗歌手，而史诗歌手的存在离不开其听众和具体、独特的演述场域，也就是说，史诗只能通过"活态"的方式进行保护和传承。以江格尔为例，有学者提出，江格尔奇演述史诗的能力与其族群文化记忆和个人智性语言编辑能力有密切关联，

---

① ［摩洛哥］艾哈迈德·斯昆惕（Ahmed Skounti）：《非物质文化遗产及其遗产化反思》，马千里译，《民族文学研究》2017年第4期。

某种程度上，江格尔奇的语言编辑能力受控于他的文化和语言语境。① 因此，对史诗的传承和保护在第一层次上，首先要把史诗还原到实践当中，使史诗在其千百年来流传的文化语境中保持活态演述的文化原貌，即维系和保护史诗与民族地区人们"文学生活"的联系。

"文学生活"概念由温儒敏先生提出，强调关注普通人的文学生活，提倡文学研究关注普通人生活中的文学消费。② 由此形成的观念是，文学不仅是观念形态的文本，更是社会成员动态参与的现实生活的一部分。文学不再是生活的反映，而成为生活本身。从文学生活的角度看，我国多民族生活中世代传唱的活态史诗，不仅是普通意义上的文学，更是鲜活的、动态的民俗生活事象，它在史诗歌手演述与大众互动参与中传承，无疑可视为多民族中国版图中文学生活的活态样本。这也是中国各少数民族史诗与西方荷马史诗等相比最大的区别和优势。从现实来说，多民族史诗不仅是书写历史、改变历史的文化动力，也是中华民族的文学生活本身。格萨尔史诗拥有广泛的史诗歌手和听众群体，20世纪中期，任乃强就观察并记录了人们在生活中演述史诗《格萨尔》的热闹场面："演唱者与导观者口讲指画，津津然不忍自辍。从予叩听者眉飞色舞，懵懵然化入书中。"③ 郎樱在《玛纳斯论》中说，对于憨厚朴实，逐水草而居的柯尔克孜人民来说，倾听玛纳斯奇演唱《玛纳斯》是最高的精神享受，是谁都珍惜的宝贵机会。"男女老幼全神贯注地听，满怀激情地听，他们忘却了现实生活中的艰辛与烦恼，忘却了时间与空间，完全陶醉沉浸在史诗《玛纳斯》的意境中。"④ 正如洛德在《故事的歌手》里所言："史诗不仅是一种载体，也是一种生活方式。"⑤

然而，如本书第五章所述，近年来，随着全球经济一体化进程的加快、外来文化的冲击，以及老一辈史诗歌手相继年迈、辞世，"人亡歌

---

① 齐艳艳、哈斯巴特尔：《蒙古族民间文学保护、传承与研究的几点思考——以卫拉特史诗〈江格尔〉为例》，《语文学刊》2018年第1期。

② 温儒敏：《"文学生活"概念与文学史写作》，《北京大学学报》（哲学社会科学版）2013年第3期。

③ 徐新建、王艳：《格萨尔：文学生活的世代相承》，《民族艺术》2017年第6期。

④ 郎樱：《玛纳斯论》，内蒙古大学出版社1999年版，第74页。

⑤ ［美］阿尔伯特·贝茨·洛德：《故事的歌手》，尹虎彬译，中华书局2004年版，第35页。

息”的情形已经出现。岗·坚赞才让曾提到，随着新的文化信息，新的生活方式以及现代传媒的普及，现在藏族聚居区的广大农牧民茶余饭后说唱《格萨尔》的场景越来越少，史诗的听众渐渐喜欢看电视剧，许多年轻人甚至不知道《格萨尔》是个什么，更不知道民间艺人的名字。①

有学者通过调查提出了引人深思的问题：国家开展非物质文化遗产保护工作后，史诗《格萨尔》上升为国家级非物质文化遗产保护对象，成为民族国家的文化象征，在对外文化展演中，影响力得到扩大。“遗憾的是，与外面的热闹相比，在格萨尔史诗传承的地方，文化氛围并没有得到明显提升。谁的格萨尔史诗？谁来说唱？谁在聆听？”② 也就是说，说唱和聆听格萨尔史诗曾经就是当地民众的文学生活，至少是其生活中的重要内容，而随着多种原因影响，说唱氛围不断减弱，史诗的文化空间持续缩小。这种情况下，如何重建史诗与人们生活的联系成了当务之急。这种重建，包括对史诗演述空间的重塑、在此空间中史诗歌手对史诗的自然地传承以及听众的维持，如何使史诗以文化记忆的方式继续对人们当下的生活发生作用，至少是对史诗流传地区的人们发生作用，以“活态持续”强化族群记忆，延续中华历史文化的认同感，等等。

第二层次，即在重建史诗与人们文学生活联系的基础上，进一步拓宽和发展传承史诗的载体、媒介和空间。对活态史诗的保护和传承当然不限于民族地区的活态演述，而要将之传播到其他民族和地区，使其他民族、地区和国家的人们了解、认识和传承史诗，从而发挥史诗作为非物质文化遗产的功能。史诗跨越地区和民族得以传播的手段，最重要的当属数字化传播与文本传播。所谓非物质文化遗产数字化，“主要是采用数字采集、数字储存、数字处理、数字展示、数字传播等技术，将非物质文化遗产转换、再现、复原成可共享、可再生的数字形态，并以新的视角加以解读，以新的方式加以保存，以新的需求加以利用”③。当前影像制作已进入了数字化的创作时代，数字影像技术的介入为史诗保护注入了新的活力。在特定的时刻，影视与传播手段不仅可以完成文化遗产的保存，而且还能发

---

① 岗·坚赞才让：《格萨尔文化遗产的保护与发展思路》，岗·坚赞才让、伦珠旺姆主编《格萨尔文化研究》，甘肃民族出版社 2010 年版，第 32 页。

② 郭建勋：《非物质文化遗产保护背景下的四川格萨尔说唱艺人阿尼近况调查》，《民族学刊》2016 年第 2 期。

③ 王耀希主编：《民族文化遗产数字化》，人民出版社 2009 年版，第 18 页。

现激活文化遗产的当代意义。① 我们可以通过民族志影像的记录，通过文化阐释和传播使史诗口头传统与文化记忆得到留存，并在传播过程中进一步完成文本和表述对象内涵意义的升华。同时，处理好史诗的文本化问题。要将史诗文本还原到它千百年赖以传承的语境中，把文本与语境作为一个整体来观照，这固然重要，但也不可忽视史诗文本化以后形成的书面文学。我们可以用口头诗学来解读史诗，但面对史诗文本时则必须尊重书面文学的接受与传播的规律。如何把握史诗的"本真性"与"文学性"之间的关系，是进行史诗整理与译制时贯穿始终的重要方面。

　　第三层次，对史诗的保护和传承是一个"系统工程"，应遵循调查、采录与保护刻不容缓，转型和发展环环相扣，科学研究与学术导引齐头并进的原则。调查与采录是一种传承的方式，也为史诗的研究提供客观真实的材料。转型与发展是史诗传承的必然趋势，而学术研究为史诗作为非物质文化遗产保护工作提供了学术导引和方向。随着民族地区经济的发展，当代文化传承的方式日趋多样化，古老的、传统的史诗也会不断汲取当代文化的养分而持续走向复杂与多样，当前语境下我们已经看到史诗出现了更多的传承类型，仅格萨尔史诗就有格萨尔唐卡、格萨尔藏戏等多种传承和传播类型，出现了在微信和抖音中备受欢迎的史诗歌手，而新的传承类型和媒介所呈现出的开放姿态和融汇交流的特质正是当代文化发展所需要的，也能为史诗研究提供新的资料。史诗作为一种文化记忆，它的意义在于人与传统的交流，更在于这种交流对于我们当下的生活和文化的意义。对史诗的传承与保护同时也是对史诗传统的激活，将对相应民族地区社会、经济与文化可持续发展，对民族地区社会稳定及维持我国各民族文化多样性，并进一步凝聚中华民族认同产生积极影响。

　　史诗是民族历史文化的"百科全书"和口头传统的集大成，是特定民族的族群记忆、民间习俗、地方知识、宗教信仰的重要载体，属于特定民族成员的文化记忆。活态史诗以史诗演述和独立文本形态构成史诗文化记忆的两种形式，在强化族群记忆、维护族群文化认同，并进而建立中华民族认同等方面具有独特功能。同时，文化记忆涉及文化连续性问题，即传统的确立和维系。这就涉及史诗作为非物质文化遗产的保护与传承问

---

① 庄孔韶：《文化遗产保护的观念与实践的思考》，《浙江大学学报》（人文社会科学版）2009 年第 5 期。

题。史诗的活态传承，以文化记忆为内核，能够促进民族精神和时代精神相互交融，对于进一步铸牢中华民族共同体意识，推动中华文化可持续发展，增强国家文化软实力，坚定文化自信，推动中华民族伟大复兴具有重要意义。

余　论

　　史诗是有深厚底蕴的、与民族息息相关的文化现象。它是一个民族世代传承的集体智慧的结晶，属于难得的文化资源，因而具有很高的研究价值。20 世纪 50 年代以后，随着国内诸多活态史诗被陆续发现，中国史诗研究得以逐步展开，在资料和理论储备方面取得了一定的成绩，日益成为一门独立的人文社会学科。对于中国当代史诗学来说，以本土的活态史诗传统为立足点和学术生长点，提炼和建构适于中国史诗发展、具有中国特色又符合一般史诗学规律的学科体系，是十分迫切的任务。而关键词最能彰显一个学科的理论特色。本书选取史诗、口头诗学、演述、文本、歌手、文化记忆作为当代史诗研究的关键词，这些关键词一方面展示出当代史诗学体系的内在联系和发展，另一方面又因其独立的问题域而形成对当代史诗研究的多维观照。本书的论证过程始终贯穿着对中国史诗研究路径、视角和范式的审视与反思。

一　本书试图在以下方面做出创新

　　1. 本书对中西方学界的史诗观念变迁历程进行回溯和反思，结合中国活态史诗的现象，对"史诗"进行重新界定，厘清了史诗口头传统、史诗演述与史诗文本之间的关系。在对史诗进行界定的过程中，对史诗的来源、史诗真实与历史真实的关系、史诗的长度、史诗的类型以及"汉民族是否有史诗"等问题进行了全面地辨析。这对于辨析和阐释具体的史诗传统具有重要的指导意义，也可避免将史诗泛化而与其他口头传统或文学样式混淆的情况。

　　2. 口头诗学是中国当代史诗研究的轴心范式。本书没有将口头诗学局限于口头程式理论，而是把民族志诗学与表演理论同时纳入广义的口头诗学，对口头程式理论的核心命题"表演中的创作"及理论框架"程式、主题和故事范型"进行阐释,对口头诗学的本土化进行反思。由是观之,国际史诗学术对中国史诗研究具有重要启发作用。史诗研究一方面要立足传统,同时要加强与国际史诗学界的交流与合作,具有面向世界的学术眼光,在中西文化的碰撞中发展。

3. 20 世纪末迄今,中国史诗研究界开始出现重要的学术转向,即"从文本走向田野,从传统走向传承,从集体性走向个人才艺,从传承人走向受众,从'他观'走向'自观',从目治之学走向耳治之学"①。人们的史诗观念也发生了从"作为文本的史诗"到将史诗视为口传形态的叙事传统、动态民俗生活事象和口头表达文化形态的转变。史诗演述是史诗的"田野",它综合了史诗歌手、口头文本、叙事语境与史诗听众等诸多要素,是史诗的"全息世界",也是当代史诗研究的核心。本书结合接受美学,对史诗演述进行阐释,这对于任何的"这一个"或"这一次"史诗演述都具有启发意义和借鉴价值。

4. 本书在当前史诗研究发生"从文本向演述"转向的语境下,提出史诗文本具有独立的阐释框架这一命题,是对"以演述为中心"的史诗研究的一种补充和纠偏。就中国目前史诗的现状而言,活态的史诗演述可谓是一种"本真的"、原生态的史诗传承方式,史诗演述转换为书面文本时固然会丢失演述语域中的一些要素,但史诗文本的独立性使其成为史诗得以跨民族、跨地域乃至国界进行传承和流播的重要媒介。因此,史诗文本是史诗研究的书面维度,是史诗传承的重要方式,是我们进行史诗学科体系建设时绝不能忽视的方面。

5. 世界上大部分有史诗传世的国家当前都只有各种史诗的书面定本流传,而无活态史诗演述。从这一意义上,史诗歌手无异于史诗文化的"活化石"。我国史诗歌手的大量存在,既是活形态史诗的最好例证,同时也为史诗研究者提供了广阔的研究空间和进行田野作业的鲜活材料。对于不同的史诗传统而言,史诗歌手的情况具有差异性,也有共性特点。本书重点对"史诗神授"这一在多部史诗中较为普遍的现象进行了阐释,并关注到时代语境与史诗歌手身份的重构问题。

6. 本书首次将文化记忆作为史诗研究的关键词,具有创新价值。一方面,史诗与文化记忆的关系主要体现在史诗叙事的内容,更偏重于史诗

---

① 朝戈金:《朝向 21 世纪的中国史诗学》,《国际博物馆》(全球中文版) 2010 年第 1 期。

的文学研究；另一方面，史诗演述本身及其诸多的转化形式同样是特定民族乃至中华民族文化记忆的形式。史诗作为文化记忆，属于"绝对的过去"，同时与民众当下的"文学生活"密切关联。作为史诗内核的文化记忆凝聚起民族成员的情感联系，使人们意识到彼此间休戚与共、血脉相连，同时"记忆之链"也连接着民族的历史与现在，促进民族共同体的形成与建构。将中国少数民族史诗置于中华民族多元一体的历史格局与多民族国家的必然选择这一问题框架中观照，中华民族文化由多民族文化"共铸而成"，大量活态史诗文本理应被纳入中华民族的文化记忆，成为凝聚中华民族精神、构筑中华民族共同体"最大同心圆"不可或缺的文化符码。

二 对中国史诗学建设的反思与展望

1. 优势与创新：中国史诗研究最大的本土优势在于，中国三大英雄史诗《格萨（斯）尔》《江格尔》《玛纳斯》仍在活态传承，已形成各自的史诗学科体系，除此之外，还有数以千计的史诗或史诗片段在其本土社会空间活态传承和传播。我国南北各地存在着许多天才的史诗歌手，他们各自熟记本民族的史诗。活态传承是史诗的生命，也是我国史诗的主要特色，能够为当代史诗研究提供鲜活的第一手资料。史诗的形成、发展与流播等问题，仅靠书面史诗材料是难以解决的。世界上很多国家已无活态史诗传承，而我国拥有世界上最好的"史诗田野场"。立足于史诗研究的"中国材料"，国内史诗研究出现了一系列的理论创新：在史诗类别上，突破英雄史诗的概念，拓展出创世史诗和迁徙史诗，细化和丰富了史诗的类型研究，为中国诸多史诗传统认定和阐释提供了依据；朝戈金借鉴民俗学三大学派的共享概念框架，结合史诗传统表述归纳出史诗术语、概念和文本类型；巴莫曲布嫫对民间文学文本制作中的"格式化"问题的归纳及"五个在场"的基本学术预设和田野操作框架的提出；对具体史诗传统传承人的研究，等等。当然，中国史诗研究最有特色和活力之处仍在于具体史诗传统研究，大量活态史诗材料使得中国史诗学一方面能够立足于史诗的田野调查进行全面、科学地实证研究，同时又能通过具体史诗研究抽绎理论，使理论和实践积极互动。根据中国活态史诗的现状以及中国史诗学的实际，抽绎和构建有特色的学科理论体系是完全可能的。

2. 问题与反思：20 世纪 50 年代起，中国开始大规模地搜集和整理史诗，到 20 世纪 80 年代，史诗研究粗具规模。20 世纪 90 年代中后期，尤其新世纪以来，中国史诗研究在国际史诗学术的影响下，发生从书面范式向口头范式的转变。审视中国当代史诗研究，我们一方面充满欣喜地观察到史诗研究的领域和选题不断扩大，研究方法不断改进，呈现向纵深发展的趋势，同时也注意到诸多问题：一是重复研究的问题。国内有大量的史诗基础资料和研究成果，然而大多史诗传统没有建立起全面系统的研究史料体系，比如尚未建立起史料编年和论著索引等材料，史诗和史诗研究成果的数据库建设不够完备和科学，使得重复生产成为长期被诟病的问题，这突出体现在对于同一史诗某个方面进行缺乏创新性的研究或同一学者前后期的研究成果有重复的现象等。警惕重复研究的问题，需要研究者关注史诗研究的史料建设，同时深入贯彻学术史方法，真正聚焦问题，从而实现史诗研究的传承积累和增量创新。二是史诗理论研究相对薄弱的问题。中国有丰富的史诗资源，研究也占优势，然而中国本土经验中诞生的本土性的概念和命题却并不多。史诗学的学术转向受国际史诗学外部推动多，通过学科内部自觉推动所取得的进步相对有限。在具体研究中，常常见到本末倒置地将国内史诗传统作为论证国际史诗学理论科学性的材料，甚至"强制"套用和挪用国际史诗学术理论和话语研究史诗的现象。真正能将国际史诗学理论本土化，并进而生成建构性、创新性研究成果相对较少，理论升华和学术超越不够。国内史诗学界需要进一步坚定文化自信，强化研究的主体性和创新性。三是研究的路径问题。20 世纪 90 年代以来，口头诗学理论广泛应用于中国史诗研究，启发学界突破史诗文本的局限转而关注演述及其传统的现象、生成、传承和意义。然而，当史诗以文本方式呈现时，文本所天然具有的独立性又使其超越歌手的演述、演述语境和原初的听众。当代史诗研究如何面对传统的恒固性、演述的新生性和文本的独立性三者之间的关系将始终是学界需要关注的问题，这一问题将直接影响史诗研究路径。四是相关材料译介工作滞缓的问题，一些经典的国际史诗学著述尚未译介入国内，各民族史诗的汉译工作也往往落后于民族文字的出版，影响到史诗研究的广度和深度，等等。问题可以一直追问下去。

　　3. 成绩与展望：如本书绪论所回溯，中国史诗研究已经生成丰赡的成果，形成了颇具规模的研究队伍和具有中国特色的研究路径，出现了一系列理论创新。展望未来的中国史诗学，值得思考的问题仍有许多：一是史诗研究应进一步凸显研究的意义。意义是任何研究的终极目的。优秀的史诗传统是特定民族的族群记忆、母语表达、地方知识、民间习俗、宗教信仰和文化认同的重要载体，具有多方面的功能和价值。而中国自古以来就是一个统一的多民族国家，各族人民相互依存、共同发展，形成了你中有我，我中与你的多元一体的文化格局。因此，优秀的史诗可以成为中华民族自我意识及其身份认同的载体之一，成为持存中华文化的有效方式。新时代的史诗研究需要进一步关注多民族史诗在建设中华民族共同体视域中的意义生成。二是要强化史诗的理论研究，加强中国史诗研究话语体系建设，进一步提炼和生成中国史诗研究的概念、术语、范畴和研究路径，构建具有中国特色的史诗学学科体系和理论体系。三是史诗研究应更加重视对话与交流：进一步强化中国史诗研究与国际史诗学的对话。中国少数民族史诗的发现、史诗学科的建立，以及史诗研究范式的转型与国际史诗学术密切相关。国外史诗理论对中国史诗理论的冲击和渗透，国内史诗研究界对国外史诗理论的翻译、吸纳与转化是中国史诗研究生成理论自觉的重要动力。中国少数民族史诗需要置于世界史诗的大语境中对话交流，充分展示其文化内涵和艺术魅力，而中国当代史诗研究也需要积极与国际史诗学术展开对话，推进本土化史诗理论的建构，以推进中国史诗学科的进一步发展；要进一步强化史诗的比较研究，开展中外各种样态的史诗间的对话，发现史诗在演述样态、母题、人物、叙事结构、美学风格等诸方面的同与异；要从中华文化作为有机整体的角度，展开少数民族史诗与汉族文学、文化之间的对话，探究其跨地域、跨族群、跨文化传播过程中所呈现的多民族文学、文化交流史以及中华文化之多样性和创造力；要从学科对话的角度，进一步拓深国内史诗研究与国际史诗学界的对话，以及史诗学与文学、民族学（人类学）、神话学、宗教学、语言学、音乐学、美学、政治学、经济学、伦理学、心理学、传播学乃至藏医学、天象学、传播学、信息科学等多学科的对话，通过不同学科理论和技术路线的交叠，提升我国史诗研究的话语权。四是要进一步持续关注史诗的传承动力问题。史诗的保护与传承工作一直是国内学界的焦点，艺人、文本、语境是史诗传承的核心要素。近年来，随着民族地区经济的发展和传媒技术的更迭，作为原生态非物质遗产的史诗正在遭遇现代文明的严重冲击，老一辈史诗歌手相继年迈、辞世，"人亡歌歇"的情形业已出现。对于史诗传承，除了政府与学界主动的保护工作，需要进一步寻找史诗自身生生不息、绵延传承的动力体系，双管齐下使少数民族史诗的文化生态链得以比较全面、完整地传承。

综上，中国史诗研究有着独有的史诗材料优势，历经近百年，研究领域进一步拓展，学术范式不断与时俱进，跨学科综合研究视野得到强化，已初步形成具有中国特色的学科体系和理论体系，取得的成绩有目共睹。展望未来，我们当以习近平总书记提出的关于构建中国特色哲学社会科学"不忘本来，吸收外来，面向未来"的要求为指引，立足于中国史诗传统实际，聚焦新时代史诗学新问题，明确方向，砥砺前行。

参考文献

一 中文著作

阿地里·朱玛吐尔地、托汗·依萨克：《〈玛纳斯〉演唱大师居素普·玛玛依评传》，内蒙古大学出版社 2002 年版。

阿地里·居玛吐尔地：《〈玛纳斯〉史诗歌手研究》，民族出版社 2006 年版。

阿地里·居玛吐尔地：《口头传统与英雄史诗》，中央民族大学出版社 2009 年版。

阿地里·居玛吐尔地主编：《世界〈玛纳斯〉学读本》，中央民族大学出版社 2018 年版。

阿来：《格萨尔王》，重庆出版社 2009 年版。

安柯钦夫主编：《中国少数民族三大英雄史诗论稿》，敦煌文艺出版社 1991 年版。

巴·布林贝赫：《蒙古英雄史诗诗学》，陈岗龙、阿勒德尔图、玉兰译，中国社会科学出版社 2018 年版。

巴雅尔图：《〈格斯尔〉研究》，内蒙古教育出版社 2006 年版。

蔡熙：《〈亚鲁王〉的文学人类学研究》，云南大学出版社 2019 年版。

曹娅丽：《〈格萨尔〉遗产的戏剧人类学研究——以青海果洛地区藏族格萨尔戏剧演述形态为例》，民族出版社 2013 年版。

曹娅丽：《史诗、戏剧与表演——〈格萨尔〉口头叙事表演的民族志研究》，上海大学出版社 2015 年版。

朝戈金：《口传史诗诗学：冉皮勒〈江格尔〉程式句法研究》，广西人民出版社 2000 年版。

朝戈金主编：《中国史诗学读本》，中国社会科学出版社 2013 年版。

朝戈金：《史诗学论集》，中国社会科学出版社 2016 年版。

陈岗龙:《蟒古思故事论》,北京师范大学出版社 2003 年版。

陈来生:《史诗·叙事诗与民族精神》,上海社会科学院出版社 1990 年版。

陈中梅:《神圣的荷马——荷马史诗研究》,北京大学出版社 2008 年版。

丹曲:《〈格萨尔〉中的山水寄魂观念与古代藏族的自然观》,中国社会科学出版社 2014 年版。

丹曲:《藏族史诗〈格萨尔〉论稿》,中国社会科学出版社 2016 年版。

丹珍草:《格萨尔史诗当代传承实践及其文化表征》,中国社会科学出版社 2019 年版。

董学文、江溶主编:《当代世界美学艺术学辞典》,江苏文艺出版社 1990 年版。

费孝通:《中华民族多元一体格局(修订本)》,中央民族大学出版社 1999 年版。

冯骥才:《活着的遗产——关于民间文化传承人的调查与认定》,花山文艺出版社 2009 年版。

冯文开:《中国史诗学史论(1840—2010)》,中国社会科学出版社 2016 年版。

冯文开:《新时期中国少数民族史诗研究史论(1978—2012)》,中国社会科学出版社 2017 年版。

冯文开:《中国少数民族史诗研究的反思与建构》,社会科学文献出版社 2019 年版。

郭淑云:《〈乌布西奔妈妈〉研究》,中国社会科学出版社 2013 年版。

韩儒林:《韩儒林文集》,江苏古籍出版社 1985 年版。

何峰:《〈格萨尔〉与藏族部落》,青海民族出版社 1995 年版。

黄宝生:《〈摩诃婆罗多〉导读》,中国社会科学出版社 2005 年版。

黄中祥:《传承方式与演唱传统:哈萨克民间演唱艺人调查研究》,民族出版社 2009 年版。

加央平措:《关帝信仰与格萨尔崇拜:以藏传佛教为视域的文化现象解析》,社会科学文献出版社 2016 年版。

贾木查:《史诗〈江格尔〉探渊》,汪仲英译,新疆人民出版社 1996

年版。

降边嘉措:《格萨尔初探》,青海人民出版社 1986 年版。

降边嘉措:《〈格萨尔〉与藏族文化》,内蒙古大学出版社 1994 年版。

降边嘉措:《〈格萨尔〉论》,内蒙古大学出版社 1999 年版。

降边嘉措:《中国〈格萨尔〉事业的奋斗历程》,社会科学文献出版社 2012 年版。

郎樱:《中国少数民族英雄史诗玛纳斯》,浙江教育出版社 1995 年版。

郎樱:《玛纳斯论》,内蒙古大学出版社 1999 年版。

李连荣:《格萨尔学刍论》,中国藏学出版社 2008 年版。

刘魁立:《刘魁立民俗学论集》,上海文艺出版社 1998 年版。

刘亚虎:《南方史诗论》,内蒙古大学出版社 1999 年版。

鲁迅:《门外文谈》,上海天马书店 1936 年版。

鲁迅:《坟》,漓江出版社 2001 年版。

陆侃如、冯沅君:《中国诗史》,百花文艺出版社 1999 年版。

诺布旺丹:《艺人、文本和语境——文化批评视野下的格萨尔史诗传统》,青海人民出版社 2013 年版。

平措:《〈格萨尔〉的宗教文化研究》,西藏人民出版社 2009 年版。

潜明兹:《史诗探幽》,中国民间文艺出版社 1986 年版。

青海省民间文学研究会翻译整理:《格萨尔 4·霍岭大战上部》,上海文艺出版社 1962 年版。

仁钦道尔吉、郎樱编:《阿尔泰语系民族叙事文学与萨满文化》,内蒙古大学出版社 1990 年版。

仁钦道尔吉:《中国少数民族英雄史诗〈江格尔〉》,浙江教育出版社 1995 年版。

仁钦道尔吉:《江格尔论》,内蒙古大学出版社 1999 年版。

仁钦道尔吉:《蒙古英雄史诗源流》,内蒙古大学出版社 2001 年版。

仁钦道尔吉:《蒙古英雄史诗发展史》,中国社会科学出版社 2013 年版。

萨仁格日勒:《蒙古史诗生成论》,中央民族大学出版社 2001 年版。

斯钦巴图:《〈江格尔〉与蒙古族宗教文化》,内蒙古大学出版社 1999 年版。

斯钦巴图：《蒙古史诗：从程式到隐喻》，民族出版社 2006 年版。

苏曼殊：《苏曼殊全集》，哈尔滨出版社 2016 年版。

陶立璠：《民族民间文学基础理论》，广西民族出版社 1985 年版。

万建中：《民间文学引论》，北京大学出版社 2006 年版。

王国明：《土族〈格萨尔〉语言研究》，甘肃民族出版社 2004 年版。

王国明：《土族〈格萨尔〉研究》，上海古籍出版社 2021 年版。

王国维：《王国维文学论著三种》，商务印书馆 2010 年版。

王军涛：《裕固族〈格萨尔〉故事类型研究》，西藏人民出版社 2018年版。

王先霈、王又平主编：《文学批评术语词典》，上海文艺出版社 1999年版。

王兴先：《〈格萨尔〉论要（增订本）》，甘肃民族出版社 2002 年版。

王艳凤、阿婧斯、吴志旭：《蒙古族史诗与印度史诗比较研究》，中国社会科学出版社 2020 年版。

王耀希主编：《民族文化遗产数字化》，人民出版社 2009 年版。

王沂暖：《格萨尔研究论集》，中国藏学出版社 2017 年版。

王治国：《集体记忆的千年传唱：〈格萨尔〉翻译与传播研究》，民族出版社 2018 年版。

闻一多：《神话与诗》，武汉大学出版社 2009 年版。

乌日古木勒：《蒙古突厥史诗人生仪礼原型》，民族出版社 2007年版。

吴伟：《〈格萨尔〉人物研究》，海豚出版社 2012 年版。

肖远平：《彝族"支嘎阿鲁"史诗研究》，人民出版社 2015 年版。

肖远平、杨兰、刘洋：《苗族史诗〈亚鲁王〉形象与母题研究》，中国社会科学出版社 2017 年版。

央吉卓玛：《〈格萨尔王传〉史诗歌手研究：基于青海玉树地区史诗歌手的田野调查》，中国社会科学出版社 2015 年版。

姚慧：《史诗音乐范式研究：以格萨尔史诗族际传播为中心》，中国社会科学出版社 2021 年版。

杨恩洪：《民间诗神：格萨尔艺人研究》，中国社会科学出版社 2017年版。

尹虎彬：《古代经典与口头传统》，中国社会科学出版社 2002 年版。

于静、王景迁：《〈格萨尔〉史诗当代传播研究》，人民出版社 2015 年版。

于静、吴玥：《〈格萨尔〉史诗的传播学研究》，济南出版社 2018 年版。

扎西东珠、王兴先：《〈格萨尔〉学史稿》，甘肃民族出版社 2003 年版。

扎西东珠等：《〈格萨尔〉文学翻译论》，人民出版社 2012 年版。

张晖：《中国"诗史"传统》，生活·读书·新知三联书店 2016 年版。

张雅欣：《影像文化志通论》，中国广播电视出版社 2008 年版。

张紫晨：《民间文艺学原理》，花山文艺出版社 1991 年版。

赵秉理：《格萨尔学集成》（1—5 卷），甘肃民族出版社 1990（第 1—3 卷）年版，1994（第 4 卷）年版，1998（第 5 卷）年版。

（宋）郑樵撰，王树民点校：《通志二十略》，中华书局 1995 年版。

中国少数民族文学学会：《神话新探》，贵州人民出版社 1986 年版。

《中国少数民族文学论集（第一集）》，中国民间文艺出版社 1983 年版。

钟敬文主编：《民俗学概论》，上海文艺出版社 2005 年版。

钟敬文主编：《民间文学概论》，高等教育出版社 2010 年版。

朱光潜：《朱光潜全集》（第八卷），安徽教育出版社 1993 年版。

朱光潜：《诗论》，江苏文艺出版社 2008 年版。

朱立元：《接受美学导论》，安徽教育出版社 2004 年版。

二　少语著作

敖·扎嘎尔：《江格尔史诗研究》（蒙古文），内蒙古教育出版社 1993 年版。

巴雅尔图：《蒙古族第一部长篇神话小说——北京版〈格斯尔〉研究》（蒙古文），内蒙古大学出版社 1989 年版。

丹碧：《卫拉特蒙古英雄史诗研究》（蒙古文），新疆人民出版社 2006 年版。

格日乐：《十三章〈江格尔〉审美意识》（蒙古文），内蒙古教育出版社 1994 年版。

角巴东主、恰嘎·旦正：《〈格萨尔〉新探》（藏文），青海民族出版社 1994 年版。

九月：《蒙古英雄史诗中考验婚的文化解读》（蒙古文），内蒙古人民出版社 2005 年版。

角巴东主：《〈格萨尔〉传疑难新论》（藏文），中国藏学出版社 2000 年版。

角巴东主、恰嘎多吉才让：《神奇的格萨尔艺人》（藏文），民族出版社 2001 年版。

角巴东主：《藏族格萨尔说唱艺人普查与研究》（藏文），西藏人民出版社 2013 年版。

曼秀·仁青道吉：《〈格萨尔〉地名研究》（藏文），中国藏学出版社 2011 年版。

曼秀·仁青道吉：《〈格萨尔〉版本研究》（上下册，藏文），中国藏学出版社 2021 年版。

曼拜特·吐尔地：《〈玛纳斯〉的多种异文及其说唱艺术》（柯尔克孜文），新疆人民出版社 1997 年版。

马·斯·乌力吉：《蒙藏〈格萨尔〉的关系》（蒙古文），民族出版社 1991 年版。

诺布旺丹：《藏族的神话与史诗》（藏文），民族出版社 2012 年版。

恰嘎·旦正：《〈格萨尔〉研究集锦》（藏文），青海民族出版社 2002 年版。

却日勒扎布：《蒙古格斯尔研究》（蒙古文），内蒙古教育出版社 1992 年版。

萨仁格日乐：《史诗"江格尔"与蒙古文化》（蒙古文），内蒙古人民出版社 1998 年版。

乌·新巴雅尔：《蒙古格斯尔探究》（蒙古文），内蒙古教育出版社 2002 年版。

三 译著及译文

［美］阿尔伯特·贝茨·洛德：《故事的歌手》，尹虎彬译，中华书局 2004 年版。

［德］扬·阿斯曼（J. Assmann）：《文化记忆：早期高级文化中的文

字、回忆与政治身份》，金寿福、黄晓晨译，北京大学出版社 2015 年版。

[德] 扬·阿斯曼：《“文化记忆”理论的形成和建构》，金寿福译，《光明日报》2016 年 3 月 26 日第 11 版。

[摩洛哥] 艾哈迈德·斯昆惕（Ahmed Skounti）：《非物质文化遗产及其遗产化反思》，马千里译，《民族文学研究》2017 年第 4 期。

[苏] 巴赫金：《巴赫金全集》第 2 卷，李辉凡、张捷、张杰、华昶译，河北教育出版社 1998 年版。

[苏] 巴赫金：《小说理论》，白春仁、晓河译，河北教育出版社 1998 年版。

[美] 保罗·麦钱特：《史诗论》，金惠敏、张颖译，北岳文艺出版社 1989 年版。

[俄] 别林斯基：《别林斯基论文学》，梁真译，新文艺出版社 1958 年版。

[蒙古] 策·达木丁苏伦：《〈格萨尔传〉的历史根源》，北京俄语学院译，青海省民间文学研究会 1960 年版。

[美] 戴维·埃尔默：《米尔曼·帕里口头文学特藏的数字化：成就、挑战及愿景》，李斯颖、巴莫曲布嫫译，《民族文学研究》2018 年第 2 期。

[英] 戴维·克里斯特尔：《现代语言学词典》，沈家煊译，商务印书馆 2000 年版。

[俄] E. M. 梅列金斯基：《英雄史诗的起源》，王亚民、张淑明、刘玉琴译，商务印书馆 2007 年版。

[匈] 格雷戈里·纳吉（G. Nagy）：《荷马诸问题》，巴莫曲布嫫译，广西师范大学出版社 2008 年版。

[德] 海德格尔：《对亚里士多德的现象学解释——现象学研究导论》，赵卫国译，华夏出版社 2012 年版。

[德] 汉斯-格奥尔格·伽达默尔：《真理与方法》第 2 卷，洪汉鼎译，商务印书馆 2010 年版。

[希腊] 荷马：《伊利亚特》，陈中梅译，花城出版社 1994 年版。

[德] 黑格尔：《美学》第 3 卷下册，朱光潜译，商务印书馆 1981 年版。

[德] H. R. 尧斯、[美] R. C. 霍拉勃：《接受美学与接受理论》，周宁、金元浦译，辽宁人民出版社 1987 年版。

［英］J. G. 弗雷泽：《金枝——巫术与宗教之研究》上册，汪培基、徐育新、张泽石译，商务印书馆 2012 年版。

［西德］卡尔·J. 赖歇尔：《南斯拉夫和突厥英雄史诗中的平行式：程式化句法的诗学探索》，朝戈金译，《民族文学研究》1990 年第 2 期。

［德］卡尔·赖希尔：《突厥语民族口头史诗：传统、形式和诗歌结构》，阿地力·居玛吐尔地译，中国社会科学出版社 2011 年版。

［德］卡尔·赖希尔：《口头史诗之现状：消亡、存续和变迁》，陈婷婷译，《贵州民族大学学报》（哲学社会科学版）2015 年第 5 期。

［美］克利福德·格尔兹（C. Geertz）：《文化的解释》，韩莉译，译林出版社 2014 年版。

［芬兰］劳里·航柯：《史诗与认同表达》，孟慧英译，《民族文学研究》2001 年第 2 期。

［美］勒内·韦勒克、奥斯汀·沃伦：《文学理论》，刘象愚、邢培明、陈圣生、李哲明译，江苏教育出版社 2005 年版。

［美］理查德·鲍曼（Richard Bauman）：《作为表演的口头艺术》，杨利慧、安德明译，广西师范大学出版社 2008 年版。

［美］理查德·鲍曼：《表演的新生性》，杨利慧译，《民俗研究》2008 年第 2 期。

［匈］卢卡契：《卢卡契文学论文集》（卷二），中国社会科学院外国文学研究所外国文学资料丛刊编辑委员会编，中国社会科学出版社 1981 年版。

［德］马克思、恩格斯：《马克思恩格斯选集》第 2 卷、第 4 卷，中共中央马克思 恩格斯 列宁 斯大林著作编译局编，人民出版社 1972 年版。

［法］莫里斯·哈布瓦赫：《论集体记忆》，毕然、郭金华译，上海人民出版社 2002 年版。

［德］尼采（F. Nietzsche,）：《悲剧的诞生：尼采美学文选》，周国平译，作家出版社 2012 年版。

［加］诺斯洛普·弗莱：《批评之路》，王逢振、秦明利译，北京大学出版社 1998 年版。

［加］诺斯罗普·弗莱：《批评的解剖》，陈慧、袁宪军、吴伟仁译，百花文艺出版社 2006 年版。

［法］让-克罗德·高概：《范式·文本·述体——从结构主义到话语

符号学》,《国外文学》1997 年第 2 期。

　　[美] 萨义德:《世界·文本·批评家》,李自修译,生活·读书·新知三联书店 2009 年版。

　　[法] 石泰安:《西藏史诗和说唱艺人》,耿昇译,中国藏学出版社 2012 年版。

　　[法] 涂尔干 (E. Durkheim):《宗教生活的基本形式》,渠东、汲喆译,上海人民出版社 2006 年版。

　　[美] 瓦尔特·翁:《基于口传的思维和表述特点》,张海洋译,《民族文学研究》2000 年增刊。

　　[意] 维柯 (G. Vico):《新科学》下册,朱光潜译,安徽教育出版社 2006 年版。

　　[瑞] 沃尔夫冈·凯塞尔:《语言的艺术作品》,陈铨译,上海译文出版社 1984 年版。

　　[美] 沃尔特·翁 (Walter J. Ong):《口语文化与书面文化:语词的技术化》,何道宽译,北京大学出版社 2008 年版。

　　[德] 西格丽德·威格尔:《文学、文学批评及文本可读性的历史指数》,薛原译,《文艺研究》2016 年第 8 期。

　　[苏] 谢·尤·涅克留多夫:《蒙古人民的英雄史诗》,徐昌汉、高文风、张积智译,内蒙古大学出版社 1991 年版。

　　[古希腊] 亚里士多德:《诗学》,陈中梅译,商务印书馆 1996 年版。

　　[古希腊] 亚理斯多德、[古罗马] 贺拉斯:《诗学 诗艺》,罗念生、杨周翰译注,人民文学出版社 2008 年版。

　　[美] 约翰·迈尔斯·弗里 (John Miles Foley):《口头程式理论:口头传统研究概述》,朝戈金译,《民族文学研究》1997 年第 1 期。

　　[美] 约翰·迈尔斯·弗里:《口头诗学:帕里—洛德理论》,朝戈金译,社会科学文献出版社 2000 年版。

　　[美] 詹姆斯·克利福德、乔治·E. 马库斯编:《写文化:民族志的诗学与政治学》,高丙中、吴晓黎、李霞译,商务印书馆 2006 年版。

四　中文期刊文章

阿地里·居玛吐尔地:《〈玛纳斯〉史诗的口头特征》,《西域研究》2003 年第 2 期。

阿地里·居玛吐尔地：《〈玛纳斯〉史诗的程式以及歌手对程式的运用》，《民族文学研究》2006 年第 3 期。

阿地里·居玛吐尔地：《乔坎·瓦利哈诺夫及其记录的〈玛纳斯〉史诗文本》，《民族文学研究》2007 年第 4 期。

巴合多来提·木那孜力：《当代柯尔克孜族史诗歌手类型探析》，《新疆社科论坛》2016 年第 4 期。

巴莫曲布嫫：《"民间叙事传统格式化"之批评（上）——以彝族史诗〈勒俄特依〉的"文本迻录"为例》，《民族艺术》2003 年第 4 期。

巴莫曲布嫫：《"民间叙事传统格式化"之批评（中）——以彝族史诗〈勒俄特依〉的"文本迻录"为例》，《民族艺术》2004 年第 1 期。

巴莫曲布嫫：《叙事语境与演述场域——以诺苏彝族的口头论辩和史诗传统为例》，《文学评论》2004 年第 1 期。

巴莫曲布嫫：《"民间叙事传统格式化"之批评（下）——以彝族史诗〈勒俄特依〉的"文本迻录"为例》，《民族艺术》2004 年第 2 期。

巴莫曲布嫫：《叙事型构·文本界限·叙事界域：传统指涉性的发现》，《民俗研究》2004 年第 3 期。

巴莫曲布嫫：《在口头传统与书写文化之间的史诗演述人——基于个案研究的民族志写作》，《北京师范大学学报》（社会科学版）2008 年第 1 期。

巴莫曲布嫫、朝戈金、毕传龙、李刚：《蒙古英雄史诗的数字化建档实践》，《民间文化论坛》2015 年第 6 期。

巴莫曲布嫫：《从语词层面理解非物质文化遗产——基于〈公约〉"两个中文本"的分析》，《民族艺术》2015 年第 6 期。

巴莫曲布嫫：《中国史诗研究的学科化及其实践路径》，《西北民族研究》2017 年第 4 期。

巴莫曲布嫫：《遗产化进程中的活形态史诗传统：表述的张力》，《民族文学研究》2017 年第 6 期。

白烨：《史志意蕴·史诗风格——评陈忠实的长篇小说〈白鹿原〉》，《当代作家评论》1993 年第 4 期。

蔡熙：《史诗的仪式发生学新探——以苗族活态史诗〈亚鲁王〉为例》，《湖南科技学院学报》2014 年第 4 期。

朝戈金：《第三届国际民俗学会暑期研修班简介——兼谈国外史诗理论》，《民族文学研究》1995 年第 4 期。

朝戈金:《口传史诗诗学的几个基本概念》,《民族艺术》2000 年第 4 期。

朝戈金:《关于口头传唱诗歌的研究——口头诗学问题》,《文艺研究》2002 年第 4 期。

朝戈金:《"大词"与歌手立场》,《民间文化论坛》2007 年第 1 期。

朝戈金、尹虎彬、巴莫曲布嫫:《中国史诗传统:文化多样性与民族精神的"博物馆"》,《国际博物馆》(全球中文版) 2010 年第 1 期。

朝戈金:《朝向 21 世纪的中国史诗学》,《国际博物馆》(全球中文版) 2010 年第 1 期。

朝戈金、冯文开:《史诗认同功能论析》,《民俗研究》2012 年第 5 期。

朝戈金:《国际史诗学若干热点问题评析》,《民族艺术》2013 年第 1 期。

朝戈金:《口头传统概说》,《民族艺术》2013 年第 6 期。

朝戈金:《"回到声音"的口头诗学:以口传史诗的文本研究为起点》,《西北民族研究》2014 年第 2 期。

朝戈金:《"多长算是长":论史诗的长度问题》,《中央民族大学学报》(哲学社会科学版) 2015 年第 5 期。

朝戈金、姚慧:《面向人类口头表达文化的跨学科思维与实践——朝戈金研究员专访》,《社会科学家》2018 年第 1 期。

陈安强:《羌族的史诗传统及其演述人论述》,《民族文学研究》2010 年第 2 期。

陈岗龙:《蒙古英雄史诗搜集整理的学术史观照》,《西北民族研究》2011 年第 3 期。

陈建宪:《走向田野 回归文本——中国神话学理论建设反思之一》,《民俗研究》2003 年第 4 期。

陈永娥:《苗族乡愁——〈亚鲁王〉的传承研究》,《学术探索》2015 年第 8 期。

陈永香、马红惠、李得梅:《简谈彝族毕摩和歌手对史诗的"演述"——以梅葛、查姆为中心》,《青海社会科学》2012 年第 5 期。

程金城:《英雄史诗研究的理论突破和学术贡献——梅列金斯基〈英雄史诗的起源〉解读》,《贵州社会科学》2008 年第 11 期。

次央、德吉央宗：《史诗〈格萨尔〉专家系列访谈（一）：降边嘉措与他的〈格萨尔〉事业》，《西藏研究》2019 年第 1 期。

次央、巴桑次仁：《史诗〈格萨尔〉专家系列访谈（二）杨恩洪：做史诗历史的见证者、记录者》，《西藏研究》2019 年第 3 期。

次央：《史诗〈格萨尔〉专家系列访谈（三）诺布旺丹：保护〈格萨尔〉完整的生态系统》，《西藏研究》2019 年第 4 期。

次央：《史诗〈格萨尔〉专家系列访谈（四）李连荣：〈格萨尔〉研究　路漫漫其修远》，《西藏研究》2019 年第 5 期。

次央：《史诗〈格萨尔〉专家系列访谈（五）次仁平措：抢救和整理仍然是〈格萨尔〉工作的重点》，《西藏研究》2019 年第 6 期。

丹珍草：《〈格萨尔〉文本的多样性流变》，《民间文化论坛》2016 年第 4 期。

段宝林：《神话史诗〈布洛陀〉的世界意义》，《广西民族研究》2006 年第 1 期。

顿珠：《神奇的〈格萨尔〉艺人》，《西藏研究》1988 年第 2 期。

冯文开：《多重标识：史诗演述中歌手的身体语言》，《民族文学研究》2010 年第 1 期。

冯文开：《史诗与叙事诗关系的诠释与思考》，《民族文学研究》2012 年第 2 期。

冯文开：《口传文学文本化观念的演进：转向以演述为中心的学术实践》，《内蒙古大学学报》（哲学社会科学版）2016 年第 6 期。

郭建勋：《〈格萨尔〉说唱艺人阿尼生存现状调查》，《民间文化论坛》2005 年第 4 期。

郭建勋：《非物质文化遗产保护背景下的四川格萨尔说唱艺人阿尼近况调查》，《民族学刊》2016 年第 2 期。

郭晓虹：《格萨尔说唱艺人说唱音乐心理结构解析》，《群文天地》2012 年第 9 期。

韩伟：《论〈格萨尔〉史诗的仪式性》，《西藏研究》2009 年第 6 期。

韩伟：《历史真理与理性差序：〈格萨尔〉学术史写作问题》，《人文杂志》2022 年第 7 期。

胡吉省：《试论史诗艺人原创的迷狂原始性》，《文艺理论与批评》2008 年第 1 期。

胡振华：《国内外"玛纳斯奇"简介》，《民族文学研究》1986 年第 3 期。

黄宝生：《神话和历史——中印古代文化传统比较》，《外国文学评论》2006 年第 3 期。

黄适远：《英雄史诗〈江格尔〉的传承及其面临的困难》，《新疆艺术学院学报》2015 年第 3 期。

吉差小明：《南方史诗叙事类型探微》，《哈尔滨师范大学社会科学学报》2016 年第 2 期。

加·巴图那生：《〈江格尔传〉在和布克赛尔流传情况调查》，王清译，《民族文学研究》1984 年第 1 期。

贾芝：《中国史诗〈格萨尔〉发掘名世的回顾》，《西北民族研究》2012 年第 4 期。

阚鸿鹰：《从百年"史诗问题"谈起》，《黑龙江民族丛刊》2015 年第 3 期。

蓝华增：《简论黑格尔的史诗观》，《云南民族学院学报》1985 年第 4 期。

郎樱：《〈玛纳斯〉的叙事结构》，《民族文学研究》1989 年第 5 期。

李连荣：《百年"格萨尔学"的发展历程》，《西北民族研究》2017 年第 3 期。

李子贤：《略论南方少数民族原始性史诗发达的历史根源》，《民族文学研究》1984 年第 1 期。

廖明君：《口传史诗的误读——朝戈金访谈录》，《民族艺术》1999 年第 1 期。

廖明君、巴莫曲布嫫：《田野研究的"五个在场"——巴莫曲布嫫访谈录》，《民族艺术》2004 年第 3 期。

林岗：《史诗问题与汉语区口述传统》，《东吴学术》2010 年第 1 期。

刘俊发、太白、刘前斌：《柯尔克孜族民间英雄史诗〈玛纳斯〉》，《文学评论》1962 年第 2 期。

刘发俊：《论史诗〈玛纳斯〉》，《民族文学研究》1986 年第 3 期。

刘发俊：《史诗〈玛纳斯〉的社会功能》，《民族文学研究》1989 年第 6 期。

刘魁立：《19 世纪下半叶俄罗斯北方的史诗歌手和故事讲述人》，

《民族文学研究》2006 年第 1 期。

　　刘俐俐：《经典文学作品文本分析的性质、地位、路径和意义》，《甘肃社会科学》2008 年第 3 期。

　　刘俐俐：《汉语写作如何造就了少数民族的优秀作品——以鄂温克族作家乌热尔图的作品为例》，《学术研究》2009 年第 4 期。

　　刘守华：《我与〈黑暗传〉》，《长江大学学报》（社会科学版）2011 年第 7 期。

　　刘锡诚：《传承与传承人论》，《河南教育学院学报》（哲学社会科学版）2006 年第 5 期。

　　刘锡诚：《试论非物质文化遗产的价值判断问题》，《民间文化论坛》2008 年第 6 期。

　　刘晓春：《从"民俗"到"语境中的民俗"——中国民俗学研究的范式转换》，《民俗研究》2009 年第 2 期。

　　柳湖：《关于〈江格尔〉等史诗产生年代问题的探讨》，《民族文学研究》1988 年第 2 期。

　　卢永和：《语词技术与文学叙事》，《西南科技大学学报》（哲学社会科学版）2010 年第 5 期。

　　伦珠旺姆、陈江英：《英雄格萨尔人物原型及交融流变》，《中外文化与文论》2021 年第 3 期。

　　罗佳：《川南苗族丧葬仪式中的史诗唱述及音乐样态研究》，《民族学刊》2017 年第 4 期。

　　吕雁：《中国南方民族创世史诗与神话的体系化》，《民族艺术研究》2006 年第 1 期。

　　吕微：《史诗与神话——纳吉论"荷马传统中的神话范例"》，《民俗研究》2009 年第 4 期。

　　马都尕吉：《他山之石　可以攻玉——对史诗〈格萨尔〉叙事程式的分析》，《西藏艺术研究》2006 年第 1 期。

　　曼秀·仁青道吉：《对史诗的概念、内涵及外延的探讨》，《西藏研究》2020 年第 5 期。

　　毛巧晖：《非物质文化遗产：文化记忆的展示、保护与实践》，《西北民族大学学报》（哲学社会科学版）2016 年第 4 期。

　　毛巧晖：《中国民间文艺家协会与少数民族民间文学的发展》，《民间文化论坛》2021 年第 3 期。

孟令法：《文化空间的概念与边界——以浙南畲族史诗〈高皇歌〉的演述场域为例》，《民俗研究》2017 年第 5 期。

木卡拉：《非物质文化遗产与我们的文化认同感》，《文明》2003 年第 6 期。

诺布旺丹：《〈格萨尔〉伏藏文本中的"智态化"叙事模式——丹增扎巴文本解析》，《西藏研究》2009 年第 6 期。

诺布旺丹：《叙事与话语建构：〈格萨尔〉史诗的文本化路径阐释》，《西藏研究》2015 年第 4 期。

诺布旺丹：《〈格萨尔〉向何处去？——后现代语境下的〈格萨尔〉史诗演述歌手》，《西藏研究》2016 年第 3 期。

诺布旺丹：《〈格萨尔〉学术史的理论与实践反思》，《民间文化论坛》2016 年第 4 期。

诺布旺丹：《〈格萨尔〉史诗的集体记忆及其现代性阐释》，《西北民族研究》2017 年第 3 期。

彭兆荣：《论身体作为仪式文本的叙事——以瑶族"还盘王愿"仪式为例》，《民族文学研究》2010 年第 2 期。

齐艳艳、哈斯巴特尔：《蒙古族民间文学保护、传承与研究的几点思考——以卫拉特史诗〈江格尔〉为例》，《语文学刊》2018 年第 1 期。

潜明兹：《创世史诗的美学意义初探》，《思想战线》1981 年第 2 期。

乔基庆：《口语乌托邦：简论口语文化的特点与人们的存在样态》，《经济与社会发展》2011 年第 10 期。

仁钦道尔吉：《论巴尔虎英雄史诗的产生、发展和演变》，《文学遗产》1981 年第 1 期。

仁钦道尔吉：《蒙古英雄史诗情节结构的发展》，《民族文学研究》1989 年第 5 期。

史军超：《读哈尼族迁徙史诗断想》，《思想战线》1985 年第 6 期。

斯钦巴图：《新时期蒙古史诗研究回顾与展望》，《内蒙古师范大学学报》（哲学社会科学版）2009 年第 1 期。

斯钦巴图：《史诗歌手记忆和演唱的提示系统》，《民族文学研究》2017 年第 4 期。

孙明光：《活形态史诗的档案连接——兼评格萨尔说唱艺人的记忆之

谜》，《档案与建设》2005 年第 2 期。

覃乃昌：《我国南方少数民族创世神话创世史诗丰富与汉族没有发现创世神话创世史诗的原因——盘古神话来源问题研究之八》，《广西民族研究》2007 年第 4 期。

田频：《说唱艺人：作为文化传承者的当代命运——以阿来〈格萨尔王〉与次仁罗布〈神授〉为例》，《西藏大学学报》（社会科学版）2014 年第 2 期。

王兴先：《关于建立"格萨尔学"科学体系的初步构想》，《西北民族学院学报》（哲学社会科学版）1993 年第 2 期。

王沂暖：《〈格萨尔〉是世界最长的伟大英雄史诗》，《西南民族学院学报》（哲学社会科学版）1984 年第 3 期。

王沂暖：《关于藏文〈格萨尔王传〉的分章本》，《西北民族研究》1988 年第 1 期。

王沂暖：《藏族史诗〈格萨尔〉的部数与行数》，《中国藏学》1990 年第 2 期。

温儒敏：《"文学生活"概念与文学史写作》，《北京大学学报》（哲学社会科学版）2013 年第 3 期。

乌·纳钦：《史诗演述的常态与非常态：作为语境的前事件及其阐析》，《民族艺术》2018 年第 5 期。

吴均：《岭·格萨尔论》，《民族文学研究》1984 年第 1 期。

吴晓东：《史诗范畴与南方史诗的非典型性》，《民间文化论坛》2014 年第 6 期。

吴晓东：《影像视域下的中国南方史诗与仪式》，《广西民族师范学院学报》2017 年第 5 期。

吴子林：《"安尼玛的吟唱"——〈格萨尔〉神授艺人的多维阐释》，《小说评论》2013 年第 5 期。

鲜益：《"口头诗学"理论中的史诗演述与文本流播——以彝族传统口头史诗为视角》，《理论与创作》2011 年第 1 期。

徐国琼：《藏族史诗〈格萨尔王传〉》，《文学评论》1959 年第 6 期。

徐新建：《口语诗学：声音和语言的符号关联——关于符号学和文学人类学的研究论纲》，《西南民族大学学报》（人文社科版）2008 年第 3 期。

徐新建、王艳：《格萨尔：文学生活的世代相承》，《民族艺术》2017

年第 6 期。

雅琥：《神奇瑰丽的南方英雄史诗》，《民族文学研究》1996 年第 3 期。

央吉卓玛：《〈格萨尔王传〉史诗歌手展演的仪式及信仰》，《青海社会科学》2011 年第 2 期。

杨恩洪：《〈格萨尔〉说唱形式与苯教》，《西藏研究》1991 年第 3 期。

杨恩洪：《史诗〈格萨尔〉说唱艺人的抢救与保护》，《西北民族研究》2005 年第 2 期。

杨恩洪：《超越时空的艺术传承——揭开〈格萨尔王传〉说唱艺人田野调查的新篇章》，《艺术评论》2008 年第 6 期。

杨恩洪：《再叙史诗〈格萨尔王传〉千年传承之谜》，《中国地名》2014 年第 1 期。

杨杰宏：《口头传统文本翻译整理的三个维度——以〈亚鲁王〉为研究个案》，《民族翻译》2015 年第 3 期。

杨兰、刘洋：《记忆与认同：苗族史诗〈亚鲁王〉历史记忆功能研究》，《贵州大学学报》（社会科学版）2018 年第 4 期。

杨利慧：《表演理论与民间叙事研究》，《民俗研究》2004 年第 1 期。

杨利慧：《民族志诗学的理论与实践》，《北京师范大学学报》（社会科学版）2004 年第 6 期。

杨利慧：《语境、过程、表演者与朝向当下的民俗学——表演理论与中国民俗学的当代转型》，《民俗研究》2011 年第 1 期。

杨新涯、达央：《世界上最长的史诗——浅谈〈格萨尔王传〉及其整理研究工作》，《华夏文化》2010 年第 3 期。

叶舒宪：《再论文本与田野的互动关系》，《辽宁大学学报》（哲学社会科学版）1998 年第 4 期。

叶舒宪：《口传文化与书写文化——"民族志诗学"与人类学的表现危机》，《广东社会科学》2001 年第 5 期。

叶舒宪：《文学治疗的民族志——文学功能的现代遮蔽与后现代苏醒》，《百色学院学报》2008 年第 5 期。

意娜：《论当代〈格萨尔〉研究的局限与超越》，《西北民族研究》2017 年第 3 期。

尹虎彬：《口头文学研究中的程式概念》，《民间文学论坛》1996 年第 3 期。

尹虎彬：《史诗的诗学：口头程式理论研究》，《民族文学研究》1996 年第 3 期。

尹虎彬：《口头诗学的本文概念》，《民族文学研究》1998 年第 3 期。

尹虎彬：《口头诗学与民族志》，《民俗研究》2002 年第 2 期。

尹虎彬：《荷马与我们时代的故事歌手》，《读书》2003 年第 10 期。

尹虎彬：《中国少数民族史诗研究三十年》，《中国社会科学院研究生院学报》2009 年第 3 期。

尹虎彬：《作为体裁的史诗以及史诗传统存在的先决条件》，《民族文学研究》2018 年第 2 期。

扎西东珠：《藏族口传文化传统与〈格萨尔〉口头程式》，《民族文学研究》2009 年第 2 期。

张宏超：《〈玛纳斯〉产生的时代与玛纳斯形象》，《民族文学研究》1986 年第 3 期。

张晓明：《关于〈格萨尔〉研究的思考》，《西藏民族学院学报》（社会科学版）1986 年第 4 期。

增宝当周：《21 世纪以来〈格萨尔〉史诗研究的回顾与展望》，《西藏大学学报》（社会科学版）2021 年第 3 期。

张彦平：《论玛纳斯形象早期的神话英雄特质》，《民族文学研究》1989 年第 4 期。

钟敬文、巴莫曲布嫫：《南方史诗传统与中国史诗学建设——钟敬文先生访谈录（节选）》，《民族艺术》2002 年第 4 期。

朱炳祥：《何为"原生态"？为何"原生态"？》，《原生态民族文化学刊》2010 年第 3 期。

庄孔韶：《文化遗产保护的观念与实践的思考》，《浙江大学学报》（人文社会科学版）2009 年第 5 期。

《追求历史的还原或建构——〈圣天门口〉座谈会纪要》，《文艺争鸣》2007 年第 4 期。

五 学位论文

阿米娜·叶尔垦：《新疆柯尔克孜〈玛纳斯〉表演及其变迁研究》，

硕士学位论文，新疆师范大学，2016年。

李连荣：《中国〈格萨尔〉史诗学的形成与发展（1959—1996）》，博士学位论文，中国社会科学院研究生院，2000年。

李生柱：《表演理论视野下的史诗"梅葛"研究》，硕士学位论文，中南民族大学，2010年。

徐国宝：《〈格萨尔〉与中华文化的多维向心结构》，博士学位论文，中国社会科学院研究生院，2000年。

徐斌：《格萨尔史诗图像及其文化研究》，博士学位论文，中国社会科学院研究生院，2003年。

赵海燕：《〈格萨尔〉身体叙事研究》，博士学位论文，西北大学，2019年。

周爱明：《〈格萨尔〉口头诗学——包仲认同表达与藏族民众民俗文化研究》，博士学位论文，中国社会科学院研究生院，2003年。

六　报纸文献

朝戈金：《〈亚鲁王〉："复合型史诗"的鲜活案例》，《中国社会科学报》2012年3月23日第5版。

陈永香：《彝族神话史诗〈梅葛〉与〈查姆〉仪式化演述》，《中国社会科学报》2015年11月6日第6版。

刘大先：《洞察现实与新时代史诗》，《文艺报》2018年1月8日第3版。

明江：《史诗与口头传统的当代困境与机遇——访中国社科院民族文学研究所所长朝戈金》，《文艺报》2012年3月2日第5版。

尼玛永泽：《〈格萨尔〉发祥地玉树启动史诗抢救保护五年规划》，《中国民族报》2017年3月31日第10版。

王恒涛、尕玛多吉：《藏学专家降边嘉措："格萨尔"研究最早始于明代》，《光明日报》2014年1月30日第7版。

王珍：《口头史诗只有在演述中才能存活》，《中国民族报》2010年11月12日第10版。

吴晓东：《南方史诗搜集研究不断完善》，《中国社会科学报》2015年11月6日第4版。

谢沂：《汉族首部史诗为何发现在神农架》，《北京青年报》2002年3

月 29 日第 18 版。

七　外文著作及论文

Fine, Elizabeth C. , *The Folklore Text*: *From Performance to Print*, Bloomington: Indiana University Press, 1984.

Foley, John Miles, "'Reading' Homer through Oral Tradition", *College Literature*, Vol. 34, No. 2, 2007.

Foley, John Miles, "Introduction", *A Companion to Ancient Epic*, ed. Blackwell Publishing, 2005.

Foley, John Miles, *The Singer of Tales in Performance*, Bloomington: Indiana University Press, 1995.

Foley, John Miles, "From Oral Performance to Paper-Text to Cyber-Edition", *Oral Tradition*, Vol. 20, No. 2, 2005.

Grey, Morgan E. , Mary Louise Lord, & John Miles Foley, "A Bibliography of Publications by Albert Bates Lord", *Oral Tradition*, Vol. 25, No. 2, October 2010.

Honko, Lauri, "Epic and Identity: National, Regional, Communal, Individual", *Oral Tradition*, Vol. 11, No. 1, 1996.

Honko, Lauri, *Textualising the Siri Epic*, Helsinki: Academia Scinetiarum Fennica, 1998.

Lord, Albert Bates, *Epic Singers and Oral Tradition*, New York: Cornell University Press, 1991.

Lord, Albert B. , "Homer as Oral Poet", *Harvard Studies in Classical Philology*, Vol. 72, 1968.

Lord, Albert B. , *The Singer of Tales*, Harvard Studies in Comparative Literature 24, Cambridge, Mass. : Harvard University Press, 1960.

Quick, C. , "Ethnopoetics", *Folklore Forum*, 1999 (30-1/2).

Tedlock, Dennis, *Finding the Center*: *The Art of the Zuni Storyteller*, London: University of Nebraska Press, 1999.

Whitman, Cedric H. , *Homer and the Heroic Tradition*, Cambridge, Massachusetts: Harvard University Press, 1958.

后　记

本书是在我的博士学位论文的基础上修改而成的。

在这里，我首先要感谢我的导师韩伟先生。老师为人纯粹豁达，治学严谨，值得我终身学习。在我考博之初，老师就殷切叮嘱，备考的过程不能仅为考试，要多看原著、打通文史哲、善于发现问题，要学会写学术文章。在读博的这几年里，他从未苛责学生，常常敦促鼓励，使我们相信，只要努力就一定会出成绩。老师承担着多项教学科研任务以及学院管理工作，事务非常繁忙，却总会在第一时间对学生的论文提出修改意见，悉心指导总能让人茅塞顿开。我一直珍藏着读博后第一篇学术文章的花脸稿，从标题、框架结构到语言表达，老师无不字斟句酌，一一修改。在确定学位论文选题及写作过程中，老师常常发来相关的资料链接和学术信息。老师授课如其为文，思路清晰开阔，纵横捭阖，重视对理论前沿的准确把握，又不时加入文人逸事，学理性强而不乏趣味。正是在老师的言传身教中，我逐步体会到，作为一名文艺学的学者，要具备良好的理论思维和对现实、时代包括历史的在场感与分寸感，要对作品所处的文化语境有独到的洞察，对文艺思潮或文化现象有敏锐的感知，对文本有贴近生命意识和生存本质的体悟。也是在老师的鼓励下，我逐渐培养起自信，得以领略学术研究的艰辛与乐趣。当然，给我留下最深印象的是老师与学生相处中的平易与真挚。他耐心地指导和呵护学生，毫无保留地将满腹学识与才华倾囊而出。在我博士录取和学位论文盲审通过时，老师曾发来短信，简短的两个字：祝贺。来自于老师的肯定自然是十分珍贵的，但我不敢轻易言谢。我想只有多看书多写文章才是对老师最好的回应吧。老师曾寄语2018年毕业生，要有阔大的情怀和批判理性，在不断地奋斗中创造无限的可能，"愿世界因你们而改变。"为人师，他期望学生成才成功。作为一名学者，他从未停歇奋斗，学术造诣日臻深厚，亦足垂范后学。我想老师也一定会有惶惑怅惘的时候，但他始终以活泼的生气影响着他的每一位学生。成为他的学生，我们无疑是幸运的。

感谢郭国昌教授，他深厚的学养、审慎严谨的治学态度使我受益匪浅。曾有一个学期，因种种原因只有我和李晓梅两人修读老师的"现当代文学思潮"课程，老师却从未敷衍，常常早早在办公室等候我们。他的讲解全面、细致，帮我们厘清了中国现当代文学思潮的主要脉络。他平日不苟言笑，却有一次，在同学发的深夜上自习的微信上询问："这是在哪里？"那样的时刻，我想每个学生都感动了。作为学生，我们能读懂郭老师的期许与关爱。感谢张晓琴教授，她善于启发和鼓励学生，学识渊博又知性优雅。师弟王梦琪曾这样描绘自己的导师张晓琴："她是一位妻子、一位母亲，操持生活的琐碎，如其名字一样，向往着晓风残月、琴瑟相谐的诗意生活，同时，她又像文坛的一位女战将，在自己的领域开疆辟土，破晓之时，五十弦翻塞外声。"这也是我们每个人和张老师相处中的体会。她使我们相信读书会让一个人变得更加美好而不是晦涩，会让人生更加丰盈而不是单调。感谢张天佑教授，他是一位父亲般的师者。我求学的每一步，都有他及时地指导、适时地鼓励和宁静地注视。这份师生情谊不仅是我努力前进的动力，也成为我人生的一份滋养，让我面对自己学生的时候，满怀真诚与温柔，愿意尽自己最大的能力去助力他们的成长。如今，张老师在近花甲之年迸发出更加旺盛的学术热情，令人感佩。我还要感谢程金城、多洛肯、宁梅、郭郁烈、第环宁、张进、古世仓、张永清、张兵、王大桥、黄怀璞、孙强、罗立桂、徐晓军诸位老师，从他们身上我学到的不仅是理论知识和治学精神，更重要的是为师者坦荡的胸襟与谦逊的气度，这将对我的未来有决定性的影响。

感谢中国古典史诗与中华民族共同体意识研究创新团队项目和西北民族大学中国语言文学学科建设经费资助我的书稿出版。项目负责人宁梅老师、多洛肯老师始终关心和支持年轻老师的成长，他们给予我的帮助、信任和勉励让我心怀敬意和感恩。感谢中国社会科学出版社的慈明亮编辑，他的专业精神和学者品质帮助书稿得以顺利出版。

我要感谢李晓梅、王佳、李妍、贾永平、刘利平、王金元、朱永明、唐圆鑫、刘丽莎、罗长凤、杨红、吴靖雯、赵祥延、赵玉龙、李明德、严静、彭文鼎、申莎、任苏灵诸位学友，他们陪伴我走过这段艰辛、充实又不乏快乐的学习生活。于我而言，博士是一个不可辜负的称谓。我身边的来自不同学科的博士同学们，个个满怀理想、勤于钻研又会生活，生动诠释了新时代青年、新时代学者的模样！虽然我不能在此为你们每个人画像，可这份友情将常驻我心。希望我们都能够保持对生活和学术的热情，健康、快乐！

我还要谢谢我的家人。我的父亲是一位小学教师，母亲是普通的农家妇女，最无私的爱支持着他们的识见。他们坚定地支持我求学、工作、再读书，使我得以张开眼睛，看到更广阔的世界。还有我的婆家父母，他们是我们这个小家的加油站。我的先生陈国华与我心手相携，让我每每感恩生活，变得更加成熟，有更多勇气和坚强。宝贝陈逸驰已经成长为一名聪颖有朝气的少年。我们给你最多的陪伴，给予你很多的期望，督促你努力又自省，唯愿你未来拥有自由无悔的人生，尽情地热爱和享受这人生。

王国维在《人间词话》中言，古今之成大事业、大学问者，必经过三种境界：昨夜西风凋碧树，独上高楼，望尽天涯路；衣带渐宽终不悔，为伊消得人憔悴；众里寻他千百度，蓦然回首，那人却在灯火阑珊处。治学如此，人生又何尝不是如此呢？人生有太多追求与等待、太多心心念念的焦灼与拨云见日的欢喜。有时我们以为自己已经抵达，其实不过才刚出发；有时我们以为可以休憩，道路却一直伸向远方。书稿即将出版，标志着三年宝贵的博士求学生涯有了一点微不足道的成绩，而生活始终敞开着，等待着我们再次出发。我会继续努力，将所收获的回馈给我的学生和身边的人。